Romain Gary

La danse
de Gengis Cohn

Gallimard

Romain Gary, né Roman Kacew à Vilnius en 1914, est élevé par sa mère qui place en lui de grandes espérances, comme il le racontera dans *La promesse de l'aube*. Pauvre, « cosaque un peu tartare mâtiné de juif », il arrive en France à l'âge de quatorze ans et s'installe avec sa mère à Nice. Après des études de droit, il s'engage dans l'aviation et rejoint le général de Gaulle en 1940. Son premier roman, *Éducation européenne*, paraît avec succès en 1945 et révèle un grand conteur au style rude et poétique. La même année, il entre au Quai d'Orsay. Grâce à son métier de diplomate, il séjourne à Sofia, New York, Los Angeles, La Paz. En 1948, il publie *Le grand vestiaire* et reçoit le prix Goncourt en 1956 pour *Les racines du ciel*. Consul à Los Angeles, il quitte la diplomatie en 1960, écrit *Les oiseaux vont mourir au Pérou (Gloire à nos illustres pionniers)* et épouse l'actrice Jean Seberg en 1963. Il fait paraître un roman humoristique, *Lady L.*, se lance dans de vastes sagas : *La comédie américaine* et *Frère Océan*, rédige des scénarios et réalise deux films. Peu à peu les romans de Gary laissent percer son angoisse du déclin et de la vieillesse : *Au-delà de cette limite votre ticket n'est plus valable*, *Clair de femme*. Jean Seberg se donne la mort en 1979. En 1980, Romain Gary fait paraître son dernier roman, *Les cerfs-volants*, avant de se suicider à Paris en décembre. Il laisse un document posthume où il révèle qu'il se dissimulait sous le nom d'Émile Ajar, auteur d'ouvrages majeurs : *Gros-Câlin*, *La vie devant soi*, qui a reçu le prix Goncourt en 1975, *Pseudo* et *L'angoisse du roi Salomon*.

PREMIÈRE PARTIE

Le *dibbuk*

I

Je me présente

Je suis chez moi, ici. Je fais partie de ces lieux et de l'air qu'on y respire d'une manière que seuls peuvent comprendre ceux qui y sont nés ou qui ont été complètement assimilés. Une certaine absence, qui a de la gueule, sans me vanter. À force de se faire sentir, elle devient une véritable présence. Il y eut, certes, usure, habitude, accoutumance, une légère évaporation et la fumée ne marque jamais le ciel d'une manière indélébile. L'azur, un instant enjuivé, se passe un peu de vent sur la figure et aussitôt, il n'y paraît plus. Chaque fois que je me prélasse ainsi, couché sur le dos, en me tournant les pouces — le geste favori de l'éternité — je suis frappé par cette beauté immaculée du ciel. Je suis sensible à la beauté, à la perfection. Tout cet azur rayonnant me fait penser à la madone des fresques, à la princesse de légende. C'est du grand art.

Mon nom est Cohn, Gengis Cohn. Naturellement, Gengis est un pseudonyme : mon vrai prénom était Moïché, mais Gengis allait mieux avec mon genre de drôlerie. Je suis un comique juif et j'étais très connu jadis, dans les cabarets yiddish : d'abord au *Schwarze Schickse* de Berlin, ensuite au *Motke Ganeff* de Varsovie, et enfin à Auschwitz. Les critiques faisaient quelques réserves sur mon humour : ils le trouvaient un peu excessif, un peu agressif, cruel. Ils me conseillaient un peu plus de retenue. Peut-être avaient-ils raison. Un jour, à Auschwitz, j'ai raconté une histoire tellement drôle à un autre détenu qu'il est mort de rire. C'était sans doute le seul Juif mort de rire à Auschwitz.

Personnellement, je ne suis pas resté dans ce camp illustre. Je m'en suis miraculeusement évadé, en décembre 1943, Dieu soit loué. Mais je fus repris quelques mois plus tard, par un détachement de SS sous les ordres du *Hauptjudenfresser* Schatz, que j'appelle Schatzchen dans l'intimité : un terme câlin qui veut dire « petit trésor », en allemand. Mon ami est maintenant commissaire de police de première classe, ici, à Licht. C'est pour cela que je me trouve à Licht. Grâce à Schatzchen, je suis devenu citoyen d'honneur de Licht, par naturalisation.

La nature est d'ailleurs très belle, ici, et j'aurais pu plus mal tomber. Des bosquets, des ruisseaux, des vallons, *und ruhig fliesst der Rhein. Die schönsten Jungfrauen sitzet, dort ober wunderbahr, ihre goldene Geschmeide glitzet, sie Kämmet ihre goldene hahr…* J'aime la poésie.

Nous ne nous sommes plus quittés, Schatzchen et moi, depuis cette belle journée d'avril 1944. Schatz m'a hébergé : voilà bientôt vingt-deux ans qu'il cache un Juif chez lui. J'essaie de ne pas abuser de son hospitalité, de ne pas prendre trop de place, de ne pas le réveiller trop souvent au milieu de la nuit. On nous a souvent reproché d'être sans-gêne, et je tiens à faire preuve de savoir-vivre. Je le laisse toujours seul dans la salle de bains, et lorsqu'il a une aventure galante, je fais très attention de ne pas me manifester à contretemps. Quand on est condamné à habiter ensemble, il faut du tact, de la discrétion. Ce qui me fait penser que je l'ai un peu délaissé depuis une demi-heure. Bien sûr, il est en ce moment surchargé de besogne, avec tous ces crimes mystérieux qui viennent d'endeuiller la région — il ne se passe pas un jour sans que l'assassin ne fasse de nouvelles victimes — mais ce n'est pas une raison pour laisser seul un ami. Je vais donc le rejoindre de ce pas — une façon de parler — au commissariat de police principal, Gœthestrasse n° 12. Je ne me manifeste pas tout de suite. J'aime faire une entrée, comme on dit dans le métier : un vieux réflexe de cabotin. Il y a une foule de journalistes dans la rue, mais je passe inaperçu : je ne suis pas d'actualité, le public est saturé, il m'a assez vu, on lui a assez cassé les oreilles avec ces histoires et il ne veut plus en entendre parler. Les jeunes, surtout, se fichent de moi comme de l'an 40. Les anciens combattants les ennuient, avec ces interminables rabâchages de leurs exploits passés. Ils nous appellent ironiquement : «Les Juifs de papa.» Il leur faut du nouveau.

Je me glisse donc à l'intérieur et reprends ma place habituelle auprès de mon ami. Je l'observe, discrètement caché dans l'ombre. Schatzchen est surmené. Il n'a pas fermé l'œil depuis trois nuits et il n'est plus jeune, il boit trop : je me dois de le ménager. Une crise cardiaque est vite arrivée et je ne tiens pas à perdre un homme qui m'héberge depuis tant d'années. Je ne sais pas du tout ce que je deviendrais sans lui.

Le bureau est très propre, mon ami est obsédé par la propreté. Il se lave les mains continuellement : c'est nerveux. Il s'est même fait installer un petit lavabo, sous le portrait officiel du président Luebke. Il se lève toutes les dix minutes pour aller faire ses ablutions. Il emploie à cet effet une poudre spéciale. Jamais le savon. Schatzchen a pour le savon une véritable phobie. On ne sait jamais à qui on a affaire, dit-il.

Son secrétaire se tient derrière un petit bureau, au fond. Il s'appelle Hübsch. C'est un scribe miteux et triste, dont les cheveux rares ressemblent à une perruque. Des yeux de taupe qui renouent avec le monde à travers un pince-nez qui semble dater du *Simplicissimus*, de la Prusse et de la bureaucratie impériale. Il doit avoir une trentaine d'années : il ne m'a pas connu. Ce fut un autre Hübsch comme celui-là qui avait établi en 1944 mes derniers papiers d'identité : un certificat de décès en bonne et due forme. *Moïshe Cohn*, dit *Gengis Cohn. Jude.* Profession : *Jude. Geboren* : 1909. *Gestorben* : 1944. J'ai donc exactement 32 ans. Lorsqu'on est né en 1909, en 1966, c'est une espèce de record, 32 ans. Une coïncidence : je pense à l'âge du Christ. Je pense souvent au Christ, d'ailleurs : j'aime la jeunesse.

L'inspecteur Guth, qui est spécialisé dans les affaires de mœurs, est en train de parler au Commissaire. Je n'entends pas très bien ce qu'il lui dit, mais je crois comprendre qu'il y a deux personnalités importantes, dont l'influence est considérable dans la région et dans le parti démocrate chrétien, qui demandent à être reçues d'urgence. Schatzchen ne veut rien savoir. Je le sens tendu, exténué, à bout de nerfs. Il me fait de la peine. Il est, depuis quelque temps, au bord de la dépression nerveuse. Au fur et à mesure qu'il vieillit, son espoir de se libérer et de se débarrasser de moi fond à vue d'œil. Il commence à se douter que rien ne peut plus nous séparer. Il ne dort plus et je suis obligé de passer la nuit assis sur son lit, avec mon étoile jaune, à le regarder dans les yeux, affectueusement. Plus il est fatigué, et plus ma présence devient obsédante. Je n'y peux rien : c'est historique, chez moi. À la légende du Juif errant, j'ai donné un prolongement inattendu : celui du Juif immanent, omniprésent, latent, assimilé, intimement mélangé à chaque atome d'air et de terre allemands. Je vous l'ai dit : ils m'ont naturalisé. Il ne me manque que des ailes et un petit derrière rose pour être un ange. Vous connaissez d'ailleurs tous cette expression que l'on murmure dans les *bierenstube* autour de Buchenwald, lorsque le silence tombe soudain dans une conversation : *« Un Juif passe. »*

Mais trêve de museries. Mon ami, le commissaire Schatz, refuse de recevoir les « personnalités influentes » qui attendent dehors, et voilà. Il ne veut pas en entendre parler.

— Je vous ai dit : personne. Je ne veux voir personne.

Personne ? Je me sens un peu vexé, mais on verra ça.

— J'ai besoin de me concentrer.

Il y a, sur le bureau, une bouteille de schnaps. Il se verse un verre et boit. Il boit énormément. C'est un hommage auquel je suis sensible.

— Le baron von Pritwitz est un des hommes les plus puissants du pays, dit Guth. La moitié de la Ruhr lui appartient.

— M'en fous…

Il boit encore. Je commence à m'inquiéter : il essaie de se débarrasser de moi, ce salaud-là.

— Et les journalistes ? Ils ont attendu toute la nuit.

— Qu'ils aillent se faire pendre. D'abord ils accusent la police de faiblesse, mais lorsqu'on a coffré ce berger — celui qui avait découvert la dernière victime — ils se sont mis à gueuler que nous cherchions un bouc émissaire. Il n'y a rien de nouveau ?

Guth a un geste désabusé. J'aime ce geste, chez un représentant de l'autorité. Lorsque la police avoue son impuissance, je me sens tout regaillardi : il y a de l'espoir. Je suis soudain pris d'une très forte envie de manger un rahat-loukoum. Tout à l'heure, je vais demander à Schatzchen de m'en apporter une boîte. Il ne me refuse jamais une petite douceur. Il aime me faire des gâteries, dans l'espoir de m'amadouer. L'autre jour, il y eut un incident particulièrement amusant. C'était la fête de *hannukah* et

16

Schatz, qui connaît nos fêtes sur le bout du doigt, m'avait cuisiné quelques-uns de mes plats *kosher* favoris. Il les avait rangés sur un plateau, avec un petit bouquet de violettes dans un verre, il s'était mis à genoux et était en train de me tendre le plateau, comme je l'exige de lui la veille du *sabbat* et des jours fériés. C'est, entre nous, un protocole amical bien établi et qu'il respecte scrupuleusement. Il a même, cachés dans un tiroir, un calendrier judaïque qu'il consulte nerveusement par crainte d'oublier une de nos fêtes, et un livre de cuisine juive de tante Sarah. Sa logeuse, Frau Müller, entra à ce moment-là et la vue du commissaire de police Schatz à genoux, offrant d'un air suppliant un plateau de *tcholnt* et de *gefillte fisch* à un Juif qui n'était pas là lui fit tellement peur qu'elle se trouva mal. Depuis, elle évite soigneusement Schatz et raconte partout que le Commissaire est devenu fou. Évidemment, personne ne comprend nos rapports, qui sont un peu particuliers. À force d'être inséparables, nous nous sommes formé un petit monde intime, bien à nous, où il est très difficile de pénétrer, lorsqu'on n'est pas un initié : Schatz a pour moi un attachement, en quelque sorte, sentimental, dont je ne suis d'ailleurs nullement dupe. Je sais qu'il va régulièrement voir un psychiatre pour essayer de se débarrasser de moi. Il s'imagine que je ne suis pas au courant. Pour le punir, j'ai trouvé un petit truc assez marrant. Je lui fais le coup de la bande sonore. Au lieu de me tenir simplement là, en silence, devant lui, avec mon étoile jaune et mon visage couvert de plâtre, je fais du bruit. Je lui fais entendre des voix. C'est surtout aux voix des mères qu'il est le plus sensible. Nous étions une quarantaine, dans le trou que nous avions creusé, et il y avait naturellement des mères avec leurs enfants. Je lui fais donc écouter, avec un réalisme saisissant — en matière d'art, je suis pour le réalisme — les cris des mères juives une seconde avant les rafales des mitraillettes, lorsqu'elles comprirent enfin que leurs enfants ne seraient pas épargnés. Ça fait au moins mille décibels, une mère juive, à ces moments-là. Il faut voir mon ami se dresser alors sur son lit, le visage blême, les yeux exorbités. Il a horreur du bruit. Il fait une tête épouvantable.

Une tête pareille, je ne souhaite pas ça à mes meilleurs amis.

— Il n'y a rien de nouveau ?

— Rien, dit Guth. Pas depuis le garde champêtre. Le médecin légiste estime maintenant qu'il a été tué un peu avant le vétérinaire. Toujours la même chose : un coup de couteau dans le cœur, de dos. J'ai doublé les patrouilles.

— Il faudra demander des renforts à Lantz.

Mon ami s'éponge le front. C'est très grave pour lui, cette vague de crimes. Toute sa carrière est en jeu. S'il parvient à arrêter le coupable, il aura sûrement de l'avancement. Sinon, avec ce déchaînement de la presse, c'est la mise à la retraite anticipée.

Guth essaie de consoler son supérieur. Il s'efforce de lui faire voir le bon côté de la chose.

— En tout cas, c'est le crime du siècle.

Schatz le regarde fixement de ses yeux pâles.

— On dit toujours ça.

Il a raison. Ce Guth y va vraiment un peu fort. Le crime du siècle? Et moi, alors?

— Qu'est-ce que je réponds aux journalistes? demande Guth. On ne peut pas les laisser sur leur faim, ils vont nous taper dessus. L'incurie de la police... La léthargie des autorités...

— Oui, eh bien, j'ai l'habitude, grogne Schatz. Chaque fois qu'il y a un crime monstrueux, c'est toujours la police qui est responsable. Ce n'est pas depuis hier qu'on nous martyrise. Vous avez fait étudier les nouvelles empreintes?

— Ce sont toujours les mêmes. Nous les avons comparées avec celles de tous les sadiques, déséquilibrés et obsédés sexuels que nous connaissons, sans aucun résultat.

— C'est ça. Pas le moindre indice, pas l'ombre d'un mobile... et vingt-deux cadavres! Et pouvez-vous me dire pourquoi toutes les victimes ont cet air absolument enchanté, comme si c'était la meilleure chose qui leur fût arrivée dans leur chienne de vie? Je n'y comprends rien! Rrien! Des têtes radieuses! Le vétérinaire, vous l'avez vu? Il paraissait aux anges. C'est énervant, à la fin.

— J'avoue que c'est assez troublant, dit Guth. Et avec cette chaleur...

C'est vrai qu'il fait chaud. En général, dans mon état — comment dire? une certaine absence de caractère physique: nous autres, Juifs, nous avons toujours été très portés à l'abstraction — je suis insensible à la température. Mais depuis cette vague de crimes dans la forêt de Geist, j'éprouve quelque chose de tout à fait curieux. Des picotements. Des frétillements. Des papouilles. Il y a, dans l'air, une étrange émotion, une sorte de douce, chaude et prometteuse féminité. La lumière elle-même semble plus pure, un peu irréelle, on dirait qu'elle n'est là que pour auréoler quelqu'un. Ce n'est plus une lumière naturelle : ça sent la main et le génie humains. On se surprend à penser à Raphaël, aux trésors de Florence, à la magie de Cellini et à nos divines tapisseries, à tous ces chefs-d'œuvre qui doivent tant à l'art et si peu à la réalité. J'ai l'impression qu'il se prépare autour de moi une sorte d'apothéose de l'imaginaire et que bientôt on n'apercevra plus sur cette terre nulle trace de souillure, d'impureté, d'imperfection. *Mazltov*, comme on dit en yiddish, ce qui veut dire : félicitations. J'ai toujours été pour la Joconde, moi.

— Depuis que je suis dans la police, dit Schatz, je n'ai jamais vu de cadavres aussi heureux. Des mines paradisiaques, voilà le mot. Alors, il se pose une question, et je crois que c'est là la clef du problème. Qu'est-ce qu'ils ont vu, ces salauds-là? Parce qu'on leur a montré quelque chose, avant de les tuer, et ça devait être d'une beauté… d'une beauté…

Je remarque que Hübsch, le scribe, donne des signes d'agitation. Le mot «beauté» semble avoir sur lui le plus heureux effet. Malgré son air empaillé, naphtaliné, ça doit être un rêveur, un tendre. Il est visiblement ému. Ses sourcils se rejoignent en accent circonflexe au-dessus de son pince-nez et lui donnent une tête de dogue nostalgique. Je ne m'attendais pas à cette confuse aspiration chez un rond-de-cuir.

— En tout cas, il n'y avait pas trace de lutte, dit Guth.

— Oui, on aurait dit qu'ils ne demandaient qu'à se laisser faire. Des mines épanouies... Qu'est-ce qu'on a bien pu leur montrer pour les mettre dans un tel état de grâce?

Hübsch se dresse à demi, et, la plume levée, regarde un point dans l'espace d'un œil halluciné. Sa pomme d'Adam s'agite spasmodiquement au-dessus de son faux col. Il avale sa salive. Sa tête se met à trembler. Je suis assez inquiet pour ce garçon.

— Que peut-il y avoir d'assez beau sur cette terre pour qu'en l'apercevant les hommes aillent à la mort avec des airs de fête?... Qu'est-ce qu'il y a, Hübsch? Vous paraissez bien agité, mon ami. Vous avez des idées là-dessus?

Hübsch se rassied, s'essuie le stylo dans les cheveux et baisse le nez. Il se met à gratter. Je suis sûr qu'il n'a jamais connu de femme.

— Vous avez fait procéder à des examens chimiques? On les a peut-être drogués. Il y a de nouveaux produits hallucinogènes, le LSD, des champignons du Mexique, qui donnent, paraît-il, des visions merveilleuses. Ça expliquerait tout.

Guth est catégorique.

— Pas trace de drogue, dit-il.

— Il y en a qui résistent à l'analyse, vous

savez. Il paraît qu'on voit Dieu… des trucs comme ça.

— Je ne crois pas que Dieu y soit pour quelque chose.

— En tout cas, ils ont tous été tués en pleine extase, dit Schatz, sombrement. Il y a sûrement un aspect mystique. Crimes rituels?

— Allons donc. Nous ne sommes pas chez les Aztèques. Des sacrifices humains, en Allemagne… Vous voulez rire.

Schatz a alors une phrase que je trouve assez inouïe, lorsqu'on considère qu'il s'agit d'un ami.

— C'est la première fois, dans mon expérience, dit-il solennellement, que quelqu'un se livre à un massacre collectif sans trace de motif, sans l'ombre d'une raison…

En voilà assez. Il n'est pas question de laisser passer une telle *hutzpé*, sans réagir. Lorsque je l'entends affirmer que c'est la première fois *dans son expérience* que quelqu'un se livre en Allemagne à un massacre collectif sans l'ombre d'une raison, je me sens personnellement visé. Je me manifeste. Je me place devant le Commissaire, les mains derrière le dos. Je suis fier de constater que cela lui fait de l'effet. Il faut dire que je présente assez bien. Je porte un manteau noir très long, pardessus mon pyjama rayé et, sur le manteau, côté cœur, l'étoile jaune réglementaire. Je suis, je le sais, très pâle — on a beau être courageux, les mitraillettes des SS braquées sur vous et le commandement *Feuer!* ça vous fait tout de même quelque chose — et je suis couvert de plâtre des pieds à la tête, manteau, nez, cheveux et tout. On nous avait fait creuser notre trou parmi les ruines d'un immeuble détruit par l'aviation alliée, pour nous punir symboliquement, et nous sommes ensuite demeurés en vrac sur le tas un bout de temps. Ce fut là que Schatzchen, sans le savoir à ce moment-là, m'a ramassé : je ne sais pas ce que sont devenus les autres, quels sont les Allemands qui les ont hébergés en eux. Mes cheveux sont hérissés comme ceux de Harpo Marx, entièrement raides : ils s'étaient dressés d'horreur sur ma tête et ils sont restés ainsi comme si on les avait frappés d'une sorte d'effet artistique pour l'éternité. Ce n'était pas tellement la peur qui m'avait ainsi fait dresser les cheveux sur la tête : c'était le bruit. Je n'ai jamais pu supporter le bruit et toutes ces mères avec leurs gosses dans les bras, ça faisait un tam-tam terrible. Je ne veux pas paraître antisémite, mais rien ne hurle comme une mère juive lorsqu'on tue ses enfants. Je n'avais même pas de boules de cire, sur moi, j'étais complètement désarmé.

II

Le mort saisit le vif

Dès qu'il m'aperçoit, mon ami Schatz se raidit. J'ai le sens de l'à-propos : je sais exactement choisir le moment où la *khokhmé*, le bon mot, ou l'effet visuel comique doit partir. Une seconde trop tôt ou trop tard et ça ne fait plus rire. Je puis donc vous assurer que je n'ai pas raté mon entrée. Au moment même où mon ami avait fini de dire « C'est la première fois, dans mon expérience », *et cætera*, je sors des coulisses en dansant, je me présente devant lui, un bon sourire aux lèvres, et je me mets à épousseter et à polir mon étoile jaune avec le bout de mes doigts. Au *Schwarze Schickse*, je faisais toujours mon entrée ainsi, en dansant, sur un petit air de violon juif. L'effet est, une fois de plus, excellent. Le Commissaire se fige, son visage se fait légèrement terreux, il me regarde fixement. Plus que ça : *il me parle*. Oui, il s'adresse à moi personnellement, d'une voix un peu rauque. C'est la première fois que ça lui arrive en public. Jusqu'à présent, nos rapports avaient été strictement privés, confidentiels, et une personne non avertie ne se serait jamais doutée du trésor que Schatz cache en lui.

— Ce n'est pas la même chose, dit-il. Il n'y a aucune comparaison possible. Il y avait la guerre. Il y avait une idéologie… Et puis, on avait des ordres…

Je lui fais un geste rassurant, pour indiquer que je comprends. Je continue à caresser mon étoile du bout des doigts, je m'approche ensuite de Schatzchen et j'enlève une petite poussière qu'il avait sur l'épaule. Il a un geste de recul terrifié, ce qui n'est pas gentil. L'inspecteur Guth et le scribe l'observent avec stupeur car, naturellement, ils ne me voient pas. C'est une question de génération, je suppose.

Je sors une petite brosse de ma poche et j'époussette Schatz des pieds à la tête, comme une statue. Je le veux très propre. Je crache ensuite sur son épaule, où je viens de remarquer encore une petite impureté et je frotte l'endroit avec ma manche. Je m'écarte ensuite un peu et, la tête de côté, un sourire heureux aux lèvres, j'admire mon œuvre. Il est impeccable. J'aime faire du bien. Mais je ne suis pas compris. Schatz repousse son fauteuil avec un hurlement.

— Assez! braille-t-il. J'en ai assez! Voilà vingt-deux ans que ça dure! Foutez-moi la paix!

Je fais «bien» de la tête et je m'éloigne en sifflotant le *Horst Wessel Lied*. Il y a en ce moment en Allemagne une véritable renaissance des marches militaires. On enregistre des disques. On chantonne. On se prépare. Le chancelier Erhard est allé aux États-Unis pour réclamer des armes nucléaires. Il est revenu bredouille et a été limogé. Dix-neuf ans de démocratie, c'est lourd à porter, lorsqu'on a un passé. Le nouveau chancelier Kiesinger avait appartenu un instant au parti nazi de 1932 à 1945, dans un moment d'idéalisme et de fougue juvéniles. Bref, c'est peut-être ça, cette chaleur, qui vient par bouffées, et qui me trouble un peu : le renouveau. Je me souviens d'ailleurs que lorsque le professeur Herbert Lewin avait été nommé, il y a quelques années, à la tête de l'Hôpital Général d'Offenbach, à côté de Francfort, la majorité des conseillers municipaux s'y était opposée sous prétexte, et je cite, qu'*il n'est pas possible de faire confiance à un médecin juif et de lui permettre de traiter des femmes allemandes impartialement après ce qui est arrivé aux Juifs*. J'ai même découpé cette citation récemment dans le supplément illustré du *Sunday Times*, du 16 octobre 1966, et je l'ai épinglée au-dessus du siège dans les waters de mon ami Schatz, pour qu'il se sente moins seul.

— C'est intolérable, à la fin ! hurle Schatz.

Guth le dévisage avec stupeur. Hübsch s'est levé de son bureau et se penche vers son chef bien-aimé avec sollicitude. Ils doivent se dire : le surmenage. À propos, savez-vous qu'Eichmann portait toujours dans sa poche la photo d'une petite fille ? On ne se réalise jamais entièrement.

— Hein ? fait Guth. Vous dites ?

— Rien, grogne Schatz. J'ai mon…

— Je suis sûr qu'il était sur le point de dire : «J'ai mon Juif qui revient», mais il se rattrape.

— J'ai mon malaise qui revient, dit-il.

26

Il saisit la bouteille et boit. Je n'aime pas ça du tout. Il essaie de me noyer, ce salaud-là.

— J'ai toujours ça quand je suis surmené, dit Schatz. Mais ça me prend rarement en plein jour... Bon. Vous allez dire à ces deux messieurs «influents» qui demandent à me voir que je suis absolument débordé... assiégé par des cadavres...

Je passe rapidement devant lui, mine de rien. J'ai l'air de vaquer simplement à mes affaires. Schatzchen me suit du regard, puis se lève et tape du poing sur la table.

— Nom de Dieu! J'appelle ça de la persécution!

— Très bien, très bien, fait Guth, lequel croit que son chef parle des deux messieurs qui insistent pour être reçus. Je vais le leur dire...

Il hoche la tête.

— Vous devriez vous reposer un peu, patron.

— J'ai toujours fait mon devoir, jusqu'au bout, dit le Commissaire.

C'est exact, et je tiens à lui rendre un hommage. J'ai un petit bouquet de fleurs à la main. Je le place dans le verre sur le bureau de mon ami. Je suis plein de ces délicates attentions. Le Commissaire ressemble à un taureau indigné. Il contemple le bouquet un moment, puis se remet à cogner sur la table.

— Enlevez-moi ces fleurs! hurle-t-il.

L'inspecteur Guth et Hübsch échangent un regard.

— Quelles fleurs, chef? demande Guth. Il n'y a pas de fleurs...

Schatzchen aspire l'air profondément. Mais je ne suis pas sûr que cela lui fasse du bien. Cet air, voyez-vous, j'en fais partie. Une affaire purement chimique, d'ailleurs. Rien de surnaturel. Des atomes. Des particules. Un je-ne-sais-quoi. Bref, j'y suis, j'y reste.

— Vous ne voulez pas vous allonger un moment? demande Guth.

Il est jeune, Guth. Vingt-huit ans. Grand, blond, solide, type physique qui fait bonne impression aux Jeux olympiques. Évidemment, il en a entendu parler, comme tout le monde, mais rien ne vaut un bon souvenir personnel. C'est un Allemand de la nouvelle génération. Je n'ai rien à lui dire. Pour eux, je n'existe pas. Ils vous diront même : il n'y a plus de Juifs en Allemagne. Ils le croient sérieusement. C'est à peine s'ils sont anti-sémites, d'ailleurs, et encore, uniquement par respect filial.

— Je ne veux pas m'allonger, dit Schatz, d'une voix sourde. Surtout pas! C'est pire, quand je m'allonge. Ce salaud-là s'assied sur ma poitrine...

Il se rattrape.

— Je veux dire... J'ai un poids, là... sur la poitrine...

— Ça doit être digestif, dit Guth. Vous n'avez pas digéré quelque chose, ça vous est resté sur l'estomac...

Je pouffe. On ne saurait mieux dire. Je me tiens discrètement dans l'ombre, en prenant bien soin de ne pas me faire voir de mon ami — à la Gestapo, c'est ce qu'on appelait le moment de « répit psychologique », et on nous offrait même parfois un verre d'eau et une tartine de confiture — et j'écoute, les mains derrière le dos. Je ménage mon public, en quelque sorte. Schatz est mon unique, mon dernier spectateur et pour quelqu'un comme moi, qui ai toujours eu la vocation comique, le public, c'est sacré. Je fais très attention de ne pas le fatiguer. N'importe quel amuseur professionnel vous le dira : un moment de répit, c'est tout à fait indispensable. Lorsque les gags ou les *witz* sont trop rapprochés, ils cessent de porter. Il y a saturation. Pour obtenir un nouvel éclat de rire, il faut laisser passer un temps mort.

Je m'efface donc et j'observe, très discrètement. Je vois tout de suite que j'ai bien fait. Schatz est en veine de confidences.

— Guth, j'ai des *tsourès*, dit-il.

Je suis content. J'aime bien entendre mon ami Schatz parler yiddish. C'est un hommage auquel je suis particulièrement sensible.

— Pardon ? fait Guth.

Schatz rougit violemment. Je ne vois pas du tout de quoi il a honte. Il n'y a aucun mal à prendre des leçons de langues étrangères, même au milieu de la nuit.

— J'ai des problèmes, des soucis. Écoutez, Guth, vous êtes un ami. Je vais vous confier quelque chose. Vous êtes trop jeune, votre génération n'a pas connu ça... C'est un Juif.

— Un Juif ?

— Oui. Un Juif particulièrement mal intentionné, du genre qui ne pardonne pas... du genre... *exterminé*. Ce sont les plus coriaces. Ils n'ont pas de cœur.

Je hausse les épaules. Je n'y peux rien. Je ne l'ai pas fait exprès. Et puis, exterminé, c'est vite dit. Il y a des morts qui ne meurent jamais. Je dirais même que plus on les tue et plus ils reviennent. Prenez, par exemple, l'Allemagne. Aujourd'hui c'est un pays entièrement habité par les Juifs. Bien sûr on ne les voit pas, ils n'ont pas de présence physique, mais... comment dire? Ils se font sentir. C'est très curieux, mais c'est comme ça : vous marchez dans les villes allemandes — et aussi à Varsovie, à Lodz et ailleurs — et ça sent le Juif. Oui, les rues sont pleines de Juifs qui ne sont pas là. C'est une impression saisissante. Il y a, d'ailleurs, en yiddish, une expression qui vient du droit romain : *le mort saisit le vif*. C'est tout à fait ça. Je ne veux pas faire de la peine à tout un peuple, mais l'Allemagne est un pays entièrement enjuivé.

Pour Guth, évidemment, tout cela ne veut rien dire. C'est un Aryen d'une génération qui n'a plus une goutte de sang juif dans les veines. Il me fait penser un peu aux *sabras* d'Israël. Ils sont eux aussi grands, blonds, solides, olympiques. Ils n'ont pas connu le ghetto. Je me sens, je l'avoue, assez désarmé devant les jeunes Allemands : je n'éprouve envers eux aucune animosité. C'est terrible.

— Qu'est-ce que vous voulez dire, chef? Quel Juif?

— Vous ne pouvez pas comprendre, dit Schatz, avec désespoir. Je traîne un Juif sur le

dos, voilà. Bien sûr, ce n'est qu'une hallucination, je le sais très bien, mais c'est extrêmement
désagréable, surtout lorsque je suis surmené,
comme en ce moment.

— Vous avez vu des médecins ?

— Vous pensez, ça fait vingt-deux ans que ça
dure. J'en ai vu des tas, des tas, des tas…

Il se fige. Je lui ai fait un petit signe, il m'a vu.

— Des tas de *médecins*, je veux dire. Mais ils
n'ont rien fait. Ils refusent de lever le petit doigt.
Quand je leur dis que je suis habité par un para-
site juif qui ne me quitte pour ainsi dire jamais,
surtout la nuit, et parfois en plein jour, ils prennent des airs gênés. À mon avis, ils ont peur d'y
toucher. Vous comprenez, ce sont des médecins
allemands, et s'ils arrivaient à m'en débarrasser,
ils craindraient d'être accusés d'antisémitisme
ou même de génocide. J'ai même voulu aller me
faire soigner en Israël — après tout, nous avons
un accord culturel — mais j'ai du tact, on ne
peut tout de même pas aller demander aux psy-
chanalystes israéliens de supprimer un Juif pour
soulager un Allemand. Alors, je souffre.

Guth semble intéressé.

— C'est toujours le même ?

— Toujours.

— Vous le… Vous l'aviez… Je veux dire…
vous le connaissiez personnellement ?

— Non… Oui… Enfin, entre les deux. Je ne
le connaissais pas personnellement, mais je
l'avais remarqué, parce que… bon, enfin, quand
j'ai crié *Feuer !*… j'avais des ordres, vous comprenez, j'avais des ordres, l'honneur de l'uniforme

était en joue… en jeu… Bref, quand j'ai fait tirer, il n'a pas fait comme les autres. Il y en avait une quarantaine — hommes, femmes, enfants — au fond du trou que nous leur avions fait creuser, et ils attendaient. Ils ne songeaient pas à se défendre. Les femmes hurlaient, évidemment, et tentaient de protéger leurs petits de leur corps, mais personne n'essayait aucun truc spécial. Pour une fois, même les Juifs étaient à bout de combines. Tous, sauf un. Celui-là ne s'est pas laissé faire comme les autres. Il s'est défendu.

— Avec quoi?

— Avec quoi, avec quoi! Il a fait un geste obscène.

— Un geste obscène?

C'est exact. Je me suis toujours demandé ce qui m'avait poussé à montrer mon cul nu aux représentants du *Herrenvolk* à un moment pareil. Peut-être pressentais-je qu'on allait un jour reprocher aux Juifs de s'être laissé massacrer sans résister : j'ai donc utilisé la seule arme, purement symbolique, certes, que nous avions réussi à conserver à peu près intacte à travers les âges et que j'allais perdre dans un instant. Je ne pouvais rien faire d'autre. Il n'était pas question de sauter hors du trou et de se jeter sur les SS quitte à tomber en route, noblement : le trou était trop profond. Mais je tenais à m'exprimer. Avant de recevoir les balles dans le cœur, je voulais quand même manifester, envoyer un message à l'Allemagne, aux nazis, à l'humanité, à la postérité. Je me suis servi d'abord d'un vieux geste insultant connu du monde entier. C'est même curieux que ce geste soit tellement universel. Il s'effectue avec le bras : la main gauche vient frapper la partie supérieure du bras droit, en même temps que l'avant-bras est replié violemment... C'est très expressif.

— Il s'était avancé, se plaçant devant les autres, et il a fait ce geste obscène, alors que mes hommes le visaient déjà. Aucune dignité. J'ai été tellement outré par une telle attitude de chien sans honneur face à la mort, que j'ai perdu une seconde ou deux avant de crier *Feuer!* et ce salaud-là en a profité avec une rapidité éclair, et qui prouve bien qu'il avait l'habitude de l'insulte... C'est à peine croyable, étant donné qu'il allait mourir dans un instant, mais...

— Mais?

— Enfin, il m'a tourné le dos, il a baissé sa culotte, il nous a montré son cul nu et il a même eu le temps de crier *Kisch mir in tokhès!* avant de tomber. Une vraie *hutzpé*, un culot monstre...

Il y a un moment de silence.

— Je ne savais pas que vous parliez yiddish, dit Guth.

Le Commissaire semble effrayé.

— J'ai parlé yiddish, moi?

— J'en ai bien l'impression.

— *Gott in Himmler!* dit Schatz.

Je suis vexé. Eh bien, quoi? Depuis le temps qu'on est ensemble, il est tout de même normal que je lui aie appris une chose ou deux.

— C'est lui, murmure Schatz. C'est encore lui. Vous avez raison. Je l'avais déjà remarqué moi-même. Il me fait parfois parler yiddish, souvent au milieu de la nuit…

Je lui donne des leçons, c'est vrai. Et alors ? Je ne dors jamais, moi. Je m'ennuie. Et puis Schatzchen ronfle. C'est insupportable. On sent qu'il ne pense pas à moi, qu'il fait peut-être de beaux rêves. Alors, je le réveille et je lui fais prendre une leçon de yiddish. Ce n'est pas du temps perdu, contrairement à ce qu'il croit. Nous avons une très belle littérature. Sholem Aleïkhem, par exemple : bientôt, Schatz pourra lire Sholem Aleïkhem dans le texte. Où est le mal ?

Guth observe attentivement son chef, il doit être convaincu que le Commissaire fait une crise de paranoïa. Schatzchen s'est levé de sa chaise, il me cherche du regard… Je me fais totalement invisible. Je sens que si j'insiste trop, il va devenir fou. Ce serait terrible. Je ne tiens pas à le perdre.

— Vous devriez prendre des tranquillisants, dit Guth.

— *Il ne veut pas…*

Là, il ment. Je lui permets de prendre tous les tranquillisants qu'il veut. Je m'en moque. Ils n'ont aucun effet sur moi. Je ne me laisse pas faire. Je résiste aussi bien au schnaps, aux barbituriques, qu'à tous les efforts des néo-nazis et du *Soldaten Zeitung*. Ils m'ont foutu dans leur subconscient, j'y reste. Indéracinable. Je trouve même qu'il est tout à fait vain de la part du gouvernement allemand de chercher à obtenir la bombe nucléaire. Cet effort de réarmement moral me paraît dérisoire. Ils ne parviendront pas à se débarrasser de moi. Ce qui est fait est fait. Pendant des générations, ils nous ont appelés des « ennemis à l'intérieur ». À présent, ils nous ont vraiment intériorisés. La bombe à hydrogène est là strictement inutile. Qu'est-ce qu'ils veulent ? Rendre l'âme ? Évidemment, je reconnais que c'est une façon de nous extirper.

— Je me surprends malgré moi à prononcer des mots dans cet infâme jargon... J'ai fini par acheter un dictionnaire pour me comprendre... *Arakhmonès...* Cela veut dire pitié. Je l'ai entendu dix mille fois, au bas mot. *Hutzpé,* culot... *Gvalt,* au secours... *Mazltov,* félicitations... Et puis, tenez, l'autre nuit, je me suis réveillé en chantant.

Guth sourit.

— Au moins, c'est plus gai.

— Vous croyez ça ? Vous ne connaissez pas mon salopard ! Vous savez ce qu'il me fait chanter ? *El molorakhmin.* C'est leur chant funèbre pour les morts... Il m'a forcé à me lever en pleine nuit — c'était l'anniversaire du soulèvement du ghetto de Varsovie — et il m'a obligé à chanter leur chant pour les morts... Il était installé sur mon lit, en battant la mesure, et il m'écoutait avec satisfaction. Ensuite, il m'a fait chanter *yiddishe mamma...* À moi, vous vous rendez compte ? Un manque de tact ! Car enfin, il y avait des mères et des enfants parmi ces malheureuses victimes d'Hitler... Cet individu n'a pas de cœur. Et tenez, il y a deux nuits... Que ça reste entre nous, mais... Il est venu me tirer par les pieds et il m'a forcé à m'agenouiller — chez moi, dans ma propre maison — et à réciter le *kaddish,* la prière pour les morts...

Est-ce ma faute si je venais de lire dans les journaux que des tombes juives venaient encore d'être profanées ? Il faut ce qu'il faut.

Cette fois, l'inspecteur Guth est tout de même étonné.

— À genoux ? Il vous a forcé à vous mettre à genoux pour réciter le… comment donc, le *kaddish* ? C'est curieux. Les Juifs ne prient pas à genoux.

Schatz hésite un moment.

— *Nous les mettions à genoux,* murmure-t-il, sur un ton confidentiel.

— Ah bon ! fait Guth, un peu gêné.

III

Je tiens à préciser un point d'histoire

Je tiens à préciser ici un point d'histoire. Dans mon groupe, personne ne s'était mis à genoux. Il y a, je crois, un survivant mal fusillé, qui avait simplement perdu une jambe dans l'incident, Albert Katz, Cracovie, Bracka 3, qui peut en témoigner, puisque moi, on ne me croira pas, les témoignages posthumes étant toujours considérés comme suspects. À ma droite, il y avait toute une famille, la famille Katzenelenbogen, ensuite Jakov Tennenbaum, l'ingénieur Gedanke et une très jolie jeune fille de quatorze ans, Tsatsa Sardinenfish.

Je voudrais faire ici une autre remarque. Ces noms vous paraissent sûrement ridicules, si bien que vous avez peut-être l'impression qu'en tuant ces gens-là, on a diminué un peu le ridicule, on en a enlevé un peu, en quelque sorte, une bonne chose de faite. Expliquons-nous. Ces noms, nous ne les avions pas choisis. Au cours de la diaspora, un grand nombre d'entre nous s'étaient retrouvés en Allemagne. Nous nous appelions «fils d'Aaron», «fils d'Isaac», *et cætera*, *et cætera.* Évidemment, les Allemands trouvaient qu'il nous fallait des patronymes moins vagues. Ils nous en ont distribué généreusement, avec beaucoup d'esprit. Et comme ça, du jour au lendemain, et à ce jour, nous nous trouvons affublés de noms grotesques qui prêtent à rire. Le rire est le propre de l'homme.

— Ils ne se rendent même pas compte que ce n'était pas notre faute, dit Schatz, que c'était le pape qui n'avait rien fait. Si le pape Pie XII avait dit un mot, nous aurions au moins eu une excuse pour ne pas tuer les Juifs. Un alibi... Tout ce qu'on voulait, c'était un alibi, pour ne pas les tuer. De mes propres mains, je ne les aurais pas tués! Mais non, le pape ne nous a pas tendu la main. Alors, on n'avait pas d'excuse, on était obligé de les bousiller. Et maintenant, nous sommes occupés, Guth, ils ont occupé l'Allemagne, tous les cinq millions...

— Six, dit Guth.

— Cinq et demi... Enfin, peu importe. Vous savez, l'autre nuit, il est venu et il a voulu que je lui promette de manger *kosher*, jusqu'à la fin de mes jours. Déjà, je n'ose pas toucher au jambon... Il aura ma peau, à ce régime-là. J'ai parfois l'impression qu'il voudrait me convertir au judaïsme.

C'est faux. J'ai toujours respecté les croyances des autres. Je n'ai absolument aucune intention d'empêcher mon ami Schatz de manger du jambon non plus. Mais quand on partage intimement la vie de quelqu'un, on finit par prendre certaines habitudes de l'autre. C'est le mimétisme, une des grandes lois de la nature. Tout le monde sait, par exemple, que les missionnaires qui passent cinquante ans en Chine reviennent avec des yeux bridés. Il est donc naturel que Schatzchen m'ait emprunté certaines habitudes, certains traits de caractère. Il se fait même des petits plats bien de chez nous, le vendredi soir. Du *tcholnt*, du *tsymès*, du *gefillte fisch*. Il cherche à se rattraper, quoi, à défaire ce qui a été fait. Il fraternise.

— Vous y pensez trop, dit Guth. Vous devriez aller passer quelque temps dans un pays arabe, pour vous désintoxiquer.

— Avec cette vague d'assassinats sur les bras, vous pensez si je peux me permettre des vacances... Entre nous, Guth, je n'en suis pas mécontent. Ça me change tout de même les idées.

— Si nous arrivons à trouver le coupable, vous aurez votre photo dans tous les journaux...

Schatz a soudain l'air très inquiet, mais il a tort de s'en faire. Il a tellement changé, depuis, que personne ne le reconnaîtrait.

— Qu'est-ce que je dis à ces messieurs ? demande Guth. Le baron von Pritwitz insiste : il assure que vous avez ordre de le recevoir.

— Pas question. Le Ministre a bien téléphoné à son sujet, mais je n'étais pas là

— Et les journalistes ?

— Dites-leur que je suis...

Je me présente. Il faut me voir, avec mon manteau trop long et couvert de plâtre, ma tignasse dont chaque cheveu est un éclair figé. Je m'assieds sur le bureau de Schatz, je croise les mains sur mes genoux, et balance nonchalamment un pied.

— Dites-leur que je suis… *occupé*, gueule Schatz.

Guth sort. Je me balance sur le bureau. Hübsch, le nez dans les papiers, gratte. Schatz prend le verre sur la table et l'emplit. Il attend un moment, lance un coup d'œil méfiant vers Hübsch, et pousse le verre vers moi, discrètement. Je fais « non » de la tête. Il n'insiste pas, et boit. Il hésite, en tapotant la table du bout des doigts, mine de rien, puis se penche, ouvre subrepticement un tiroir et sort un paquet de *matzoh*. Il prend une galette de pain azyme dans le paquet et me la tend. Je ne me laisse pas tenter. Mon ami soupire et remet le paquet en place. Et se redressant, il s'aperçoit que Hübsch s'est levé et qu'il est en train de l'observer avec un ahurissement sans bornes. Le Commissaire devient écarlate. Rien de plus désagréable que d'être surpris par un subordonné dans ses rapports intimes avec un être chéri. Il éclate.

— Hübsch, qu'est-ce que vous avez à m'espionner ? Vous voyez quelque chose de spécial ?

Le scribe se rassied, se passe la langue sur les lèvres et secoue la tête. Il semble effrayé. Il est convaincu que son chef est devenu fou. Il faut dire que la vue de Schatz en train d'offrir, avec un sourire suppliant, une galette de *matzoh* à un Juif qui n'est pas là doit être très éprouvante pour un fonctionnaire respectueux du règlement.

40

— Guth est trop jeune, murmure le Commissaire. Il ne peut pas comprendre. Il n'a pas connu ça. Il n'a pas connu *nos* malheurs... Hein ?

Je ne réagis pas. Je laisse Schatz me faire la cour. Je continue, assis sur le bureau, les mains croisées sur mon genou, à balancer mon pied avec indifférence. Je constate que le Commissaire est de plus en plus saoul. Hübsch, caché derrière ses paperasses, est terrifié.

— *Nous* avons beaucoup souffert... Hein ?

Je fais « oui ». Il a raison. Quand je pense à tout ce que nous autres, Juifs, avons infligé à la conscience allemande, j'ai de la peine. Mon cœur saigne.

— Mais *nous* n'avons fait qu'obéir, dit Schatz. *Nous* n'avons fait qu'exécuter des ordres...

De nouveau, il me tend le verre de schnaps, mais je détourne la tête avec beaucoup de dignité.

— Salaud, murmure Schatz.

Oui, eh bien, je n'ai rien contre le rapprochement judéo-allemand, mais je laisse ça aux générations futures. Pour l'instant, je refuse de me faire oublier. Vous savez ce que c'est, un vrai tempérament comique : j'ai besoin de faire rire. Et en Allemagne, justement, il y a encore un public idéal pour les comiques juifs. Si vous ne me croyez pas, vous n'avez qu'à feuilleter le supplément illustré du *Sunday Times*, du 16 octobre 1966. À Berlin, nous avons en ce moment un rabbin — il est venu de Londres — le rabbin David Weiz. Eh bien, il a confié au journal anglais que ce qui le surprend et l'attriste un peu, c'est, et je cite, « *cette façon qu'ont les Berlinois de le montrer du doigt et de rire de lui lorsqu'il sort de la synagogue et rentre à la maison, tout le long du chemin* ». Vous voyez que je n'invente rien et que notre devoir à nous autres, comiques juifs — tous les six millions — est de rester là, à faire rigoler les Allemands jusqu'à ce qu'ils disposent enfin d'armes plus puissantes que le rire.

Schatz boit sombrement. J'ai parfois l'impression qu'il me hait. Nous avons toujours souffert de la manie de la persécution, nous autres, c'est connu.

— Rancunier comme une teigne, murmure le Commissaire.

Hübsch lève le nez et louche craintivement vers son chef. La bouteille de schnaps est déjà presque vide. Hübsch est inquiet. Il sait qu'ils ont une affaire très importante sur les bras qui exige du Commissaire principal la possession de toutes ses facultés intellectuelles et morales.

Le téléphone se met à sonner et Schatz répond.

— Mes respects, monsieur le Directeur général... Non, malheureusement, aucun indice, aucune piste, pour le moment... J'ai placé des barrages sur les routes autour de la forêt de Geist, j'ai interrogé plus de trois cents personnes... J'ai interdit l'accès de la forêt aux promeneurs, aux amateurs de sensations fortes... Vous savez comment sont les gens... D'une curiosité ! À mon avis, ils sont plusieurs. Une bande organisée, peut-être une secte religieuse... Monsieur le Directeur général, je ne peux pas empêcher la presse mondiale de nous injurier. Ils nous ressortent toujours le vampire de Düsseldorf. C'est tout de même drôle qu'après quarante ans, chaque fois qu'ils veulent nous calomnier, nous autres Allemands, ils ne trouvent que le vampire de Düsseldorf. On aurait cru qu'ils auraient pu inventer autre chose, depuis...

Je traverse très rapidement le bureau. Sans insister, mine de rien, en sifflotant. Le Commissaire me foudroie du regard.

— Bien, monsieur le Directeur général. Je le recevrai immédiatement. Je ne savais pas qu'il venait de votre part. Je vais aussi essayer de calmer les journalistes, je vais leur parler tout de suite. Il y en a une vingtaine dehors. Mes respects.

Il raccroche. Il est excédé et il a besoin de passer sa mauvaise humeur sur quelqu'un. Il serait capable de me jeter un encrier à la tête. D'ailleurs, il est luthérien. Ces gens-là ont horreur des démons. Ils en ont brûlé des tas.

— Hübsch.

— *Jawohl.*

Le scribe se dresse d'un bond et attend.

— Je vous ai déjà prié de ne pas essuyer votre plume dans vos cheveux. C'est dégoûtant. Vous devriez consulter un psychanalyste.

— *Jawohl.*

Il sort. Hübsch reste un moment debout, méditant sur cette recommandation. Il contemple sa plume, médite encore, l'essuie tristement dans ses cheveux, et se rassied. Je suis de plus en plus convaincu qu'il n'a jamais connu de femme.

Je me sens délaissé. L'impression d'être soudain refoulé dans le noir, enfermé dans un lieu étouffant et plein de menaces.

Le subconscient, je ne souhaite pas ça à mes meilleurs amis.

IV

Le rire est le propre de l'homme

J'essaie de faire passer le temps comme je peux. Je rêvasse. Je pense à Érasme, à Schiller, à Lessing, à nos grands humanistes. Ce n'est pas tout d'être naturalisé, il faut encore savoir à quoi on s'expose. Aux États-Unis, pour devenir citoyen, il faut passer un examen, montrer que l'on connaît l'histoire de son pays d'adoption. Évidemment, je n'ai pas à m'en préoccuper : j'ai passé mon examen d'histoire haut la main, et même haut les mains, c'est fait. Ce qui m'étonne encore, figurez-vous, c'est la beauté de la Joconde. C'est assez curieux, les chefs-d'œuvre, vous ne trouvez pas ? Vous ne trouvez pas qu'ils ont quelque chose de dégueulasse ? Je dis ça comme ça, à propos de bottes. Mettez-vous dans un trou qu'on vous aura fait creuser en famille, regardez les mitraillettes et pensez à la Joconde. Vous verrez que ce sourire... *Tfou.* Ignoble.

Je suis donc en train d'élever mes pensées et de vagabonder parmi nos classiques, lorsque je vois entrer dans le bureau deux personnages d'une haute tenue vestimentaire, dont l'un — prince-de-Galles, gilet daim, melon gris, gants, guêtres, canne, Gœthe, Chamisso, Mozart — semble extrêmement nerveux. Son œil bleu est outragé, angoissé, désespéré. Une sorte de muette interrogation, d'indignation, d'incompréhension. C'est, visiblement, une nature d'élite et qui doit avoir des *tsourès*. Son compagnon est grand, maigre, vêtu de tweed, il a un beau nez, un de ces nez que l'on qualifie tantôt d'aristocratique, tantôt de juif, qui plaisait beaucoup chez les Bourbons, mais ne nous a causé que des ennuis. Il a belle allure, avec sa raie au milieu — j'aime les modérés — et me ferait penser à Alfred Krupp, si j'étais capable de penser à une chose pareille.

Les deux hommes me font bonne impression. Il y a de la noblesse dans l'air. Je m'approche d'eux, je les renifle. Ils sentent bon l'eau de Cologne, le tabac anglais, le beau cuir. Ils ne sentent pas le Juif du tout. Ça va. D'ailleurs, il n'y a plus de criminels de guerre : ils se sont recasés. Je me permets de tâter l'étoffe de leurs costumes : c'est de qualité, au moins quinze marks le mètre, et encore, à ce prix, j'y perds. Je m'y connais : mon père, Meier Cohn, était tailleur à Lodz. J'ai plusieurs générations de tailleurs derrière moi. Mon père aimait la bonne coupe, les tissus de qualité, il était lui-même toujours bien habillé, sauf au moment de son exécution : on les avait tous foutus à poil, hommes, femmes et enfants, avant de tirer. Ce n'était pas de la cruauté : les Allemands manquaient de tout, à la fin de la guerre, et ils voulaient récupérer les vêtements intacts, sans trous.

Parfois, j'ai l'impression que la Joconde, c'est du vandalisme.

Hübsch se lève et salue les deux hommes respectueusement. Il a dû tout traverser ainsi, respectueusement. Il y a, en lui, quelque chose d'éternel et de sinistre qui sent l'Histoire, obscurément. C'est l'homme des registres bien tenus et des inventaires scrupuleux. Depuis le premier massacre chemine à travers l'Histoire ce personnage bizarre, noir, irréprochable, honnête, une plume d'oie ou une tablette de scribe à la main et qui note que, tel jour, en tel endroit, le patrimoine de la tribu, de la nation, de la race, s'est enrichi de tant de peaux, de tant de souliers d'enfants, de tant de tresses de cheveux, de tant de couronnes en or. En yiddish, il y a une expression pour ça : *l'intendance suit.*

Lorsque Hitler avait ordonné l'extermination des romanichels, on dit que de très nombreux *tzigoïner* avaient eux-mêmes tué leurs femmes et leurs enfants, volant ainsi les SS de l'unique satisfaction qu'ils pouvaient puiser de leur contact avec une race inférieure. Les tziganes volent tout, c'est bien connu.

— M. le Commissaire sera là dans un instant, dit Hübsch.

Il se replonge dans ses papiers. On n'aperçoit de lui que la plume qui gratte, qui gratte... Il me vient soudain l'étrange idée que ce personnage noir et méticuleux prépare inlassablement des dossiers pour le Jugement dernier. Au fond, je me demande si je ne suis pas quelque peu porté au fantastique, sous l'effet de la littérature allemande, sans doute. Connaissez-vous ce conte de Chamisso, qui a pour titre : *L'homme qui n'arrivait pas à perdre son ombre*, si j'ai bonne mémoire ? C'est tout à fait Schatzchen et moi. Quant au Jugement dernier, j'oublie toujours qu'il a déjà eu lieu, que le verdict a été exécuté et que c'est ainsi que l'homme fut créé.

On a tort de dire que nous croyons, nous autres, à un Dieu sévère, impitoyable. Ce n'est pas vrai. Nous savons que Dieu n'est pas inaccessible à la pitié. Il a ses moments de distraction, comme tout le monde : parfois, il oublie un homme, et ça fait une vie heureuse.

Je pense à cet étudiant qui avait essayé de mutiler la Joconde. C'était un pur. Il avait horreur du cynisme.

Je reconnais maintenant les deux hommes qui viennent d'entrer. J'ai vu leurs photos à plusieurs reprises dans la chronique mondaine du *Zeitung*. Ils ont fait, depuis le miracle allemand, des fortunes considérables et ils dépensent leur argent généreusement : ils bâtissent des musées, protègent les arts, financent les orchestres symphoniques et font don à la ville de tableaux admirables. Dans le monde entier, d'ailleurs, les signes extérieurs de la beauté sont en ce moment très encouragés. Aux États-Unis, c'est un tel débordement de trésors artistiques et de grands ensembles culturels, que vous pourriez violer votre grand-mère, là-dedans, personne ne le remarquerait. Ça éblouit. J'avoue que je me sens assez mal à l'aise devant ces efforts. Imaginez — une simple supposition — que le Christ renaisse soudain de Ses cendres et se trouve nez à nez avec nos splendeurs d'art sacré et avec la beauté enivrante de toutes les crucifixions de la Renaissance. Il serait indigné, insulté, jusqu'à la dernière goutte de son sang. Tirer de sa souffrance atroce de telles beautés, utiliser son agonie pour donner du plaisir, ce n'est pas très chrétien. Il y a du Sade, là-dedans, sans parler d'une façon de faire fructifier un capital de souffrance où le pape devrait mettre son nez. Il devrait interdire aux chrétiens la pratique de l'art sacré et le laisser aux Juifs, comme l'usure.

Le plus petit des deux hommes, celui qui est vêtu d'un costume en tissu à quinze marks le mètre, paraît particulièrement nerveux. Son visage rose, un peu poupin, porte les marques d'un extrême désarroi, et il ne tient pas en place : même ses yeux bleus et consternés s'agitent sans cesse dans leurs orbites.

— Croyez-moi, cher ami, j'ai beaucoup hésité, je crains le scandale par-dessus tout, mais je n'ai pas le choix. Je suis obligé d'informer la police. S'il lui arrivait malheur, je ne me le pardonnerais pas. Et avec tout ce qu'on lit en ce moment dans les journaux, ces crimes abominables... Je redoute le pire.

— Mon cher Baron, vous n'êtes pas le premier mari dont la femme part avec le garde-chasse.

— Mon cher Comte, je ne prétends pas à la place d'honneur. Il ne s'agit plus de mon amour-propre. Il s'agit de l'amour tout court. D'un très grand amour.

— C'est bien ce que je dis.

— Du *mien*.

J'ai l'impression qu'il y a là ce qu'on appelle une situation.

— De l'amour en général, dit le Comte.

— Cette conversation est déplacée. Je suis trop malheureux.

— Nous le sommes *tous*...

C'est plein de sous-entendus. Les deux hommes se mesurent du regard et recommencent à marcher de long en large. Je dois le dire tout de suite : j'ai un faible pour les maris trompés. J'en ai tiré quelques-uns de mes meilleurs effets comiques, jadis. Vous dites « cocu » et le public s'esclaffe. Il se sent tout de suite rassuré, confiant dans son avenir.

— Je crains qu'elle n'ait été victime de ce sadique que la police est incapable d'arrêter. Il ne pouvait pas la rater. Elle est si belle !

— Le garde-chasse la défendra.

— Je n'ai plus aucune confiance en lui.

— Vous lui avez confié votre gibier pendant cinq ans...

Le Baron s'arrête et le regarde fixement. Puis les deux hommes se remettent à tourner en rond dans le bureau. Je commence à m'amuser sérieusement. L'honneur offensé, c'est notre plus vieille et notre plus sûre source de comique. Rappelez-vous Laurel et Hardy, lorsque leurs visages émergeaient de la tarte à la crème. Et les rires dans la salle, lorsque Charlot perdait son pantalon en public ? Vous avez sans doute tous vu, dans vos illustrés, une certaine photo d'amateur, prise par un soldat bon enfant, au moment de l'entrée des troupes allemandes en Pologne. On y voit un Juif *khassid*, vous savez, ceux qui étaient si ridicules, avec leurs cheveux en papillotes sur leurs joues, et leurs longs caftans noirs. Sur la photo, un autre soldat posait pour son camarade : il tirait en riant la barbe du *khassid*. Et qu'est-ce qu'il faisait, le Juif *khassid*, que l'on tirait par la barbe, tout seul parmi les soldats allemands bons enfants qui riaient ? *Il riait, lui aussi.*

Je vous l'ai dit : le rire est le propre de l'homme.

— Elle est si crédule, murmure le Baron. Si confiante… Elle est incapable de voir le mal. Pourvu qu'elle soit toujours en vie ! Je suis prêt à tout lui pardonner. Je suis prêt à faire la part du feu.

— Comme vous dites.

Le Baron le foudroie du regard. Il doit voir des allusions partout. Décidément, il y aura toujours quelque chose d'irrésistible, de désopilant dans l'attitude digne et noble d'un cocu. On pense à l'immense éclat de rire qui avait accueilli la phrase célèbre de Danton sur l'échafaud : « *Montrez ma tête au peuple, elle en vaut la peine.* » Je ne sais pourquoi la vue des cornes sur un front inspiré provoque une telle hilarité. Fraternité, soulagement de se sentir moins seul ?…

V

Les crimes de la forêt de Geist

Je suis ainsi en train de méditer sur l'honneur, lorsque la porte s'ouvre et mon ami Schatz revient dans son bureau. Je m'étais installé dans son fauteuil, je pensais que ça lui donnerait une petite attaque, mais non, rien, il est à ce point préoccupé qu'il ne me remarque pas, il s'assied sur moi, au propre comme au figuré. Il a dû être harcelé de questions par les journalistes et lorsqu'il est très occupé, je cesse d'exister pour lui. Le travail est la meilleure des thérapeutiques.

Depuis quelques jours, c'est un véritable cri d'indignation dans la presse. On accuse la police d'incompétence, de passivité, de manque de méthode et de refus de prendre des précautions élémentaires. Il faut reconnaître que vingt-deux meurtres en huit jours, il y a de quoi provoquer l'indignation du monde civilisé. Tout cela retombe sur les épaules de Schatz : la forêt de Geist et ses alentours, où tous les crimes ont été commis, se trouvent dans sa circonscription. Il s'assied donc sur moi et se tourne vers ses visiteurs d'un air absent.

— Bonjour, messieurs... Quelle chaleur ! On n'a jamais rien connu de pareil en Allemagne. On dirait que le feu couve quelque part...

Cette remarque parfaitement innocente fait que le Baron se dresse immédiatement sur ses ergots et son visage prend une expression indignée. Mais Schatz ne songe nullement à faire quelque allusion scabreuse à ses malheurs conjugaux.

— Que puis-je faire pour vous ?

Présentations. Politesses.

— Baron von Pritwitz.

— Comte von Zahn.

— Commissaire principal Schatz.

— Gengis Cohn.

Le Commissaire se fige, mais fait semblant de ne pas avoir entendu. Les autres, évidemment, sont à mille lieues de se douter de mon existence. Ce sont des natures d'élite et ils ne regardent pas sous leurs pieds. Ils n'ont rien à se reprocher. Ils ont toujours été pour la Joconde, eux aussi.

— Prenez place... Je m'excuse de vous avoir fait attendre. Ces journalistes ! La presse à sensation nous a inondés d'envoyés spéciaux. Nous avons une véritable vague de crimes, dans la région... Mais je ne vous apprends rien. Le monde entier, hélas ! est au courant.

Le Baron se passe sur les yeux une main très blanche et admirablement soignée. Je remarque une très belle bague, un rubis, un bijou de famille, ça vaut quinze mille dollars, au bas mot. Je dis ça en passant, par conformisme, par respect des opinions d'autrui. Je ne veux surtout pas vous déranger dans vos habitudes.

— Justement, monsieur le Commissaire, j'ai les plus vives inquiétudes pour ma femme…

Le Commissaire n'écoute pas.

— Vingt-deux cadavres en huit jours, c'est beaucoup, même pour un grand pays comme l'Allemagne.

— On les a identifiés ?

— Presque tous. Mais on nous a également signalé un certain nombre de disparitions, et nous n'avons pas encore les corps.

— Mon Dieu !

Le Baron ferme les yeux. Il ne peut plus parler. Le Comte prend la relève :

— Et on n'aurait pas trouvé parmi eux une jeune femme ? Tenez, voici sa photo…

Le Baron sort d'une main tremblante une photo de sa poche et la pose sur le bureau. Le Commissaire la prend. Il la regarde longuement.

— Elle est très belle.

Le Baron soupire.

— C'est ma femme.

— Compliments.

— Elle a disparu.

— Ah… En tout cas, je puis vous dire qu'elle n'est pas parmi les victimes.

— Vous êtes sûr ?

— Certain. Je les ai toutes vues. Ce serait trop beau si je trouvais pour une fois dans ce sale métier un si beau corps… Mais voilà : tous les morts sans exception sont des hommes. L'assassin, apparemment, ne touche pas aux femmes. Il y a un autre trait commun entre ces crimes. Tous les malheureux avaient sur leurs visages une expression de bonheur...

Ce qui se passe avec Hübsch est décidément très bizarre. Il ne tient plus en place. Il se passe même avec lui quelque chose d'encore plus bizarre, mais je ne vous dirai pas un mot là-dessus. J'ai déjà eu assez d'ennuis avec la censure. Je ne veux pas qu'ils se remettent à parler d'un art «juif et dégénéré, d'expressionnisme juif décadent» qui «menace notre fibre morale et cherche à saper la société». Je ne cherche absolument pas à saper votre société. Au contraire, votre société, je vous la souhaite. *Mazltov.*

En tout cas, le mot «bonheur» semble avoir pour Hübsch un sens précis, on dirait qu'il sait où ça se trouve. Il s'est dressé à demi, la plume en l'air, et il regarde. Je dirai même : il voit. Ce qu'il voit, je ne le sais pas et je ne veux pas le savoir. *Tfou, tfou, tfou.*

Moi, désormais, je suis pour Raphaël, pour Titien, pour la Joconde. Hitler m'a convaincu.

— ... Une expression d'enchantement. De ravissement. On dirait qu'ils ont tous été frappés en pleine extase...

Ce Hübsch, décidément, ne me dit rien qui vaille. Il commence même à me faire peur. Au mot «extase» il s'est raidi tout entier, les traits de son visage eux-mêmes se sont durcis, je ne sais si ce sont les verres de son pince-nez ou ses yeux qui brillent ainsi d'un éclat fanatique, on devine une lancinante nostalgie, un véritable *katzenjammer* de l'âme, une aspiration dévorante, et je ne sais pourquoi, je vérifie que mon étoile jaune est bien à sa place, que je suis en règle.

Ceci dit, je ne crois pas du tout à la renaissance du nazisme en Allemagne. Ils trouveront autre chose.

— Il ne fait aucun doute que tous ces hommes, au moment de mourir, ont... comment dire? Je ne sais pas, moi. Ils se sont complètement *réalisés*. Ils se sont *accomplis*. Ils donnent tous l'impression d'avoir touché au but, de l'avoir saisi. Comme si leur main tendue avait enfin cueilli quelque fruit suprême... L'absolu. Je dirai ceci : à ma connaissance, on n'a jamais vu pareille expression de bonheur sur un visage d'homme. Pas sur le mien, en tout cas. Ça vous laisse rêveur. On se demande ce qu'ils ont vu, ces enfants de... Excusez-moi.

Un silence lourd de nostalgie et de promesse plane sur le bureau de police, Gœthestrasse n° 12.

VI

Ça sent le chef-d'œuvre

Je ne sais si c'est nerveux, chez moi, ou si c'est un effet d'optique, mais depuis quelques instants tout me semble baigner dans une auguste clarté. L'effet est si puissant que lorsque le caporal Henke entre pour déposer sur le bureau le dernier rapport du médecin légiste, je le vois auréolé d'une lumière de chef-d'œuvre : à croire que c'est Dürer qui l'envoie pour me rassurer sur notre avenir. Je suis pris à la gorge par une émotion si violente que l'idée me traverse l'esprit que c'est la main de Holbein lui-même ou d'Altdorfer qui m'étrangle ainsi et que, le pinceau et la brosse dans la gorge, je vais disparaître sous des couleurs nobles dans une débauche de perfection. Je sue, je me débats, je cherche l'air, mais c'est sans doute une crise d'asthme, j'ai souffert toute ma vie de ces étouffements. Et puis, de quoi donc ai-je peur ? Le pire est déjà arrivé. On ne peut qu'ajouter quelques touches, ajouter, comme on dit en yiddish, l'insulte à la souffrance, me transformer en chef-d'œuvre artistique et m'accrocher au musée de Düsseldorf, comme on l'a fait pour les tableaux de Soutine. Un peu d'art n'a jamais fait de mal à personne et je ne vois pas pourquoi je n'irais pas grandir le tas de vos trésors culturels.

Je respire mieux. L'idée que je vais rapporter à notre Musée imaginaire me fait du bien. Sous la main d'un peintre de génie ou d'un grand écrivain, j'aurais été une bonne occasion, sinon pour moi-même, du moins pour la culture. J'aime l'idée que je vais rapporter quelque chose.

Je me calme, je baigne dans la clarté. Une Renaissance se prépare, Dieu sait de quoi. Mais je suis sûr que la madone des fresques et la princesse de légende vont cesser de faire tapisserie, que la beauté de la Joconde ne sera plus seulement celle d'un tableau, qu'elles vont prendre corps, devenir réalité. Je sens que ce qui a été fait va être racheté et que je vais avoir bientôt, moi aussi, une tête de chef-d'œuvre, comme le Christ.

Le commissaire Schatz prend un ton confidentiel. D'habitude, vous pensez bien, il ne se livre pas facilement. Mais je l'ai vu rester éveillé toute la nuit en essayant de comprendre, de pénétrer le mystère de cette expression de bonheur jamais vu répandue sur les visages de toutes les victimes de ce que les journaux, avec une *hutzpé* admirable, qualifient déjà depuis quelques jours de SÉRIE DE CRIMES SANS PRÉCÉDENT EN ALLEMAGNE.

— J'ai cependant mon idée là-dessus. Je commence à croire que c'est la mort elle-même qui les a comblés. Que c'était une mort... autre, venue d'ailleurs, pas du tout ce qui se fait d'habitude. Je ne sais si vous voyez ce que je veux dire…

Le Baron paraît peu intéressé, mais son compagnon approuve, inclinant la tête.

— En effet, dit-il. Nos savants ont peut-être enfin inventé une mort nouvelle… digne de notre génie. Une mort culturelle… Cultivée, plutôt. Un véritable art… Une prodigieuse manifestation artistique… Une Renaissance de la mort… Avec ses Michel-Ange, Masaccio, Titien, Raphaël… La saveur de l'absolu… À propos, savez-vous que chez les écrevisses, le spasme sexuel dure vingt-quatre heures?

Hübsch se dresse d'un bond. Le Commissaire lui-même est profondément impressionné.

— Messieurs, je vous en prie, proteste le Baron. Ma femme est peut-être en danger de mort et vous parlez philosophie!

Le commissaire Schatz revient sur terre, après ce bref regard sur l'absolu.

— Vous dites qu'elle a disparu?

— C'est-à-dire qu'elle est partie avec… avec…

— Avec le garde-chasse, conclut le Comte.

Schatz plisse un peu les yeux.

— Parce que vous n'avez pas de chauffeur?

— Si, mais je ne vois pas…

— En général, dans la haute société, c'est le chauffeur.

— Monsieur le Commissaire, je trouve ce genre de plaisanterie…

Schatz se lève. Il a tellement bu qu'il tient à peine debout. Sa voix est épaisse, traînante.

— C'est une affaire qui ne regarde pas la police.

— Comment, comment?

— Vous n'aviez qu'à l'attacher.

Il regarde la photo avec une intensité, une ferveur presque désespérées.

— Quand on a une femme d'une telle beauté, on prend des précautions élémentaires. Je vous prie de m'excuser. Adressez-vous à un détective privé. J'ai d'autres chats à fouetter.

Le Baron est outré.

— Monsieur, mesurez votre langage. Il s'agit de la baronne von Pritwitz.

Le Comte prend un air dédaigneux.

— Il est ivre.

VII

Le mystère s'épaissit

Schatz est en effet à ce point saoul maintenant, que si je me présentais brusquement devant lui, il serait capable de ne pas me voir. Il faut dire que j'ai une nature inquiète, tourmentée, ce qui me rend parfois enclin au pessimisme. Je crains qu'à force de nous griser de culture, nos plus grands crimes s'estompent complètement. Tout sera enveloppé d'une telle beauté que les massacres et les famines ne seront plus que des effets littéraires ou picturaux heureux sous la plume d'un Tolstoï ou le pinceau d'un Picasso. Et dans la mesure où quelque charnier, soudain entrevu, trouvera aussitôt son expression artistique admirable, il sera classé monument historique et ne sera plus considéré que comme une source d'inspiration, du matériau pour *Guernica*, la guerre et la paix devenant, pour notre bonheur, *Guerre et Paix*. Au fond, il s'agit là encore de notre avarice proverbiale, de notre esprit de lucre : j'ai peur que quelqu'un d'autre, un écrivain, un peintre, fasse une affaire sur mon dos, tire des bénéfices de mon malheur.

Nous autres, nous voulons toujours garder tout pour nous-mêmes, c'est connu.

— Messieurs, vous ne lisez pas les journaux ? Vous ne savez pas ce qui se passe ? Des morts partout, la peur, les gens s'enferment chez eux, le monde entier bouleversé, une presse déchaînée contre ce qu'elle appelle l'impuissance de la police et vous voulez que je vous tienne la main parce que vous êtes cocu !

— Ah non ! gueule le Baron. Je vais me plaindre au Ministre !

— Vingt-deux morts ! Tous avec des visages radieux et tous *déculottés* !

Le Comte croit avoir mal entendu.

— Déculottés ?

— Oui, dit le Commissaire. Déculottés. Des sourires comme ça.

— Des sourires ? Comment, des sourires ? Où ?

— Les honnêtes femmes n'osent plus sortir de chez elles.

— Mais je croyais que l'assassin ne frappait que des hommes...

— Les honnêtes femmes n'osent plus mettre le nez dehors, à cause du spectacle. Vingt-deux cadavres, déculottés et souriants, voilà ce que j'ai sur les bras. Il y a trois nuits que je ne dors pas... Je vois leurs gueules hilares, réjouies... Mais qu'est-ce qu'ils ont vu ? Qu'est-ce qui leur a tellement fait plaisir ? Qui ? Quoi ? Comment ? Un coup de couteau dans le dos et pourtant... C'est à croire qu'ils sont morts de joie... Eh bien, allez, messieurs, allez vous plaindre au Ministre. Dites-lui que le commissaire Schatz est un incapable, une nullité, et qu'au lieu de vous aider, il passe son temps à rêver au paradis...

Il saisit le téléphone.

— Kuhn? Écoutez, il me vient une idée. Voulez-vous vérifier si les victimes ne sont pas des Juifs, par hasard... Comment, pour quoi faire? S'ils sont tous juifs on tiendra au moins un motif... Oui, passez-le-moi. Bonjour, docteur. Écoutez, vous ne m'apprenez rien. Je sais parfaitement qu'ils ont tous subi d'odieuses violences... Un coup de couteau dans le dos, je sais. Quoi? *Quoi?* L'absolu? Quel absolu? Le petit absolu? Comment, le petit? Hein? À quel moment? Avant, pendant, après? Qu'est-ce que ça veut dire, au sommet? En plein triomphe? En pleine apothéose? En pleine beauté? En pleine gloire? Le sort le plus beau, le plus digne d'envie? Écoutez, docteur, tout le monde sait que vous êtes patriote, mais calmez-vous! Docteur! DOCTEUR!

Il raccroche très vite, sort son mouchoir et s'essuie les mains.

— Ah, le salaud! Dans le téléphone! C'est dégoûtant! Eh bien, j'ai dans mes bras la plus grande série de crimes sexuels depuis le paradis terrestre!

— On dit «sur les bras», remarque le Comte. Pas «dans les bras».

Le Commissaire fait le tour du bureau, puis se rassied.

— Résumons. Aucune trace de lutte, de résistance. Dans chaque cas, les pantalons ont été trouvés soigneusement rangés, ce qui indique clairement que toutes les victimes étaient consentantes... À mon avis, l'assassin utilise une femme comme appât et frappe la victime pendant que cette dernière a la tête ailleurs...

— Comment, la tête ailleurs?

Hübsch me paraît sur le point d'éclater. Il a défait sa cravate, son gilet. Son regard est halluciné. Sa moustache est agitée par un souffle précipité. Je n'aime pas du tout ce qui se passe ici, mais pas du tout. Après, on dira encore que c'est moi.

— Ils sont donc deux au moins. Mais le mobile, le motif?

— Peut-être un mari ou un amant jaloux, suggère le Comte. Il a surpris sa femme dans les bras d'un amant et il l'a tué...

— Vingt-deux amants en huit jours?

Le Comte a une réponse à tout :

— Elle fait peut-être partie d'un cirque, remarque-t-il.

Le Commissaire le tue du regard.

— Vous n'avez pas d'autres suggestions?

— Je ne sais pas. Il me semble cependant que lorsqu'on trouve des morts par douzaines, il y a sûrement une explication valable. Ça ne peut pas être quelque chose d'ordinaire. Il y a sûrement à la base une foi profonde, un *credo*, un motif désintéressé... une vision. Quelque chose de noble, quoi! Vous dites vous-même que les victimes avaient l'air ravi. Elles étaient peut-être d'accord. Elles ont peut-être disposé librement d'elles-mêmes. Un sacrifice librement consenti, sur l'autel d'une grande cause.

— Tous déculottés, dit posément le Commissaire.

— Oui, justement, à votre place, je chercherais du côté idéologique. L'engagement, vous savez. La révolution de Budapest. Puisque vous dites vous-même que tous ces hommes de bonne volonté avaient consenti à se déculotter... Ils avaient sûrement la vocation !

— Pourris, murmure Schatz. Tous complètement pourris. On est en train de nous piétiner. Je sens une présence juive, haineuse, impitoyable... Rancuniers comme des teignes !

Le Baron essaie de s'interposer.

— Monsieur le Commissaire, je vois bien que vous avez des préoccupations, mais je vous demande, tout de même, de m'aider à retrouver ma femme. Huit jours sans nouvelles...

Le Commissaire paraît soudain intéressé.

— Huit jours ? Tiens. Comment est-il, ce garde-chasse ?

— Florian ? Très efficace et très ponctuel dans son travail...

— Ah.

Le Commissaire regarde la photo et sonne. Un flic entre, le Commissaire lui murmure quelques mots à l'oreille et le flic sort. Schatz allume une *volksdeutsche* et médite un instant.

— Des signes particuliers ?

— Comment ça ?

— Ce Florian... Il avait quelque chose de spécial que vous auriez remarqué ?

— Je n'ai rien remarqué du tout.

— Il faut quand même qu'il ait... un je-ne-sais-quoi, ce garde-chasse, pour qu'une si grande dame…

Il reprend la photo et la contemple un instant.

— Pour qu'une si grande dame, et si belle, parte avec lui, il devait avoir quelque chose de pas ordinaire…

— Je vous répète que je n'en sais rien. S'il fallait se pencher sur… sur le cas de chaque domestique !

Le Comte n'est pas de cet avis.

— Eh bien, moi, monsieur le Commissaire, je dois avouer que Florian m'a toujours paru très curieux. D'abord, il ne semblait pas avoir d'âge… Une absence totale de rides, et pourtant, il parlait comme quelqu'un qui avait tout vu et qui était là depuis une éternité. J'avais aussi remarqué qu'il se dégageait de lui… comment dire ? une certaine fraîcheur. Dès qu'il s'approchait, il se mettait à faire frais… Une ombre tombait sur vous. En plein mois d'août, dans le parc, lorsque vous le croisiez — il vous saluait très poliment — une sorte de petit froid assez pénétrant vous enveloppait. Ce n'était pas désagréable, du reste, par temps de grande chaleur. On avait envie de s'asseoir à ses côtés, de se reposer, comme à l'ombre d'un chêne… Oui, il avait quelque chose d'attirant. Lorsqu'on était fatigué, surmené, enflammé par de grands projets, de grands espoirs — la récupération des provinces de l'Est, par exemple — sa présence avait un effet profondément calmant. J'avais d'ailleurs remarqué que les jeunes gens recherchaient sa compagnie. Il semblait exercer sur eux une grande influence. Mais j'insiste sur le côté physique de cette véritable emprise — le mot n'est pas trop fort. Une fraîcheur physique, qui apaisait vos nerfs et vos sens surchauffés, qui vous rassurait, et vous procurait une étrange satisfaction. Vous l'avez bien remarqué, cher ami?

— C'était en effet un garçon extrêmement froid, dit le Baron. Je n'ai rien remarqué de plus.

— Allons, cher ami. Vous m'aviez souvent dit qu'il vous glaçait jusqu'aux os.

— C'était une façon de parler.

— Bon, bon, dit le Commissaire. Il dégageait donc un petit froid.

— Un petit froid… délicieux, précise le Comte.

— Très bien. Pourtant, en général, lorsqu'une femme s'enfuit avec un domestique, ce n'est pas à cause de sa froideur. Vous n'avez rien observé d'autre?

— Si. Je vous disais qu'il était assez mystérieux. Par exemple… il tuait les mouches.

— Qu'est-ce qu'il y a là de mystérieux? Tout le monde tue les mouches et la vermine…

Ah non. Je ne peux pas laisser passer ça. Je me présente immédiatement devant Schatz et je le regarde sévèrement. Le Commissaire rougit.

— Vous interprétez tout de travers, grogne-t-il. Vous autres, Juifs, vous ne pensez qu'à vous-mêmes…

Je le menace du doigt et me retire. Schatz hausse les épaules, se verse un verre et boit.

— Toujours cette façon de tirer la couverture à lui… grogne-t-il.

Le Comte est étonné.

— Vous dites?

— Rien. Je n'ai rien dit. Je n'ai pas ouvert la bouche. Continuez. Donc, ce garde-chasse... Il tuait les mouches. C'est tout?

— Il ne les tuait pas naturellement.

— Qu'est-ce que ça veut dire, tuer quelqu'un *naturellement*?

Je réapparais. Il frappe du poing sur la table, se voile les yeux. Je dois vous faire là un aveu très important : je ne fais pas exprès de le harceler. C'est même une chose très curieuse : on dirait que ça vient de lui. Cela tient au caractère très spécial de notre intimité et j'avoue que je n'ose pas y fouiller trop profondément. Je vous dirai seulement ceci : je ne sais plus, parfois, si je suis en lui ou s'il est en moi. Il y a des moments où je suis convaincu que ce gredin de Schatz est devenu *mon* Juif, que cet Allemand est tombé dans mon subconscient et qu'il s'y est installé pour toujours. Je suis souvent terrifié à l'idée que nous ne parviendrons jamais à nous dépêtrer l'un de l'autre : une atroce, obscène et intolérable fraternité, faite de haine, de sang, de peur et d'impitoyable rancœur. Il m'arrive même d'être pris de panique et d'imaginer que Hitler a gagné, qu'il ne nous a pas seulement exterminés mais qu'il nous a encore, d'une manière ignoble, unis l'un à l'autre, qu'il a mélangé nos psychismes. Qu'il a non seulement enjuivé les Allemands mais encore laissé à jamais sa marque en nous, au point que les Allemands sont devenus les Juifs des Juifs. Les parasites psychiques, je ne souhaite pas ça à mes meilleurs amis. Mais j'ai toujours été un grand nerveux et un hypocondriaque. Au lieu de me faire des *tsourès* je devrais au contraire reconnaître avec gratitude qu'il y a énormément d'Allemands qui cachent en eux six millions des nôtres, et me sentir rassuré par cette preuve de fraternité. On ne s'en douterait pas, à les regarder : ils nous cachent si bien. Lorsque vous voyez un Allemand âgé d'une cinquantaine d'années, pour peu qu'il ait une sensibilité, une conscience, vous pouvez être sûr qu'il est habité par un locataire clandestin. Ce n'est pas pour rien que les nouveaux nazis accusent leurs compatriotes de s'être enjuivés. On se demande même s'ils parviendront jamais à retrouver leur pureté raciale, et on comprend alors pourquoi tant d'entre eux rêvent d'autodestruction. Je sais, par exemple, que mon ami Schatz a une telle envie de se débarrasser de moi qu'il a même fait une tentative de suicide. Il veut ma perte. Je crains toujours qu'il ne se pende, ou qu'il n'ouvre le gaz, dans une crise d'antisémitisme.

VIII

Leçons de poésie dans un parc

Schatz ferme les yeux, mais il a tort : il me voit encore mieux ainsi. Je fais surface, j'afflue, je me mets à l'aise. Ouf ! Ce n'est pas un subconscient, son truc, c'est un bourbier, et encore, je suis poli. J'y reste le moins possible, juste ce qu'il faut pour entretenir la flamme.

Il soupire, lève les yeux, mais garde le front baissé comme un taureau méfiant, les yeux fixés sur ses deux visiteurs. Il sait qu'il vient de faire une crise particulièrement aiguë : dans la nuit, il avait perdu la tête et appelé Frau Müller, qui avait immédiatement téléphoné à des médecins. Trop contente, vous pensez bien : il savait qu'elle était en train de raconter à qui voulait l'entendre que sa raison chancelait. À présent, les médecins sont là, c'est sûrement eux, ces deux personnages « influents » : ils sont en train de l'espionner. C'est un complot. Il y avait long-temps qu'il surprenait autour de lui des regards bizarres. On voulait sa perte. Il n'aurait jamais dû se laisser dénazifier. C'est surtout cela qu'on lui reproche : maintenant que, le N.P.D. en tête, l'Allemagne marche vers le renouveau, c'est une tache noire sur son dossier. Et si ces deux types étaient de la police politique, chargés de vérifier s'il était exact que le Commissaire de première classe Schatz s'était enjuivé ?

Ne nous affolons pas. Lucidité avant tout. Solide comme un roc. L'essentiel est de donner à ses ennemis une impression de calme, de maîtrise de soi. Continuer l'enquête, faire son métier. Ne pas se laisser entamer par la propagande antisémite, les regarder tous bien en face et leur dire : « *Parfaitement, messieurs, j'ai du sang juif et j'en suis fier.* » Le tout est de conserver sa lucidité, ne pas laisser ce salaud de Cohn manipuler vos pensées, semer la confusion, l'empêcher de faire son numéro du *Schwarze Schickse* dans votre tête. Tout est parfaitement clair. Il y a là deux personnages extrêmement importants, deux artisans bien connus du « miracle allemand ». Il faut leur montrer qu'on domine la situation, qu'on est en pleine possession de ses facultés. Plus tard, il pourra invoquer leur témoignage. Le commissaire Schatz ? Tout à fait normal. Une logique à toute épreuve. Il était justement en train de leur dire… Quoi ? Qu'était-il en train de leur dire ? Ah oui.

— Qu'est-ce que cela signifie, tuer quelqu'un *naturellement* ?

Ouf ! Je suis content de l'avoir tiré d'affaire. Ils sont encore capables de lui faire un électrochoc et la dernière fois… Je frémis, rien que d'y penser. Ils ont failli m'avoir, ces salauds-là.

Le Comte s'explique.

— Je veux dire, ces mouches qu'il tuait, Florian ne les touchait pas. Elles tombaient mortes autour de lui, comme ça, toutes seules.

— Ah?

— Oui. C'était très curieux. Dès qu'une mouche venait près de lui, elle tombait morte. Et les moustiques aussi. Même les papillons.

— Il sentait peut-être horriblement mauvais, votre garde-chasse. Pourtant, du moment qu'une aussi belle femme est partie avec lui... En effet, c'est bizarre.

— Et les fleurs. J'oubliais les fleurs. Le jardinier du château, Johann, était en très mauvais termes avec lui. Il l'accusait toujours de détruire ses fleurs. Il s'était plaint au Baron à plusieurs reprises...

— Je ne vois vraiment pas le rapport, dit le Baron.

Le commissaire Schatz lève la main.

— Vous me permettrez de juger. Les fleurs, dites-vous?

— Je l'ai observé. En réalité, je crois qu'il ne voulait aucun mal aux fleurs, qu'il les aimait même beaucoup. Il était toujours fourré dans les rosiers. Seulement, au bout d'un moment, lorsqu'il restait là, les fleurs se mettaient à mourir.

— Comment ça?

— Eh bien, comme les mouches.

— Dites donc, c'est un rigolo, votre garde-chasse.

— Même les oiseaux... Lorsqu'il s'approchait, ils se mettaient à chanter — il semblait même les inspirer particulièrement — et puis, ils tombaient morts à ses pieds. Il paraissait du reste désolé. Je pense que c'était nerveux, chez lui.

— Et à part ça, il avait d'autres petits traits de caractère sympathiques ?

— Non… Je n'ai rien remarqué. Peut-être quelque chose dans le regard…

— Mauvais ? Menaçant ?

— Non, au contraire… Il vous observait toujours avec… comment dire ? Avec une certaine tendresse… oui, avec espoir. Un regard affectueux… encourageant, comme s'il attendait beaucoup de vous.

— Hmmm…

— Je dois avouer que, personnellement, il ne m'était pas du tout antipathique. J'aimais bien le savoir toujours là, dans le parc… Sa présence avait un caractère rassurant, apaisant… prometteur, même. On sentait tout de suite qu'il était très serviable. Il aimait la nature. Le parc est très beau et on trouvait toujours Florian dans les allées. J'ai essayé parfois de lui parler, — il eût été agréable de m'entretenir de philosophie avec lui — c'est étrange, maintenant que j'y pense, on avait une envie irrésistible de lui parler philosophie. Il répondait poliment, mais gardait toujours ses distances. Une ou deux fois, j'avais voulu discuter avec lui du problème de la mort. Il s'était dérobé, avec une sorte de modestie. Un garçon très respectueux.

— Ouais, il préparait son coup en douce, dit le Commissaire. Il n'a rien pris, en partant ? Je veux dire, à part la Baronne ?

— Rien.

— De quoi avait-il l'air ?

— Grand, maigre, avec un visage osseux et, comme je l'ai dit, sans âge. Un air d'éternelle jeunesse. Il avait une façon un peu bizarre de s'habiller…

— Je lui en avais fait à plusieurs reprises la remarque, intervint le Baron. On aurait dit un de ces mauvais garçons qu'on voit parfois sur le trottoir, vous savez… Qui attendent…

— Nous appelons ça un maquereau.

— Ça ne lui ressemblait pas du tout. Il paraissait plutôt cultivé. Tenez, il aimait beaucoup la poésie. Il avait toujours un livre de poèmes dans sa poche.

— L'un n'empêche pas l'autre. On peut être un salopard et goûter la poésie. Ça se voit tous les jours.

— Je crois que c'est même par la poésie que tout cela a commencé… Avec Lily, je veux dire.

— Lily ?

— C'est la Baronne. Elle se passionnait pour la grande poésie lyrique. Je les avais souvent aperçus dans le parc, tous les deux, en train de se lire des poèmes à haute voix…

Le Baron a l'air choqué.

— Vous auriez dû me le dire, cher ami. J'y aurais mis le holà.

— Je n'y voyais aucun mal.

Le Commissaire ne semble pas convaincu.

— C'est tout ce qu'ils faisaient ensemble ?

— À ma connaissance, oui.

— Évidemment. Enfin, il ne vous avait jamais

74

donné aucune raison de mécontentement. Vous le trouviez même plutôt sympathique…

Le téléphone l'interrompt.

— Allô? Oui. Du calme, du calme. Ne vous énervez pas. Bon. Je prends note. Déculotté, avec, sur le visage, une expression de profonde satisfaction… Je sais, je connais. Ça fait, vingt-quatre cadavres, tous parfaitement heureux. Mais calmez-vous, sergent, qui sait, ça peut vous arriver aussi… Ne désespérez pas.

— *Hi ! hi ! hi !*

Je pouffe. C'est moi qui lui ai soufflé cette *kho-khmé*, et bien qu'il soit fâcheux d'en être réduit à rire de ses propres plaisanteries, je ne peux m'en empêcher. Mais comme ce petit rire strident et, avouons-le, un peu sifflant sort des lèvres de Schatz, les deux visiteurs sont légèrement surpris.

Schatz rit encore une fois, de sa propre voix, pour essayer de donner le change. Je suis embêté. Je ne veux pas lui causer de nouveaux ennuis. Ceux que je lui donne déjà me suffisent amplement. Mais je ne peux pas m'empêcher. Vous savez comment nous sommes, nous autres : donnez-nous un doigt et nous prenons tout le bras. *Mea culpa.*

IX

Schwarze Schickse

La chaleur est effroyable. On dirait qu'elle se rapproche. Schatz sue à grosses gouttes. Il braque sur le Baron ses petits yeux bleus, soupçonneux, et il est en train de me chercher, de se demander si j'y suis pour quelque chose. Je n'y suis pour rien. Je suis simplement heureux de savoir que Lily va bien et que Florian veille toujours sur elle. Ils font un très beau couple, et, tant que l'humanité durera, ce couple sera inséparable. Je le dis sans rancœur. J'aime les belles légendes, moi aussi, qu'est-ce que vous croyez.

— Parlez-moi donc encore de ce... Florian. Il commence à m'intéresser.

— Je le voyais très peu. Il disparaissait parfois pendant des mois. Mais chaque fois que j'avais une partie de chasse, il était là. Il avait d'ailleurs le meilleur coup de fusil que j'aie jamais vu.

— Ah. Nous y venons enfin. Et la Baronne chassait beaucoup ?

— Jamais. Elle avait horreur de ça. Elle ne s'intéressait qu'aux choses de l'esprit.

— J'ai posé la question d'une manière délicate, mais si vous voulez les points sur les *i*...

— Monsieur !

— Elle était... exigeante ?

— Pas du tout. Elle avait horreur des bijoux, des toilettes. Elle aimait l'art, la poésie, la musique, la nature... Lily avait des goûts très modestes.

— Ce sont parfois les plus difficiles à satisfaire. Et le garde-chasse... il était jaloux ? Capable de tuer, par jalousie ?

— Comment ça ?... Mais vous n'y pensez pas ! Mais c'est abominable ! Vous n'imaginez pas que Lily puisse être mêlée à ces crimes ! Elle est née une Schleswig-Holstein !

— Vous savez, les Hohenzollern, ce n'était pas mal non plus, et en 14-18, ils ont fait des millions de morts !

Le Baron est vraiment outré.

— Vous avez une imagination basse, monstrueuse et dévergondée ! Imaginer qu'une femme si bien née, une très grande dame, puisse être en quoi que ce soit mêlée à ces horreurs... Je vais demander votre révocation. Lily, ma Lily ! Si pure, si belle, si noble...

— Elle a déjà eu des amants ?

— Jamais ! Vous êtes ignoble ! C'est un être d'une sensibilité exquise, une nature d'élite. Nous recevions chez nous les plus grands écrivains, les musiciens... La culture ! Elle ne vivait que pour la culture. C'est une chose connue, enfin ! Demandez à n'importe qui ! D'une érudition extraordinaire ! Wagner ! Beethoven ! Schiller! Hölderlin! Rilke! Voilà ses seuls amants. Elle a inspiré nos plus grands poètes! Des odes! Des stances! Des élégies! Des sonnets! Ils ont tous chanté sa beauté, sa grandeur, sa noblesse, son âme immortelle! On la donnait en exemple à la jeunesse des écoles! Elle inspirait, bien sûr, de grands amours, mais cela se situait toujours au niveau de l'esprit! Je vous dis, Lily n'avait qu'un rêve, qu'une aspiration, qu'un besoin… La culture…

Il a raison. Tout à fait raison. La culture. Au moment où nous creusions notre tombe, alors que les SS tenaient déjà les mitraillettes prêtes, j'avais demandé à mon voisin de tombeau, Sioma Kapelusznik, ce qu'il en pensait. Je m'étais tourné vers lui et je lui avais demandé s'il pouvait me donner une bonne définition de la culture, pour que je sois sûr de ne pas mourir pour rien, de laisser peut-être un patrimoine derrière moi. Il m'a répondu, mais tous ces gosses qui braillaient dans les bras de leurs mères — les mères qui tenaient leurs enfants étaient dispensées de creuser leur tombe — ont d'abord couvert sa voix… Alors, tout en creusant, il s'est rapproché de moi, il m'a fait un clin d'œil, et puis il a dit : « *La culture, c'est lorsque les mères qui tiennent leurs enfants dans leurs bras sont dispensées de creuser leurs tombes avant d'être fusillées.* » C'était une bonne *khokhmé* et nous avons bien ri tous les deux. Je vous dis, il n'y a pas de meilleurs comiques que les comiques juifs.

— Elle n'avait qu'un rêve, dans la vie : la culture!

J'étais quand même assez embêté à l'idée que c'était un collègue et pas moi qui avait fait ce bon mot avant de mourir. J'ai essayé de trouver quelque chose, moi aussi, mais on était déjà en train de nous exécuter. Je dus me contenter d'un effet visuel, d'un geste de défi. Depuis, heureusement, j'ai eu le loisir de réfléchir tranquillement sur ce que la culture signifiait exactement et j'ai fini par trouver une assez bonne définition, en lisant les journaux, il y a un an ou deux. À cette époque, la presse allemande était pleine de récits d'atrocités commises par les sauvages Simbas, au Congo. Le monde civilisé était indigné. Alors, voilà : les Allemands avaient Schiller, Goethe, Hölderlin, les Simbas du Congo ne les avaient pas. La différence entre les Allemands héritiers d'une immense culture et les Simbas incultes, c'est que les Simbas mangeaient leurs victimes, tandis que les Allemands les transformaient en savon. *Ce besoin de propreté, c'est la culture.*

X

Deutschland, ein Wintermärchen

J'entends un rire, mais je ne sais si c'est lui qui rit ou si c'est moi. Il y a même des moments où je ne sais plus lequel de nous deux 'pense, ou parle, souffre ou dort, et Cohn croit alors être le produit de mon imagination, de ma rancune de nazi. J'aime bien, d'ailleurs, ces brefs instants de doute : peut-être rien de tout cela n'est-il jamais arrivé. Un de ces contes atroces comme ceux des frères Grimm, pour faire peur à nos petits-enfants. Le titre d'un livre du Juif Heine me revient à l'esprit : *Deutschland, ein Wintermärchen.* C'est ça, c'est bien ça : *Allemagne, simple conte d'hiver.* Dans la meilleure tradition de *L'Étudiant de Prague,* du *Dr Mabuse,* de Hoffmann et de Chamisso. Du vieux fantastique allemand, une histoire imaginaire, un prolongement à l'expressionnisme de Grosz, de Kurt Weil et de Fritz Lang. Et la responsabilité collective de l'Allemagne est aussi un conte, comme celle de la responsabilité collective d'Israël dans la mort de Jésus. Il y a une responsabilité beaucoup plus grande, malheureusement. Je crois qu'aucun de nous ne pourrait soutenir son propre regard sans baisser les yeux.

Je ne cherche pas à me blanchir, mais il y a des moments où je ne sais tout simplement pas très bien qui je suis. Schatz essaie de tout embrouiller, de se cacher en moi, pour mieux se protéger contre mon insistance. Il voudrait faire croire qu'il n'est qu'un fantôme de nazi qui hante le subconscient juif. Tous les moyens lui sont bons pour échapper à son passé. J'espère que vous n'êtes pas dupe de ces ruses de Schatzchen, qui voudrait vous faire croire qu'il n'existe plus, qu'il est en moi. Il cherche à noyer le poisson, mais c'est un art très difficile, et même un très grand art, il faudrait un génie authentique pour me refouler. J'ai parfois le sentiment que tous les trésors du Louvre n'y arrivent pas, que je crève le tableau et que ma tête sort d'un Rembrandt ou d'un Vermeer, d'un Vélasquez ou d'un Renoir comme d'une vulgaire bouche d'égout du ghetto de Varsovie : couic ! me voilà.

Ce n'est pas entièrement de la ruse. Je sais qu'il y a des moments où Schatz croit sincèrement qu'il n'a plus d'existence physique, que je l'ai complètement assimilé, et où il a la sensation d'être devenu complètement juif. Lorsqu'il a trop bu, il parle de son intention d'aller se fixer en Israël. Il a fait, l'autre matin, une chose tout à fait curieuse pour un ancien nazi. Il a baissé son pantalon, il a sorti sa verge et l'a regardée longuement avec étonnement : il était surpris de ne pas être encore circoncis. Je ne suis pas allé jusque-là et d'ailleurs le voudrais-je que je ne le pourrais : je ne suis capable d'exercer sur lui qu'une influence psychologique, de l'aider moralement, c'est tout. J'y travaille, du reste, inlassablement : je veux montrer que l'assimilation est possible, qu'il n'y a pas de « mauvais » Allemands irrécupérables. Je ne dis pas que l'ex-*Judenfresser* Schatz peut être entièrement rééduqué, mais je peux affirmer sans me vanter et sans vouloir le flatter qu'il fait des progrès. Je l'ai vu, l'autre soir, rôder timidement autour de l'ambassade d'Israël en Allemagne, mais il n'a pas osé entrer. Il lui faudrait des complicités intérieures, des complicités racistes. Il espère être un jour naturalisé, se trouver, par exemple, à la tête de ces Juifs américains qui s'efforcent de maintenir les Noirs dans leurs ghettos immobiliers. Il voudrait bien pouvoir s'installer même en Israël : ce serait une véritable réhabilitation. Au fond, l'espoir de Schatz est de devenir tout le monde, de se fixer en nous tous définitivement et de se libérer ainsi de son complexe de culpabilité. Peut-être espère-t-il nous commander, un jour. Après tout, il suffirait peut-être qu'il ne soit plus antisémite. Il ne l'est plus. Ce ne fut pas facile, croyez-moi : pendant longtemps après la guerre, Schatz collectionnait les ouvrages sur la « solution finale » et il s'en régalait. C'est un nostalgique. Cela lui rappelait le bon vieux temps : *Le Journal d'Anne Frank*, vous ne l'ignorez pas, fut un best-seller en Allemagne. Mais il est prêt aujourd'hui à jeter du lest. Si, pour redevenir elle-même, l'Allemagne doit renoncer à l'antisémitisme, elle le fera : c'est une nation très décidée et qui ne recule devant aucun sacrifice.

Comme vous voyez, il ne faut pas croire que nos rapports sont simples, notre intimité sans nuages. L'autre jour, Schatzchen m'a fait un sale coup : il a essayé de me tuer encore une fois. Il est allé passer trois semaines dans une clinique psychiatrique et là, il s'est fait donner une série d'électrochocs. Il a tenté purement et simplement de m'électrocuter. J'ai passé des heures terribles. C'était la seule méthode que les nazis n'avaient pas encore essayée pour nous éliminer, et pourtant, c'était la meilleure. Avec un bon traitement d'électrochocs, il ne serait pas resté trace des Juifs dans leurs têtes. Au bout d'une semaine j'étais tellement affaibli que je n'avais même plus la force de me montrer. J'étais toujours là, bien sûr, mais flou, lointain, quasi invisible, et je pense que c'est ce qui m'a sauvé. Schatz ne me voyait plus et les médecins le prononcèrent guéri. Il est sorti de clinique en sifflotant et il est rentré chez lui. Il me fallut une quinzaine de jours pour me remettre, mais je pus enfin le réveiller, au milieu de la nuit, et je dois dire que je fus agréablement surpris par sa réaction : il se mit à rire. Il était assis sur son lit et il se tordait, il n'arrivait plus à s'arrêter, et je me souviens que des voisins réveillés s'étaient mis à cogner contre les murs pour le faire taire. Finalement, il parvint à se calmer et le lendemain il reprit ses fonctions et ne fit plus aucun effort pour me chasser. Simplement, il faisait attention à ne pas se trahir, afin que personne ne se doutât que le commissaire Schatz était enjuivé. Je suis bien content de le voir là, à son bureau, menant son enquête avec méthode et perspicacité. Quelque chose me dit que c'est la dernière enquête du commissaire Schatz. Il ne le sait pas encore, mais c'est, de très loin, la plus grande, la plus importante affaire de sa carrière. Je connais Lily et je connais Florian, et nul ne sait mieux que moi ce dont ils sont capables. C'est une très vieille affaire qui est depuis longtemps à la recherche de sa propre solution et qui risque fort de la trouver bientôt. C'est aussi, incontestablement, une belle histoire d'amour, et qui n'a pas fini de faire couler au moins autant d'art que de sang : bref, il y a là tout ce qu'il faut pour faire une légende. Je ne puis m'empêcher d'éprouver une certaine sympathie pour le Baron, lorsqu'il fait avec tant de conviction et de lyrisme le portrait de Lily. Il a raison. Elle est très belle. Elle est aussi irrésistible. Moi qui vous parle, par exemple, je l'aime encore. Je suis prêt à tout lui pardonner. Lorsqu'il s'agit de Lily, je perds tous mes moyens comiques. Je verse dans le sentimentalisme, dans le lyrisme bêlant. Je n'arrête pas de lui trouver des excuses. Je mets tout sur le dos des nazis, des communistes, des individus, j'accuse les Allemands, les Français, les Américains, les Chinois. Je lui fabrique des alibis. Je suis toujours prêt à témoigner qu'elle n'était pas sur les lieux du crime, mais dans un musée, dans une cathédrale, avec Schweitzer, en train de soigner les lépreux, ou avec Fleming, en train de découvrir la pénicilline. Je suis le premier à bouillir d'indignation lorsqu'une voix s'élève pour crier que c'est une détraquée, une nymphomane. La vérité est que j'en suis toujours très amoureux et que je pense à elle tout le temps. Un amour comme le mien est non seulement indestructible, mais encore grandit tout ce qu'il touche.

— Parfait, parfait, dit Schatz avec impatience. Elle était très cultivée. Mais pour le reste? Elle avait bien d'autres... envies?

— Elle avait horreur de la vulgarité... de certains contacts... animaux.

— Les maris croient ça parfois. Et le garde-chasse?

— Il a été victime d'un accident au cours d'une battue, en France... Un faisan qui était mal parti... Vous voyez ce que je veux dire.

— Qu'est-ce qu'il foutait en France?

— Mais... il est Allemand, voyons. Il s'acquittait de ses obligations militaires.

— Pourquoi la Baronne serait-elle partie avec un eunuque?

— Justement... J'imagine que c'est parce qu'il est... inoffensif.

— Dans ce cas, on est aussi bien en restant avec son mari.

Je pouffe. Je suis content d'avoir placé cette *khokhmé*, dans la meilleure tradition du *Schwarze Schickse*. Schatz reste la bouche ouverte, effrayé par ce qu'il vient de dire. Les deux aristocrates sont indignés.

— Monsieur!

— Monsieur!

Ces gens-là tiennent à leurs œillères. Il y a parfois chez les natures d'élite quelque chose de tellement bien habillé, de si distingué, de soigneusement boutonné que l'on en vient parfois à se demander s'il est un art plus grand que l'art de se couvrir. Dans les vapeurs d'alcool dont Schatz m'a entouré, j'ai du reste quelque peine à apercevoir du Baron et du Comte autre chose que leurs vêtements si bien coupés. Au fond, la plus noble conquête de l'homme, c'est son vestiaire. Ça le couvre admirablement. Je suis de plus en plus pour la Joconde, moi.

— Bon, bon, dit le Commissaire! Entendu. Ils sont en train de visiter ensemble des musées, d'écouter Bach, ils se récitent des poèmes... Messieurs, je vous prie de me laisser travailler. Pour une fois qu'on trouve dans le monde un couple parfait, une femme frigide et un eunuque, vous pensez bien que je ne vais pas m'en mêler pour troubler leur bonheur...

Le Baron se met à gueuler, mais ses protestations sont couvertes par un brouhaha, dehors, j'entends une voix implorante, essoufflée, qui supplie : « *Monsieur le Baron, je dois parler à monsieur le Baron, c'est très important laissez-moi passer* » et le bureau du commissariat principal de police Gœthestrasse nº 12 s'illumine d'une présence nouvelle et émouvante, car elle donne à notre vieille tapisserie historique et illustre quelque chose d'irremplaçable : une touche populaire.

XI

Un cœur simple

C'est le jardinier du château, Johann. Je le connais bien : je prends des œufs à la coque, pour mon petit déjeuner, mais je les veux très frais, et Schatz les achète chez Johann, justement, et les fait bouillir ensuite lui-même, trois minutes et demie, exactement, comme je les aime. Je suis assez maniaque, là-dessus : un peu plus de trois minutes et demie, ou un peu moins, et Schatz a une indigestion.

Johann est un jeune paysan costaud qui ne paraît jamais savoir très bien ce qu'il faut faire avec ses pieds, lesquels sont énormes. Il porte un chapeau de paille, un tablier de cuir et il a la tête de quelqu'un qui vient d'échapper à un incendie.

— Monsieur le Baron... Ah, monsieur le Baron !

— Lily ! gueule le Baron. Qu'est-ce qui est arrivé à Lily ?

— Monsieur le Ba... ba... ba...

— Quand vous aurez fini de braire ! coupe le Commissaire.

— Monsieur le Ba... ba...

— Parle, imbécile !

— Lily ! Qu'est-il arrivé à Lily ? On a trouvé son corps ?

— D... dix-sept ! hurle le jardinier.

— Vingt-quatre ! rectifie le Commissaire.

— Dix-sept ! assure Johann.

— Vingt-quatre ! Nous avons là le procès-verbal. Tous radieux et tous déculottés !

— Dix-sept, je vous dis ! Il y en avait partout ! Dans la maison de Florian... Dans la serre... Dans tout le parc !

Il y a un moment de silence effrayant.

— Bon Dieu ! hurle Schatz. Ce ne sont pas les mêmes ! Ça fait quarante et un !

— Quand Florian a disparu... Nous sommes entrés dans sa maison... Nous avons trouvé... des corps ! D... des ossements ! Il y en avait partout ! Dans le four ! Dans la chaudière ! Le jockey... Monsieur le Baron, vous vous souvenez, Sanders, le jockey qui avait disparu ? Il était là ! Vêtu comme pour une course ! Comme lorsqu'il montait la jument de M. le Baron ! Il portait encore les couleurs de M. le Baron ! Il y avait aussi un facteur plein de courrier, un coureur cycliste...

— Un coureur cycliste ? hurle le Commissaire. C'est Spritz ! Vous vous souvenez, il faisait le tour d'Allemagne et il n'est jamais arrivé nulle part !

— Trois sapeurs-pompiers... Quatre G.I. nègres... Deux chauffeurs de poids lourds... Six serviettes propres... Un arrosoir... Six petites cuillers... Une salière et une fourchette...

88

— Attendez, attendez ! gueule Schatz. Il a perdu la tête… Que voulez-vous qu'elle fît, avec une salière et une fourchette !

— Qui ça, elle ? crie le Baron. Vous ne parlez pas de Lily, j'espère ?

— Pauvre cher grand ami, soyez courageux ! fait le Comte.

— Un adjoint au maire… Un plombier… Sept chemises propres… Elle qui était si douce et si bonne !

— Qui ça, elle ? hurle le Baron.

— Vous n'avez pas encore compris, non ? fait Schatz. Nous avons affaire à une nymphomane qui ne parvient jamais à ses fins et votre garde-chasse, ce Florian, tue tous ceux qui tentent l'impossible et échouent lamentablement. Il les punit de leur prétention. C'est clair comme de l'eau de roche.

Nymphomane, c'est vite dit. Je trouve que Schatz ne voit pas plus loin que le bout de son nez. Il est permis d'avoir de l'idéal, des aspirations et de se donner beaucoup de mal pour essayer de les réaliser. On peut attendre le messie, chercher le sauveur, l'homme providentiel, le surhomme, sans se faire traiter de tous les noms. Ou alors, il n'y a qu'à dire que l'humanité est une frigide et une détraquée, condamnée à l'échec. Car enfin, il n'y a pas que l'Allemagne qui rêve, désire, attend, essaie, échoue, recommence, essaie toujours et n'aboutit jamais. On peut avoir le goût de l'absolu, de la possession totale — de la solution finale, si vous voulez — sans jamais y parvenir, mais sans se décourager.

L'espoir, c'est ça qui compte. Il faut persévérer, essayer encore. Un jour, on y parviendra. Ce sera la fin du rêve, de la nostalgie, de l'utopie. Je ne veux pas qu'on insulte Lily. Il faut la comprendre. Il faut savoir l'aimer. Personne ne sait l'aimer vraiment. Alors, elle cherche. Elle se désespère. Elle fait des bêtises. Oui, il faut la comprendre. Nous disons en yiddish : comprendre, c'est pardonner.

Il y a, c'est le cas de le dire, un silence de mort. Mais le Baron refuse de se rendre à l'évidence. Il est assis là, à cligner des yeux, et il prétend ne pas avoir compris, ne pas avoir entendu.

— Florian est peut-être un assassin, d'accord, mais tout ce que ça prouve, c'est que ma femme court un danger terrible !

— Elle court, c'est certain.

Le brave Johann est tout à son épopée :

— Et dans la serre, monsieur le Baron... Dans la serre ! Ils n'ont même pas eu le temps de les cacher ! Ils sentaient encore bon... le parfum chaud... C'était le parfum de Mme la Baronne ! Je l'ai tout de suite reconnu ! Ça m'a caressé, dès que je suis entré... Ils étaient quatre... Elle venait de les faire... Avec des visages !... Des visages, monsieur le Baron ! Monsieur le Baron ne peut pas savoir ! Des yeux ! C'était à croire qu'ils avaient vraiment vu quelque chose... Qu'elle leur a montré... Un truc... Un truc d'une beauté... mais d'une beauté ! Le vrai truc, quoi ! Ce que les hommes attendent depuis qu'ils existent ! Le paradis, avec... avec chaque truc à sa place, une place pour chaque truc ! Qu'ils ont vu, qu'il leur a été donné de voir, de toucher : ils ont mis la main dessus, ce n'était pas du tout l'opium du peuple !

Le voilà à présent qui se met à pleurer, le jardinier Johann.

— C'est beau de savoir que ça existe, monsieur le Baron, qu'on vit pas pour rien ! Le vrai truc ! le vrai de vrai ! L'unique ! Le merveilleux ! Ah, je vous jure, monsieur le Baron, ils y ont goûté, il y a pas de doute, ils sentaient encore si bon ! C'est bien simple, on avait envie de se coucher là, avec eux, et de se faire tuer, rien que pour y goûter !

Hübsch est debout, penché en avant, le visage sillonné de spasmes nerveux.

— Déculottés ? demande brièvement le Commissaire.

— Tous ! Il y en avait qui souriaient encore !

— Quoi ? fait le Comte. Qu'est-ce que vous dites ?

— Ce n'est pas possible, je rêve ! crie le Baron. Et puis non, je suis incapable de faire un rêve pareil ! Ce n'est pas moi qui rêve ici ! C'est une brute avilie, décadente, minée par des maladies innommables ! Nous sommes tous pris dans un délire d'alcoolique !

Johann joint les mains. Son visage est très doux, très tendre.

— Tous déculottés ! Des petits oiseaux tout heureux !

— Des oiseaux ? fait le Commissaire. Quels oiseaux ? Où ça, des oiseaux ?

— Des petits oiseaux tout petits-petits, blottis dans leurs nids, et si contents-contents !

— Ce sale Juif est en train de saper notre fibre morale ! hurle Schatz.

— Quel Juif ? fait le Baron.

Cette fois, Schatz se laisse aller. Il a tort, il ne va pas passer aux aveux, tout de même ? Ils vont finir par l'enfermer et par me tuer, avec leurs drogues nouvelles. J'essaie de le retenir. Mais il est dans un tel état d'exaspération qu'il oublie toutes nos règles de ruse, cet art de nous faufiler dans l'ombre à travers l'Histoire et cet instinct de conservation connus qui nous ont si bien réussi.

— Comment, quel Juif ? gueule-t-il. C'est toujours le même ! Ça sent l'art dégénéré, le *Dibbuk*, le *Golem*, le fantastique de Prague, ils reviennent ! Messieurs, je vous mets en garde : nous sommes tous tombés entre les pattes d'un saltimbanque de troisième ordre, du nom de Gengis Cohn, qui faisait jadis son numéro obscène dans les cabarets yiddish. Il est en train de danser sa *horà* sur nos figures !

C'est plus fort que moi. J'effectue un très rapide passage dansant devant Schatzchen. Le Commissaire reste bouche bée, le regard planté dans le vide. Il sait bien que ce n'est pas un rêve, c'est un cauchemar, autrement dit, c'est la réalité. L'alcool donne à l'affaire un caractère penché, déformé, irréel, mais elle s'étale à la première page des journaux du monde entier. Ce n'est pas la peine de se pincer pour se réveiller. C'est la réalité. Ça se remarque davantage, ça frappe plus parce que quarante et un morts, ça peut se compter, on peut se les représenter. C'est figuratif. S'il y en avait cinquante millions, personne n'en parlerait plus depuis longtemps. Ce serait de l'abstraction pure.

Le Commissaire refait son calcul.

— Vingt-quatre dans la forêt et sur les routes plus les dix-sept dans le parc, ça fait bien quarante et un...

— Plus la salière, plus...

Cette fois, le Baron se rend à l'évidence.

— Mon Dieu, braille-t-il. Ma femme me trompe !

— Ah, tout de même, dit le Commissaire. Il commence à se rendre compte !

Le jardinier Johann se laisse tomber sur une chaise. Il tourne son chapeau de paille entre ses mains. Son regard est tout mouillé de larmes. Il regarde loin, très loin. C'est un cœur simple. Il sait ce qu'il faut à l'homme pour être heureux. Il le voit, le petit absolu, le seul accessible, tout beau, tout doux dans son duvet, couic-couic, qui chante, qui l'appelle, qui promet. Quelque chose de sûr, de positif, que l'on peut saisir. C'est là. Johann a envie, très envie. Il lève un doigt et montre un point dans l'espace.

— Ça existe ! C'est tout doré, lumineux, avec des petits oiseaux penchés sur lui qui font couic-couic, et du gazon tout autour, c'est tout chaud, tout mignon, ça gazouille, ça papouille...

Le scribe est pétrifié. Il est pris d'une raideur qui fait songer aux statues préhistoriques, aux grands cultes païens. Il y a en lui une immense virilité, qui aspire à marcher vers l'idéal, à s'assouvir, à conquérir, à réaliser... Il est tout entier transformé en une formidable érection : c'est un authentique bâtisseur. Le lorgnon sur son nez étincelle, le bouton de son col a sauté : il l'a dans la gorge. Je lui trouve soudain une étonnante ressemblance phallique avec Himmler : c'est tout à fait la même tête. Dans un éclair, je vois cent mille vrais durs dressés sous les oriflammes de Nuremberg, cent mille virilités déployées en train de hurler « *Sieg Heil !* » et prêtes à foncer. Je suis épouvanté.

Je suis pour la Joconde, moi.

XII

Le retour aux sources

La chaleur est à présent telle que de petits frissons glacés commencent à courir le long de mon dos. Ça sent la chiennerie, le bouc, le surmâle, le corps à corps : on devine qu'un nouveau rut historique se prépare, qu'elle rôde, qu'elle cherche, qu'elle va peut-être trouver. Déjà le député Fassbender, du N.P.D., lance à la presse cette parole prometteuse : « *L'envie de rire de nous vous passera !* » Déjà le socialiste Willy Brandt, accusé d'avoir été un antinazi notoire, est obligé d'entrer dans le gouvernement Kiesinger pour se dédouaner. Lily doit se pâmer devant cette résolution, cette mâle volonté qui surmonte une défaillance de plus de vingt-deux ans. Elle croit toujours aux promesses, elle se sent toujours sur le point d'y parvenir... Déjà, l'assure une affiche qu'elle trouve au-dessus de tous les trottoirs : « *L'Allemagne doit redevenir elle-même* » et elle se reprend à espérer : elle a la mémoire courte, elle oublie que la dernière fois, malgré toute leur puissance déployée, les surmâles n'y sont pas arrivés, qu'ils se sont retirés vaincus, brisés, diminués. Ça ne fait rien, l'herbe a repoussé, c'est le renouveau. C'est la fin de la débandade et de la prostration, la virilité revenue se gonfle d'un nouvel idéal impérial, c'est le sabre au clair dans la défense de la vraie foi, le branle-bas. Le classicisme relève partout la tête et c'est encore la même : le renouveau a toujours été d'abord un retour aux sources. Déjà, une foule enthousiaste applaudit à tout rompre sur le chemin de la *Passion* dans le village d'Oberammergau une mise en scène classique, dans la grande tradition bien de chez nous où la puissance et le souffle retrouvés accomplissent un vrai miracle, une vraie Résurrection : pas encore celle du Christ, il est vrai, mais déjà celle du youtre maudit qui renaît de ses cendres allemandes, se lève du four crématoire, et conduit à la chambre à gaz Notre-Seigneur Jésus. La vérité historique, quoi. Je suis ému. J'aime ce respect de nos valeurs sûres, de père de famille. Ils sont en train de réinvestir. J'ai toujours été sensible aux miracles de la foi. La vérité sort, une fois de plus, intacte des charniers. Indignés par vingt ans de reproches, les Allemands d'Oberammergau retroussent leurs manches, remettent la main à la pâte et ressuscitent le Juif qu'on les accuse d'avoir exterminé. Ils me rendent ma place millénaire, me font renaître, à moi-même pareil : il ne manque, sur ma figure, pas un crachat, pas une bassesse, pas une ignominie, on sent une main experte, une authentique et classique inspiration. Ils ont eu beaucoup de mal à trouver parmi les bons villageois d'Oberammergau un acteur qui fasse réaliste, avec le vrai nez juif, les vraies oreilles, l'œil traître et cette lippe libidineuse classique de l'art sacré. D'ailleurs, s'il y a encore un peu d'antisémitisme dans le monde, c'est uniquement par amour du sacré.

Je me demande même si ça ne va pas aller plus loin. Je crains le pire : je crains la fraternité. Ils sont capables de tout. Ils sont parfaitement capables de me proclamer un des leurs. Viens avec nous, Juif : tu es des nôtres. Jusqu'à présent, on nous avait massacrés, mais au moins on nous avait empêchés de nous mettre du côté du manche. Nous avons pu échapper ainsi à la chevalerie. Déclarés indignes de tenir l'épée, on nous a laissés le commerce et l'usure : nous avons pu ainsi éviter de nous déshonorer. C'est en vain que l'on nous chercherait parmi leurs croisés, les Saint Louis, les Simon de Montfort, les Napoléon, les Hitler et les Staline. Nous étions exclus de la noblesse. Les légendes dorées, les tapisseries historiques admirables, ce n'était pas pour nous. Mais voilà que se lève sur nos têtes la menace absolue, celle qui nous ouvre à nous aussi toutes larges les portes de la chevalerie et des voies triomphales. Notre expérience est-elle encore assez vive dans notre mémoire et dans notre chair pour nous aider à résister à la tentation ? Je ne veux pas y penser. Je n'ai pas à y penser, d'ailleurs. L'avenir, Dieu merci, n'est plus pour moi. J'appartiens au passé. Je suis un petit acteur-auteur du vieux burlesque yiddish un peu plus censuré que les autres, et si vous êtes assez vieux et intéressé par le folklore du ghetto vous m'avez peut-être vu au *Schwarze Schickse*, au *Motke Ganeff* ou au *Mittornischt Sorgen.* Peut-être ai-je eu l'honneur de vous faire rire à l'époque, avec mes, *peïsy*, mes oreilles et mon nez, et peut-être avez-vous honte, maintenant, d'avoir ri de moi. Ne regrettez rien. Je vous le dis comme je le pense : le rire est le propre de l'homme.

XIII

Elle est au-dessus de mes moyens

Vous voyez que j'ai mes soucis, mes *tsourès*, malgré ma légèreté. Heureusement, je suis sauvé de mes méditations par le jardinier Johann. Ce cœur simple a le don assez rare de pouvoir réduire l'absolu à des proportions plus humaines, je dirais même qu'il le réduit à son expression la plus nue et la plus humble. Il presse son chapeau de paille contre son cœur et il vous montre du doigt quelque chose qu'il est le seul à voir, avec la ferveur et la naïveté d'un authentique visionnaire.

— Qu'il est beau, qu'il est doux... Oh, madame la Baronne! Oh, le bon duvet, le joli petit nid! Oh, regardez, il est tout blond, tout doré!

— On nous traîne dans la boue! hurle le Baron. On nous piétine! Je sens les miasmes empoisonnés d'une innommable pornographie, d'une obscénité ignoble!

Je renifle : en effet, ça sent un peu le gaz. Pas grand-chose : des papouilles, des zéphyrs, une humble trace du passage de la princesse de légende et de ses amours passées.

— Comme elle est généreuse! Comme elle est douce, comme elle donne largement, comme elle est charitable! Comme elle aime faire des heureux! Ils avaient tous l'air si contents, monsieur le Baron! Seulement… Pourquoi tout le monde et pas moi? Pourquoi un arrosoir, une salière et six paires de chaussettes et une pompe à bicyclette et le petit facteur encore plein de courrier tout chaud, mais pas moi?

— Ça l'a secoué, remarque le Commissaire. Il a reçu un choc traumatique.

— Lily, ma Lily menait une vie double! sanglote le Baron.

— Double? fait le Commissaire.

— Reprenez-vous, cher grand ami, supplie le Comte. Conservez-lui toute votre confiance, tout votre amour! Je suis sûr qu'elle l'a fait pour des motifs élevés! Qui sait, la raison d'État était peut-être en jeu. N'oubliez pas que pendant la guerre nous avons dû, nous aussi, accomplir quelques actes répréhensibles! Nous étions mus par des raisons idéologiques!

— Mus! Mus! Muuus! fait le Commissaire.

— C'est vrai, dit le Baron, un tantinet rassuré. Lily a toujours eu le goût des grandes et belles choses…

— *Hi, hi, hi!*

— Assez, Cohn, en voilà assez! Vous cherchez à nous encanailler! C'est de la provocation, à la fin!

Le scribe se mord les poings, mais on sent qu'il a des projets plus ambitieux. Ce bureaucrate cache un fanatique. Sa disponibilité crève les yeux. Pour guider vers son objectif une telle virilité, il faudrait un Fuhrer. Il faudrait en finir avec la mollesse des démocraties, donner le pouvoir au N.P.D., lancer en avant ses millions de membres, convaincre Washington de les doter d'une ogive nucléaire, reconquérir les provinces de l'Est et pénétrer en Pologne sans hésiter. Une vague érection dans l'État de Hesse ou en Bavière, ça ne suffit pas Hübsch est fasciné, aspiré tout entier par l'absolu, frappé d'un tel garde-à-vous que l'air lui-même se met à sentir l'ivresse mâle des conquêtes définitives et de l'assouvissement total, la fin des passades, des parades, des roucoulades, de la nostalgie. *Könnst du das Land wo die Citronen blühn, in dunkeln Laub die Gold orangen glühn...* À Marzobotto, en Italie, deux mille femmes et enfants furent exterminés par les surmâles dans un dernier soubresaut de virilité.

Le jardinier Johann n'arrête pas de verser de l'huile sur le feu.

— Oh, le joli petit duvet, la mignonne frimousse toute rose, et comme c'est doux et comme c'est tendre et comme c'est coquin... Je veux bien ! Oh oui, je veux bien !

C'est émouvant, parce que ça vient du petit peuple. Ce n'est ni le prolétariat ni la bourgeoisie, c'est entre les deux, et c'est réconfortant de savoir que ça veut bien. La princesse de légende peut être rassurée. Elle ne manquera jamais du nécessaire. Ils marcheront en rangs serrés, haut les cœurs et le cœur sur la main, et ils se feront tuer, en essayant de la satisfaire.

Le scribe a la langue dehors, toutes ses hormones sont en ébullition. Le Commissaire frappe du poing.

— Hübsch! Ça suffit! Couche, couche! Cette femme est une empoisonneuse! On essaie de nous pourrir! C'est les Chinois! Moi, je vous dis que c'est les Chinois! Ils ont une arme secrète! Des gaz! Ça crée un état de paralysie, on devient raide, on ne peut plus bouger! Pendant ce temps, ils lancent leurs parachutistes! Il se passe ici quelque chose de pas catholique pour un sou.

Je ne le lui fais pas dire.

Le Comte place le monocle contre son œil.

— Florian doit avoir des raisons solides.

— Ça suffit comme ça! gueule le Commissaire. Assez de pornographie!

— S'il tue, si c'est vraiment lui, l'auteur du massacre, il y a sûrement une cause. Je dirais même une cause noble. Ce garçon m'a toujours paru un idéaliste. Je le crois incapable de tuer autrement que pour des motifs élevés!

Je me présente. Dès qu'on invoque des *raisons* pour un massacre, je me présente. Je veux bien avoir été tué sans l'ombre d'une raison, sans trace d'excuse, je me sens moins indigné. Mais lorsqu'on invoque une doctrine, une idéologie, une cause, je me présente tout de suite, avec mon étoile jaune, le visage encore tout couvert de plâtre. Mon ami Schatz me regarde avec quelque chose qui ressemble au désespoir. Il a tort. Il ne faut jamais désespérer. Il faut y aller plus radicalement, voilà tout. Il ne suffit pas d'une race, d'une classe, d'un pays. Il faut lui mettre tout le paquet. Lily n'est pas une petite nature.

— Vous, foutez-moi le camp d'ici, dit Schatz. J'en ai assez de vos allées et venues, Cohn. Moi, j'appelle ça de l'exhibitionnisme. Vous commencez à nous embêter, avec votre mauvaise conscience ! Il n'y a que dans les romans policiers que les coupables reviennent rôder sur les lieux du crime !

Il a vraiment de la *hutzpé*, ce Schatz. Je suis impressionné.

— Vous nous avez déjà fait assez de mal, avec votre propagande, depuis un quart de siècle. Je veux bien passer l'éponge, mais à condition que vous cessiez de nous enquiquiner ! Compris ? Nous en avons assez d'être obligés de vivre avec des fantômes ! Vous voulez que je vous dise, Cohn ? Vous êtes démodé. Vous faites vieux jeu. L'humanité vous a assez vu. Elle veut du neuf. Vos étoiles jaunes, vos fours, vos chambres à gaz, on ne veut plus en entendre parler. On veut autre chose. Du neuf. On veut aller de l'avant ! Auschwitz, Treblinka, Belsen, ça commence à faire pompier ! Ça fait le Juif de papa ! Les jeunes, ça ne leur dit plus rien du tout. Les jeunes, ils sont venus au monde avec la bombe atomique, ils ont des soleils dans les yeux ! Pour eux, vos camps d'extermination, ça fait pedzouille ! Ils en ont assez de bricolages ! Ils en ont soupé de nos bricoles juives, de nos petits pipis ! Cessez donc de vous accrocher à votre magot, à votre petit capital de souffrance, d'essayer de vous rendre plus intéressant que les autres. Les privilégiés, les peuples élus, il n'y en aura bientôt plus. Ils sont deux milliards, mon ami. Alors, qui cherchez-vous à impressionner, avec vos six millions ?

Touché. Cette fois, il a visé juste. Je suis obligé de reconnaître que je manque de capital. Lily est au-dessus de mes moyens. C'est une très grande dame, une princesse, elle a le droit de se montrer exigeante. Je ne fais plus l'affaire. Je suis victime de l'inflation. Je me sens soudain ruiné, diminué. Tout ce que j'ai si péniblement économisé au cours des siècles ne suffit plus. Aujourd'hui, elle peut avoir cent, cent cinquante millions en appuyant simplement sur un bouton. Des milliers d'immeubles, des villes entières. Je suis complètement dévalorisé, démonétisé, je n'ai plus cours. Je ramasse péniblement ce qui reste de ma dignité et de mon importance, je me retire dans un coin et je boude. Elle ne veut plus de moi, très bien. Elle veut les Chinois, très bien. Je sais ce que c'est. C'est de l'antisémitisme, voilà ce que c'est.

XIV

Une nymphomane ?

Schatz se sent un peu mieux, il a repris du poil de la bête. Il ne me voit plus. Il se frotte les mains et se met à fredonner. Il sort de l'état d'hallucination obsessionnelle dans lequel il était plongé et reprend contact avec la réalité. Il la regarde bien en face, d'un œil lucide, sans aucune généralisation paranoïaque, et voit les choses telles qu'elles sont, c'est-à-dire : un aristocrate cocu, une nymphomane, une salière, un arrosoir, six petites cuillers, la Joconde, un assassin qui tue à tort et à travers sans aucun programme politique discernable, un facteur tout chaud encore plein de courrier, un ami de la famille et un malheureux jardinier un peu simple d'esprit qui voit la princesse de légende déculottée et que cette vision de l'absolu plonge dans un état de délire érotique. Le tout agrémenté de Michel-Ange qui sort une tête ahurie d'une bouche d'égout du ghetto de Varsovie. Pas étonnant que Schatz se méfie de la réalité, qu'il ait l'impression qu'elle n'est qu'un immense tour de cochon qu'on est en train de lui jouer. Une chose, en tout cas, est certaine : la princesse de légende sert d'appât, le bec de l'arrosoir est tordu, la salière n'est là que pour égarer les soupçons, mais toutes ces pièces à conviction témoignent d'un art perfide et haineux, qui cherche à souiller et à pourrir, un véritable retour de flamme de l'expressionnisme décadent. Il va falloir renforcer les barrages, réviser les manuels d'histoire, faire appel à des alliés dans tous les pays sains, condamner le pape Jean XXIII à l'oubli le plus absolu et rappeler à l'occasion qu'il avait un nez juif.

Quant à moi, je me désintéresse de l'affaire. Ça fonctionne très bien tout seul. Je suis cependant assez ému par Johann : j'aime les visionnaires. Nous sommes tous sensibles à la beauté et aisément troublés par elle ; ce n'est d'ailleurs pas la chose en elle-même, ce sont ses dimensions qui m'étonnent.

— Hé, jardinier ! Jardinier ! gueule le Commissaire. Il n'y a rien, là-bas, à l'horizon, pas ça, en tout cas, tu te fais des idées !

— Comment, et l'arrosoir, monsieur le Baron ? Il fallait voir dans quel état il était, l'arrosoir ! Tout tordu !

— Quoi ? fait le Comte, tout de même impressionné.

— Johann, en voilà assez ! gueule le Baron. C'est de ma Joconde que vous parlez... Comment, de ma Joconde ? Qui donc me fait dire des choses pareilles ?

Je me frotte les mains. Ce n'est pas grand-chose, j'ai un petit talent de ventriloque, ce n'est pas du génie, mais le génie, croyez-moi, ce n'est pas une affaire. Regardez Van Gogh. Des affaires comme ça, je n'en souhaite pas à mes meilleurs amis.

— Et six paires de chaussettes toutes propres, avec personne dedans! Volatilisés! Disparus dans le bonheur, tous! Tous, sauf moi. Pourquoi qu'elle m'a pas touché, monsieur le Baron? Pourquoi l'arrosoir, et pas moi! Pourquoi qu'elle a méprisé un fils du peuple? Le tuyau d'arrosage arraché, le caoutchouc fondu, un *Larousse universel*, mais pas moi... Ce n'est pas juste, monsieur le Baron! Je ne demande qu'à servir. On n'a pas le droit de traiter ainsi un travailleur!

Schatz passe à l'action. Il connaît enfin les coupables, il ne va pas les laisser lui échapper. C'est l'affaire de sa vie, il est résolu à ne pas la manquer. Il saisit la photo de Lily, appelle Guth, donne des ordres.

— Diffusez-moi le signalement de cette femme partout. Et prévenez tous les hommes en état de... de porter les armes de ne pas s'approcher d'elle séparément, sous aucun prétexte, sans une injonction des autorités militaires ou un ordre de réquisition...

— Comment, de réquisition? s'étonne le Comte.

— Parfaitement, que personne n'y touche sans ordre de mobilisation ou d'appel de volontaires. Défense de s'approcher d'elle, c'est compris? Elle est enragée.

— Quoi? hurle le Baron. Enragée? Lily est enragée? Monsieur, j'exige satisfaction!

— Elle aussi, apparemment. Guth, faites très attention. Il s'agit d'une dangereuse nymphomane.

— Monsieur, vous parlez d'une très grande dame !...

— Je sais, je sais. Très vieille noblesse. Des cathédrales partout. Des symphonies. Des bibliothèques. Apparemment, ça ne lui suffit pas.

— Elle était née...

— Une Schleswig-Holstein.

— Sa famille est universellement connue et respectée. Elle compte parmi ses membres...

Le Commissaire abat son poing sur la table.

— Nom de Dieu ! dit-il simplement.

— Gutenberg, Érasme, Luther, vingt-deux papes, des savants illustres, une salière, une pompe à bicyclette... des bienfaiteurs de l'humanité par milliers !

— Oui, eh bien, ils y sont pas arrivés, les bienfaiteurs...

— ... Elle est une cousine d'Albert Schweitzer ! Il l'aimait profondément ! Des prix Nobel, des écrivains de génie... Lily ! Ma Lily, une nymphomane ! Je refuse d'y croire. Lily est incapable de me tromper. D'ailleurs, il ne s'est peut-être rien passé du tout. Il n'y a aucune preuve...

Je prends le journal qui traîne sur une chaise et je le dépose sur le bureau. En première page, il y a des cadavres vietnamiens, des gosses blessés, dans un village en feu. Au fait, je n'ai pas pris le journal : il était déjà sur le bureau. Je me suis simplement approché du Commissaire, avec beaucoup de discrétion, et je lui ai montré la

108

photo du doigt. C'était pour l'aider : puisque ces natures d'élite veulent des preuves, en voilà. Mais mon geste a pour effet d'exaspérer Schatz, je ne sais pourquoi.

— Ah non ! Le Vietnam, ce n'est pas ici, c'est en Amérique ! Qu'est-ce que ça veut dire, Cohn ? De quoi vous mêlez-vous ? Il n'y a pas de Juifs au Vietnam ! Ça ne vous regarde pas !

Le Baron est scandalisé.

— Monsieur le Commissaire, qu'est-ce que le Vietnam vient faire là-dedans ? Vous n'allez pas mêler Lily à cela aussi ! Elle n'y a jamais mis les pieds ! Pourquoi ne pas l'accuser d'avoir crucifié Jésus, pendant que vous y êtes ?

Le commissaire Schatz ne lui prête pas la moindre attention. Il n'en peut plus. Tous ces livres, tous ces documents, tous ces souvenirs de rescapés et, par-dessus le marché, son Juif personnel qui ne le quitte pas d'une semelle, malgré les psychiatres et l'alcool, il estime que cela a assez duré. Peut-être n'aurait-il pas dû crier *Feuer !* il y a vingt-deux ans. Mais il était jeune, il avait un idéal, il croyait à ce qu'il faisait. Aujourd'hui, il ne le ferait plus. Si jamais on lui donne une deuxième chance, lorsque le N.P.D. arrivera au pouvoir, et si Herr Thielen lui donne l'ordre, à lui, Schatz, de crier *Feuer !* eh bien, lui, Schatz… Au fait, que ferait-il ? Il me cherche du regard, mais je me garde bien de le conseiller : après, on dira que c'est encore nous autres, Juifs, qui avons sapé le sens de la discipline et la fibre morale du peuple allemand.

Schatz lève la tête, promène autour de lui un

regard de taureau blessé. Il n'essaie même plus de me dissimuler. À quoi bon ? De toute façon, il sait qu'il va perdre son poste, peut-être même vont-ils l'enfermer dans une clinique. Le commissaire Schatz est devenu fou, dira-t-on avec pitié, à la suite des persécutions dont il a été l'objet de la part des Juifs. Mais Schatz sait qu'il n'est pas fou. Il connaît la vérité sur son cas, et il sait que c'est une vérité terrible.

XV

Le dibbuk

Il y a peu de chose que je n'ai pas appris à mon ami Schatz de notre histoire et de nos croyances, et il n'ignore rien de ce phénomène bien connu, que tous ceux qui ont étudié nos traditions ont rencontré : le *dibbuk*. Le commissaire de première classe Schatz sait qu'il est habité par un *dibbuk*. C'est un mauvais esprit, un démon qui vous saisit, qui s'installe en vous, et se met à régner en maître. Pour le chasser, il faut des prières, il faut dix Juifs pieux, vénérables, connus pour leur sainteté, qui jettent leur poids dans la balance et font fuir le démon. Il lui est arrivé de rôder pendant des heures autour d'une synagogue mais il n'a jamais osé entrer. C'est que c'est bien pour la première fois dans l'histoire de la pensée et de la religion qu'un pur Aryen, un ancien SS est habité par un *dibbuk* juif. Il faudrait que je veuille bien élever la voix, aller trouver moi-même un rabbin, et le supplier de me libérer de mon abominable destin : être obligé de hanter la conscience allemande. Voilà pourquoi, d'habitude, Schatz est aux petits soins avec moi. Il veut m'amadouer. Il veut que je le libère sous prétexte de me libérer moi-même. Mais cette fois, l'alcool et l'exaspération aidant, il perd vraiment toute prudence. Il ne se contrôle plus. Il n'a même plus peur d'être vu par des témoins en train de parler à quelqu'un qui n'est pas là.

— Vous, Cohn, vous abusez de votre situation. D'abord, j'ai été dénazifié. J'ai des papiers qui le prouvent. Et ensuite, je tiens à vous dire que je bois pour oublier et pas pour me souvenir ! Les gens, Cohn, boivent pour *oublier*. Alors foutez-moi le camp d'ici, et vite. Ça commence à ressembler à du chantage. Vous faites de la provocation. Un de ces quatre matins, je vais me fâcher, et je vais vous montrer que, malgré votre état intéressant, vous n'êtes pas intouchable ! Je vais vous foutre une de ces raclées... Comme ça, vous verrez que je n'ai aucun remords. Dur comme un roc !

Le Comte, à ces mots, lance à son infortuné ami un coup d'œil compatissant.

— Il ne faut pas parler de corde dans la maison d'un pendu, murmure-t-il.

— Permettez, permettez ! proteste le Baron. Ce sont des allusions parfaitement indignes ! J'entretiens d'excellents rapports avec ma femme !

— *Hé, hé, hé !*

Je n'ai pas pu me retenir : des rapports comme ça, je ne les souhaite pas à mes meilleurs amis.

— Je proteste ! gueule le Baron. Je ne me laisserai pas insulter !

— Allez-vous-en, Cohn, dit le Commissaire,
en s'adressant à lui-même, avec un très joli geste
du bras vers la porte. Vous croyez que parce
qu'on gribouille quelques croix gammées par-ci,
par-là, parce qu'on profane quelques tombes,
qu'on a à nouveau besoin de vous, en Allemagne, que vous pouvez vous rendre utile ?...
Allez, oust, dehors !

— Il a des visions, dit le Comte.

— Minou-minou ! fait Johann, en menaçant
du doigt ce petit coquin d'absolu qu'il voit si
clairement.

Schatz se prend la tête entre les mains.

— Il n'y a plus moyen de boire tranquillement, murmure-t-il.

— Vous devriez vous arrêter, dit le Comte.
Vous avez le *delirium tremens.*

— Les gens heureux, quand ils ont le *delirium
tremens,* ils voient des araignées, des serpents, des
rats, mais moi...

Il me lance un regard noir, plein de svastikas.

— Moi, je vois de vraies cochonneries...

Il me refoule, soupire profondément, puis
sonne. Un flic entre, tout de suite au garde-à-vous.

— Chef ?

— Rien. Je voulais simplement voir quelque
chose de sain, de simple, de propre...

— Merci, chef.

Le flic salue, fait demi-tour et s'en va. Les
deux médecins — Schatz est sûr, à présent, que
ce sont des psychiatres que Frau Müller lui a traî-

treusement envoyés — sont consternés. Ils n'ont jamais vu un cas pareil. Dans toute leur carrière, ils ne se sont encore jamais penchés sur un ancien SS habité par un *dibbuk* juif. Ils ne savent même pas qu'il s'agit d'un *dibbuk*. Pour eux, sans doute, le Commissaire fait une crise de paranoïa hallucinatoire, basée sur de solides expériences historiques. Mais le malade présente un cas éthique épineux. Schatz sait que les deux psychiatres, conscients du précédent créé par le docteur Mendele et les médecins génocides, sont en train de se demander s'ils ont le droit de guérir un citoyen allemand de son remords ou si la suppression éventuelle du complexe de culpabilité ne risque pas d'être interprétée comme une renaissance du nazisme. Des médecins allemands ont-ils le droit de supprimer le *dibbuk* juif? Il est certain que du point de vue strictement national, la solution finale du problème posé par la présence de ces six millions de parasites psychiques dans la conscience allemande est souhaitable, c'est une tâche de salubrité publique. Il existe des drogues nouvelles, la pramazine, notamment, à dose massive, qui est extrêmement efficace dans ce domaine. Mais la décision doit être prise au sommet, cela ne peut être qu'une décision gouvernementale. La grande coalition doit prendre ses responsabilités. Déjà les partis nationaux réclament à cor et à cri l'élimination radicale de ces parasites psychiques qui maintiennent le pays dans l'impuissance et ne cessent pas leur propagande à l'étranger. D'ailleurs, tout le monde sait que les

114

Juifs n'ont pas été assassinés. Ils sont morts *volontairement*. Je me tiens au courant de l'actualité, vous pensez, je n'ai que ça à faire, et je viens de trouver des choses tout à fait rassurantes là-dessus dans le livre d'un certain Jean-François Steiner, *Treblinka* : nous faisions la queue devant les chambres à gaz. Il y a eu à peine quelques révoltés, par-ci, par-là, *in extremis*, dans le ghetto de Varsovie, notamment, mais dans l'ensemble, il y a eu empressement, obéissance, volonté de disparaître. Il y a eu volonté de mourir. Ce fut un suicide collectif, voilà. Bientôt, quelqu'un dira toute la vérité sur notre cas. Un nouveau *best-seller* viendra démontrer que les nazis n'étaient qu'un instrument dans la main des Juifs qui vou laient mourir, *en faisant en même temps une affaire*. Ils ne pouvaient en effet pas se suicider de leurs propres mains, parce que les assurances n'auraient pas payé, et les survivants n'auraient pas pu toucher des dommages-intérêts. Il est temps que quelqu'un écrive enfin un ouvrage définitif sur la question, montrant comment nous avions manipulé les Allemands pour assouvir notre rêve d'autodestruction, et nous permettre en même temps de nous faire rembourser notre perte. Il se trouvera bien un auteur pour dévoiler la manœuvre diabolique que nous avons exécutée en transformant les nazis en un instrument aveugle et obéissant entre nos mains.

— Des pieds, murmure le Commissaire.

— Vous dites ?

— Je sens sur ma figure des pieds énormes, velus et circoncis...

— Il a des hallucinations. C'est le dernier stade.

— Je les sens sur ma poitrine, sur mon cœur... Des pieds, vous dis-je, des pieds sans cœur et sans pitié... Qu'est-ce qu'on me veut? J'ai été un fonctionnaire zélé, obéissant. J'ai crié *Feuer!* parce que j'avais des ordres! J'avais des ordres! *Des ordres*, Cohn! Je n'ai fait que mon devoir. Je désire être lavé de toutes les accusations une fois pour toutes. Tout ce que je veux, c'est me sentir propre.

Propre? Bon, très bien, serviteur. Je me présente immédiatement devant Schatz, un savon à la main. J'aime rendre service, je suis un bon *dibbuk*. Le Commissaire regarde le savon, pousse un hurlement, se lève d'un bond et renverse sa chaise.

— Du savon? Pourquoi du savon? Non! Il y a vingt-deux ans que je ne touche plus au savon, *on ne sait jamais qui est dedans!*

Je lui tends le savon, avec un geste engageant. Le Commissaire braque vers la chose un doigt tremblant.

— *Qui c'est, hein?* hurle-t-il. *Qui c'est, ce savon?*

Je hausse les épaules. Est-ce que je sais, moi? C'était de la production en masse, on fabriquait le savon en gros, on ne marquait pas dessus *Jasza Gesundheit* ou *Tatsa Sardinenfisch*. On faisait ça en vrac. Les temps étaient difficiles. L'Allemagne manquait de produits de première nécessité.

— Je refuse! hurle le Commissaire. Il m'a une très sale gueule, votre savon! Il n'a pas du tout l'air catholique!

116

Oh, et puis, zut. S'il lui faut du savon catholique maintenant, on n'en finira jamais. Ça demande de gros moyens. Ils sont six cents millions dans le monde, les catholiques. Il n'y a qu'à s'adresser aux Chinois. Mais il a tort. C'est du savon de luxe. J'ai entendu un SS à Auschwitz le reconnaître lui-même, avec un bon gros rire : « *C'est du savon de luxe, il est fait avec le peuple élu.* » En allemand, une *khokhmé*, ça se dit un *witz*. Je remets mon savon dans ma poche et je disparais.

XVI

La danse de Gengis Cohn

— Quel savon, commissaire Schatz? De quoi parlez-vous?

Le Commissaire se rappelle qu'il est entouré d'espions. On veut le forcer à se trahir, à avouer. *Ils* veulent sa peau. Il est dans une situation sans issue : d'un côté, les commandos de tueurs israéliens, de l'autre, le Renouveau allemand. S'il se trahit, s'il avoue qu'il s'est enjuivé, sa carrière sera terminée, le Miracle allemand passera à côté, la Renaissance ne voudra de lui à aucun prix. Le N.P.D. est implacable avec les Allemands complexés. Le parti du Renouveau n'accepte pas ces poids lourds dans ses rangs.

Il sort un mouchoir de sa poche et s'éponge le front. Il faut faire face. Il convient avant tout de donner une impression d'assurance, de fortitude. Il reste encore la démocratie chrétienne, ils ne sont pas antisémites. Ils n'exigent pas la pureté raciale. Schatz sait qu'il a encore une chance de ce côté-là. Il respire. Il a beau avoir du Juif en lui, les démocrates chrétiens ne vont pas le rejeter, au contraire. Ils sont pour la pitié : ils comprennent son martyre. Il se sent mieux. Ses soupçons étaient absurdes. Les nerfs. Les deux personnalités qui l'aident à mener son enquête sur les crimes de la forêt de Geist sont trop honorablement connues et jouent en Allemagne un rôle culturel et social trop éminent pour se prêter à des besognes d'obscure provocation et à des machinations au service de ses ennemis. Schatz est tout à fait rassuré. Il va leur montrer qu'il domine la situation. Du sang-froid. De l'aisance. De la lucidité.

— Évidemment. Vous ne vous êtes jamais mouillés, vous autres, les aristocrates. Vous vous êtes tenus prudemment à l'écart dans vos châteaux bien isolés, en attendant que ça passe. Les élites. Vous n'avez pas levé le petit doigt, ni pour ni contre. Vous l'avez laissée faire. Mais je suis un homme du peuple, moi. C'est à nous autres qu'elle fait toujours faire tout le sale boulot et c'est toujours à nous qu'elle vient ensuite le reprocher.

— Qui ça, elle?

— Vous parlez de Frau Schatz?

— Vous devriez faire une cure de sommeil…

— Jamais. C'est justement ce qu'ils veulent. Que je me repose, que je regarde ailleurs. Et pendant ce temps, ils vont maintenir l'Allemagne coupée en deux et nous accuser de cacher au fond de la forêt de Geist une nymphomane insatiable, qui a déjà tué la fleur de notre jeunesse et ne songe qu'à recommencer!

— Je vous répète que vous n'avez aucune preuve!

— Quarante et une victimes…

Le téléphone sonne. Le Commissaire écoute et raccroche.

— Quarante-deux. Le capitaine de l'équipe de football, notre meilleur avant-centre! Un shoot foudroyant!

Je pouffe, mais c'est Schatz qui rit.

— *Hé, hé, hé!*

Le Baron est tout hérissé d'indignation.

— Monsieur le Commissaire, je proteste avec la dernière énergie contre vos infâmes insinuations! gueule-t-il. Vous me parlez de cette affreuse tuerie, mais moi, je vous parle de mon honneur! On peut très bien tuer quelqu'un sans pour cela tromper son mari! Vous n'avez pas le droit d'imaginer le pire. On peut avoir des principes, des opinions politiques et rester une honnête femme!

— Comment, des opinions politiques?

— Du moment qu'il y a des morts en masse sans aucun motif apparent, c'est qu'il y a derrière une doctrine, une idéologie, peut-être une raison d'État. Florian a sans doute voulu faire triompher certains principes, défendre des idées. On ne tue pas systématiquement sans un système. Il doit être à la tête d'une organisation politique comme la Sainte Wehme, après la Première Guerre mondiale, qui veut un pays vigoureux, débarrassé de ses ennemis intérieurs et maître de son destin.

Le Comte place le monocle dans son orbite:

— Lily, bien entendu, a eu tort de lui faire confiance.

120

— Bien entendu, soupire le Baron. Mais que voulez-vous, elle a toujours rêvé de grandeur, de puissance…

— *Hé, hé, hé!*

— Monsieur le Commissaire! fait le Baron, outré.

Schatz essaie de me retenir. Il serre les mâchoires, les poings, il ne va pas se laisser posséder. Il lui est difficile de ne pas répéter les mots que je lui souffle, de ne pas rire avec ma voix, mais il sait qu'il ne s'agit pas d'une possession, il s'agit d'une vieille camaraderie, voilà. Il est obligé parfois de céder du terrain, de me permettre de m'exprimer: son médecin lui avait dit qu'il n'y avait rien de plus dangereux que de vouloir me ligoter, de me tenir refoulé tout au fond de son subconscient allemand. C'est là qu'un *dibbuk* particulièrement mal intentionné peut faire le plus de dégâts. Il s'agit, au contraire, de l'aider à s'extérioriser, à sortir. C'est le plus sûr moyen de l'affaiblir. Lorsqu'il est refoulé, il est capable de vous remonter d'un seul coup à la tête et de vous rendre fou. Il faut ruser avec lui, le laisser de temps en temps faire son numéro du *Schwartze Schickse*, après, il dort mieux. Mais cette fois, il est obligé de réagir. Il est humiliant de se trouver face à face avec deux personnalités distinguées et de s'entendre ricaner comme un imbécile de la voix d'un autre, ou d'être contraint de faire des plaisanteries typiques d'un art juif obscène et décadent. Car cet art est agressif, envahissant, il cherche une fois de plus à miner le moral renaissant du peuple allemand. Schatz se voit pris dans un véritable musée des horreurs. La réalité est déformée par des mains impies, comme si quelque affreux Chagall s'était emparé d'elle. Un *khassid* du ghetto de Vitebsk, assis sur les classeurs, et qui a la tête de Gengis Cohn, joue du violon, cependant qu'une vache, tous pis dehors, vole au-dessus du portrait officiel du président Luebke. D'affreux Soutine se tordent sur les murs, des nus du Juif Modigliani crachent leur obscénité dans les yeux de nos vierges aux tresses innocentes. Freud se glisse dans la cave et va réduire en ordure nos trésors artistiques. Des masques nègres grimaçants s'engouffrent à sa suite, en même temps qu'une salière et une bicyclette, et se composent déjà en un tableau cubiste dégénéré. *Ils* reviennent.

Schatz se voit entouré de toutes parts d'une telle rancœur qu'un soupçon encore plus affreux lui traverse l'esprit : ne serait-il pas tombé, lui, l'ex-SS Schatz, dans le subconscient d'un auteur juif et ne l'a-t-on pas condamné à demeurer éternellement en ce lieu terrible ? N'est-il plus, lui, Schatz, qu'un *dibbuk* de nazi, à tout jamais emprisonné dans l'âme juive, à commencer par celle de cet écrivain impitoyable ? Impitoyable, car il ne paraît avoir qu'une idée en tête : empoisonner par sa littérature maudite le psychisme des générations futures. Un véritable crime contre l'espèce, une atrocité spirituelle plus criminelle que toutes celles, purement physiques, d'Auschwitz. Cohn n'est qu'un comparse, un compère, le vrai coupable est un auteur en train de piétiner dans son subconscient le *dibbuk* allemand

Schatz. Quel est son but? Veut-il seulement s'en débarrasser par cette danse, cette *horà* rageuse, ou cherche-t-il, au contraire, à l'enfoncer plus profondément encore en lui-même, afin de le perpétuer, le faire passer par sa littérature d'une âme à l'autre, pour que rien ne puisse plus jamais libérer l'Allemagne de ce ghetto nouveau : le subconscient juif? C'est ça : ils veulent que les Allemands prennent pour deux mille ans dans le monde la place qui y avait été réservée aux youtres, voilà. C'est justement dans ce but que la juiverie internationale avait financé et organisé le N.P.D. en Allemagne.

Je pouffe.

— Monsieur le Commissaire, pourquoi ricanez-vous?

— Ce n'est pas moi, murmure Schatz. C'est le...

Il se tait. Ils ne l'auront pas. Il faut se lever tôt pour l'avoir. Dur comme un roc.

Je lui fais une petite concession : je lui rends vingt pour cent du contrôle de ses pensées et la totalité de sa voix... enfin, presque : je garde vingt-cinq pour cent pour moi-même. Il faut bien vivre.

— Vous dites?

— Vous entendez des voix, Commissaire?

— *Voix-shmoix*, dit Schatz, avec mépris, et le Comte remet son monocle dans l'orbite, choqué par cette tournure si typiquement yiddish. Le Baron, lui, ne s'aperçoit de rien. Le cas étrange du commissaire Schatz lui échappe entièrement. Il plane très haut, et il continue à tracer de Lily un portrait exemplaire, digne de nos plus nobles tapisseries.

— Lily a pu se tromper, mais elle a toujours voulu faire le bonheur du peuple. Chaque fois qu'elle voyait une usine nouvelle se dresser fièrement au-dessus de l'horizon, ses yeux brillaient, elle pâlissait, elle était tout émue! Elle voulait un Reich solide, bâti pour mille ans.

— Et vous pensez qu'en mille ans elle y serait arrivée?

— *Hi, hi, hi!*

— Monsieur le Commissaire, fait le Comte, avec hauteur, ces propos, dans votre bouche, ces ricanements vous déshonorent…

Schatz se met à taper du poing contre le bureau: la violence a toujours été la gesticulation favorite de l'impuissance.

— Ce n'est pas moi! gueule-t-il.

— Comment, ce n'est pas vous? J'ai vu distinctement…

Il n'a rien vu du tout. Schatz n'a pas bougé ses lèvres. Je connais mon métier, tout de même. Un *dibbuk*, avant tout, c'est un maître ventriloque. Le Baron, lui, est tout à ses malheurs conjugaux.

— La Ruhr, avec sa forêt de fières cheminées pleines de promesses, la mettait dans tous *ses* états. Pour la calmer, je devais passer des nuits entières à lui jouer du Bach.

— Pauvre petite Baronne, murmure Schatz.

— Pourquoi? Je devais bien lui donner satisfaction. J'étais son mari, après tout.

Je pouffe.

— *Hi, hi, hi !* ricane Schatz.

— Minou, minou, minou ! fait tendrement le jardinier Johann, les yeux levés au ciel, tout à son petit absolu.

— Il règne ici une atmosphère d'une rare bassesse et d'un cynisme révoltant, déclare le Comte.

— *Ils* reviennent, murmure Schatz. Avec leur art pourri... Regardez, ils sont déjà en train de remplir nos musées... Tout est moqué, abaissé, caricaturé... Vous trouvez que c'est normal, cette vache ? Vous avez déjà vu des vaches voler, des jeunes mariés flotter dans les airs, des violonistes juifs sur les toits ? Ils essaient de nous rendre fous.

Le Baron regarde le Comte, le Comte regarde le Baron :

— Vous dites ?

— Je dis, gueule Schatz, que vous devriez faire examiner votre jardinier par un psychiatre, vous êtes sourds ?

— Ah bon, fait le Baron. Bref, Lily rêvait d'un essor prodigieux...

— *Hi, hi, hi !*

— Jardinier !

— Cet individu, Gengis Cohn, murmure Schatz, s'exhibait dans un cabaret littéraire de bas étage, où l'on ne respectait rien, rrrien...

— Quel individu ?

— Viens, joli petit minouche-minou ! fait le jardinier Johann, et personne n'a sans doute jamais vu avec plus de réalisme le ciel.

— Ne faites pas attention à lui, dit Schatz. *Ils* l'ont empoisonné. Continuez.

— Il est donc possible que Lily se soit laissé entraîner par une organisation politique, dans cette... cette expédition punitive qui a fait quelques victimes, au cours des échauffourées. Quarante morts, je veux bien l'admettre, mais de là à tromper son mari... tout de même !

— L'honneur est sauf, quoi, grogne Schatz.

— D'ailleurs, elle y assistait peut-être contrainte et forcée, impuissante, horrifiée et réduite au silence. Tenez : prenez Staline. Est-ce que le peuple russe peut être tenu pour responsable de ses crimes, responsable d'Auschwitz, de Treblinka, de Buchenwald, d'Oradour ? Lily a été kidnappée, bâillonnée, obligée d'assister en silence à toutes ces horreurs, que, du reste, elle ignorait. Elle doit être considérée comme la première victime de ce voyou qui l'a contrainte à le suivre.

Le téléphone sonne, mais Schatz hésite : et si c'est moi qui suis au bout ? Il se décide enfin.

— Allô ? Allô ? Oui, commissaire Schatz à l'appareil. Vous êtes sûr ? C'est bien elle ? N'oubliez pas qu'elle appartient à une très vieille famille... Très grande noblesse... Érasme, Schiller... Nietzsche... Wagner... Même Albert Schweitzer était un cousin. Pas d'erreur possible ? Bon. Donnez sa photo à la presse. Il faut mettre cette fois la population en garde, pour que ça ne recommence pas... Merci.

Schatzchen raccroche. Il prend un air solennel. Il regarde le mari.

— Messieurs, j'ai donné l'ordre, tout à l'heure, de procéder à certaines vérifications. On a relevé les empreintes de votre femme.

— Où? bégaie le Baron. Sur quoi les a-t-on relevées?

— Sur quoi voulez-vous que ce soit, nom de… Disons : sur les corps. Elle a mis la main à la pâte, il n'y a pas de doute. Voilà qui explique cette expression de bonheur sur les visages des malheureux.

Le brave Johann est outré.

— Les malheureux? Quels malheureux? C'est le sort le plus beau, le plus digne d'envie ! Je… Je veux ses empreintes ! Je les veux partout !

Le scribe est écroulé sur sa chaise. Il a l'œil vitreux. Il est dans un état effrayant de disponibilité. Je m'approche de lui et lui caresse les cheveux. Bon petit. Tu auras ton Führer, va.

Le Baron lutte encore.

— Cela ne prouve rien, murmure-t-il. Elle a pu laisser ses empreintes en se défendant. Ces brutes l'ont probablement attaquée. Il y a eu corps à corps. Le garde-chasse est survenu, il les a tués. Il n'a fait que son devoir.

— Quarante-deux morts, vous voulez rire !

— Et puis, monsieur le Commissaire, ces hommes ont peut-être été tués… avant. L'acte n'a peut-être pas été consommé. Rien ne prouve que je suis déshonoré.

— Ils ont été tués en plein bonheur. Le médecin est formel là-dessus.

— C'est une calomnie. Monsieur le Commissaire, toute cette affaire sent la haine, la rancune, le complot, le venin et la préméditation. Je ne veux pas accuser… nos ennemis, mais depuis qu'ils sont… partis, ils ne font que nous calomnier. Ils ont même créé un État exprès pour ça.

Schatz, cette fois, est d'accord.

— C'est exact. Ils nous piétinent, ils dansent sur notre nom une danse de scalp asiatique, barbare, et vengeresse, sous les ordres du chef de leur Gestapo, Gengis Cohn !

Je me lance. Youpi-tra-la-la ! Je me lance, je danse devant le Commissaire une danse de scalp asiatique, barbare et vengeresse. J'ai toujours dansé très bien, même sur scène, mais je danse encore mieux depuis que je n'ai pour ainsi dire pas de poids. Je me trémousse, je bondis, je retombe, je claque les talons et une-deux-trois, hop ! une-deux-trois, hop ! je lance mes pieds en avant, en position accroupie, mon derrière touche mes talons, je frappe mes bottes avec mes pieds, c'est un mélange de *kazatchok* russe que nous avions appris en regardant les cosaques de l'Ukraine danser dans nos villages après un pogrom, et de notre vieille *horà* juive. Comme c'est étrange : le Commissaire semble être le seul à me voir. Il se dresse, épouvanté, et me suit des yeux, pendant que je me laisse aller à mon inspiration. Il me montre du doigt. Mais déjà, j'ai disparu, j'ai repris ma place à l'intérieur.

— Vous l'avez vu ? Vous l'avez vu ? Ça fait vingt-deux ans qu'il m'emmerde, celui-là ! J'ai tout essayé. Je n'arrive pas à m'en débarrasser.

— De qui parlez-vous ?

Le Commissaire se tait aussitôt. L'instinct de conservation. Il est encore capable de tromper son monde, de faire comme si je n'étais pas là. Il prend un air concentré, grave, fait mine de se consacrer entièrement à l'affaire en cours... Mais quelle affaire? Ah oui, la Joconde. La Joconde est devenue enragée, elle assassine. Justement, le jardinier Johann se frappe la tête : il vient de se rappeler quelque chose.

— J'oubliais... Il y en avait encore autour de l'étang... Et dans l'allée principale... Des jeunes gens, des étudiants, par-ci, par-là, sous les buissons... Il y en avait un qui tenait encore une pompe à bicyclette... Et moi, rien! Pourquoi qu'elle m'a offensé? Pourquoi qu'elle m'a choisi pour me dédaigner?

— Allons, mon gars, allons, fait Schatz, très peuple. Il ne faut pas vous laisser démoraliser.

— Pourquoi une pompe à bicyclette et pas moi?

— *Hi, hi, hi!*

Je n'ai pas pu me retenir. Schatz se met le poing devant la bouche.

— Assez, Cohn. Vous êtes mort, observez au moins une minute de silence!

— Je proteste! gueule le Baron. Je vous rappelle que vous parlez d'un être dont nos plus illustres auteurs, Schiller en tête, ont chanté la pureté incomparable! J'ai des poèmes qui le prouvent!

— Vous les verserez au dossier. La défense en fera état.

— Les humanistes du monde entier se sont roulés à ses pieds!

— *Oui, dans d'atroces souffrances.*

— Cohn!

Bon, bon, ça va. Toujours la censure. Je boude. Il faut dire que les deux aristocrates sont vraiment indignés. On sent que leur patience est à bout, qu'ils vont rentrer chez eux et lire un beau poème.

— Ce scandale a assez duré, déclare le Comte. Il nous faut le Réarmement moral, des armes spirituelles...

Schatz les observe pesamment de ses petits yeux bleus.

— Jardinier.

— Oui, monsieur le Commissaire. Oui.

— Tous déculottés ?

— Tous. Et moi, rien. Méprisé. Pourquoi ? Qu'est-ce que j'ai de tellement dégoûtant ? Pourquoi humilier un fils du peuple ? Je vais la trouver et je vais lui montrer de quoi je suis capable.

Il s'en va et je me sens un peu triste. C'est un pur, ce brave Johann. Et puis, il est encore frais. Il n'y coupera pas. Car c'est ce qu'elle recherche par-dessus tout : la pureté, la simplicité, la fraîcheur d'âme, la confiance. Là alors, elle peut vraiment faire un malheur.

— Elle lui a foutu un complexe, dit le Commissaire.

Je prends un journal et je m'installe dans un coin. Je ne veux plus penser à elle. J'y suis passé. À d'autres. Mais la première chose que je vois est, à la une, un titre énorme : «POUVOIRS SUPRÊMES CONFIÉS AU VICE-PRÉSIDENT HUMPHREY...» «ENVOI DE NOUVEAUX RENFORTS ÉQUIPÉS DE MOYENS PUISSANTS...» «LE PRÉ-

SIDENT JOHNSON APPUIERA-T-IL SUR LE BOU-
TON ROUGE ? » Je pouffe. Hi, hi, hi ! Ils ne vont
pas y arriver, les Américains non plus, c'est moi
qui vous le dis.

XVII

On nous l'avait caché

Ça fait une heure qu'ils discutent. C'est toujours ainsi : les débats et les ébats, les ébats et les débats. Les natures d'élite se rendent difficilement à l'évidence. L'évidence manque de subtilité, c'est bien connu. Le Baron trouve même un argument très convaincant :

— Permettez, Commissaire. Soyons logiques. Si Lily... recevait chez elle, dans le parc du château, pourquoi voulez-vous qu'elle se lance soudain dehors ?

— Le goût des conquêtes.

— Lily ? Mais elle ne rêve que de paix.

— C'est le rêve le plus sanglant, vous devriez le savoir. Je vais vous prier à mon tour de répondre à une question. Comment se fait-il, qu'entouré de cadavres — il y en avait partout, dans le parc, d'après votre jardinier — vous ne vous soyez aperçu de rien ?

— Je ne regardais pas si bas, Commissaire. Je n'avais d'yeux que pour Lily. Sa beauté était telle qu'elle cachait tout. On ne voyait qu'elle. Oui, c'était une beauté aveuglante. Je l'aimais, je la respectais. Je ne cherchais pas la petite bête. J'avais en elle une confiance illimitée.

— Vous avez tout de même dû remarquer qu'il y avait quelque chose qui n'allait pas? Qu'il y avait chez elle... des recoins obscurs?

— Je vous en prie!

— Des recoins obscurs et nauséabonds où il se passait de drôles de choses?

— Monsieur le Commissaire, quand on est un gentleman, il y a certains recoins obscurs où l'on ne regarde pas.

— Vous fermiez les yeux, quoi.

— Je l'aimais. Je ne la guettais pas d'un œil critique, sceptique, cynique, méfiant.

— Des morts dans tous les coins et vous ne voyiez rien.

— On nous l'a caché. On nous tenait dans l'ignorance. On nous a trompés. Nous savions bien qu'il y avait quelques excès, mais nous ne connaissions pas les détails. Et d'ailleurs, je ne suis pas encore convaincu. Il y a une part très grande de propagande.

— Mais c'était sous votre nez, dans votre parc! Le témoignage du jardinier Johann est ici déterminant. Vous ne pouviez pas vous promener sur vos pelouses, rêver au clair de lune, sans marcher sur des corps!

— Mon ami vous a déjà dit qu'il n'a jamais fait de politique, intervient le Comte. Lorsque vous trébuchez sur des cadavres, vous savez bien qu'il y a là quelque chose dont il ne faut pas se mêler.

— Je croyais que ces corps, c'étaient des

rumeurs répandues par les communistes, murmure le Baron.

— Vous marchiez dessus !

— Jamais ! Je suis un homme bien élevé, je faisais très attention.

— Donc, vous les voyiez.

— Mais vous ne comprenez donc pas que je n'y croyais pas ! J'ai été odieusement trompé, hypnotisé, on a abusé de ma confiance, de mon patriotisme, de mon amour !

Le téléphone s'en mêle. Le Commissaire écoute.

— Bon, bon, je prends note. Il avait l'air ravi ? Qu'est-ce que vous voulez que ça me fasse ! Dites-le à la famille !

Il raccroche et reprend son stylo.

— C'est le plus grand crime contre l'humanité depuis tout à l'heure !

Le Baron est écroulé. Sur son petit visage à la fois vieillot et poupin règne un désarroi sans bornes.

— Une femme pure et limpide comme de la glace ! gémit-il.

— Qu'est-ce que vous en savez ? grogne Schatz.

— Je suis tout de même son mari...

— Justement, vous n'avez vu la chose que sous un seul angle.

— *Hi, hi, hi !*

— Quelle goujaterie !

— Ce n'était pas un rire, dit Schatz. J'ai le hoquet.

Les moustaches du Comte pendent tristement.

— Cher, grand et pauvre ami, dit-il, j'ai par moments l'impression qu'une littérature dite moderne, abjecte et tendancieuse, s'empare de nous et cherche à tout noircir, alors qu'il y a de si belles choses à contempler et à écrire...

— Ah, où est-il le siècle des lumières! Rousseau! Voltaire! Diderot! Certes, ils avaient parfois la plume leste, mais au moins, ils avaient du style! Ils en parlaient admirablement!

— *Évidemment, ils vivaient de ses charmes.*

— Cohn!

Le Baron tire son mouchoir, se tapote le front.

— On veut nous noyer tous dans une inqualifiable laideur, mon cher Comte. Il fallait s'y attendre. Tous les moyens leur sont bons pour nous déshonorer. Ils ne reculent devant aucune obscénité. Vous avez vu les photos de tous ces corps nus entassés les uns sur les autres à Buchenwald? Quelle pornographie! C'était d'une impudeur... D'une impudeur! On n'a pas le droit de photographier des choses pareilles, et encore moins de les publier. Ils les ont même montrées au cinéma, vous savez. Et l'Église n'a pas protesté contre le spectacle. J'ai même vu des curés dans la salle!

— Entièrement d'accord, cher ami. Tous ces corps nus, on n'avait pas le droit de les exhiber. *It was an invasion of privacy, my dear!* Pensez qu'il y avait même des jeunes filles de quatorze ans dans le tas, des petits seins à peine formés...

— *Cachez ces seins que je ne saurais voir!*

— Cohn!

— Vous voulez que je vous dise, Baron? Ces

photos obscènes ont fini par faire plus de mal que la chose elle-même... Les exécutions, certes, étaient un crime contre les Juifs, mais la publication de ces photos, c'est un crime de lèse-humanité. Dans l'intérêt supérieur de notre espèce, il fallait passer tout cela sous silence. On a délibérément coupé les ailes de notre vieux rêve humaniste. Il y a aussi l'aspect éducatif. La vue de toute cette nudité en vrac peut avoir un effet déplorable sur notre jeunesse. C'est un encouragement dangereux. Une pornographie qui s'étale en plein jour finit par donner des idées...

Schatz est écroulé sur le bureau, il a le fou rire. Cette fois, je m'en donne vraiment à cœur joie. Il rit comme un possédé. Nous n'avons été en proie à une pareille hilarité, lui et moi, qu'une seule fois auparavant : au mois d'août 1966, lorsqu'une session spéciale du Congrès juif mondial s'était tenue à Bruxelles, sur la possibilité d'un dialogue entre Juifs et Allemands.

Schatzchen est donc en train de se marrer immensément. Les deux natures d'élite l'observent avec un écœurement et une consternation que seuls peuvent comprendre ceux qui, dès leur première gouvernante, ont été élevés dans la vénération de la Joconde. Pour eux, à présent, il n'y a plus de doute : Lily est tombée dans les mains de la plèbe et il est plus que probable que la police est complice. La police est toujours recrutée dans les couches populaires. Il s'agit de compromettre une très grande dame. Une démocratie canaille traîne dans la boue celle dont la famille était, depuis des siècles, entourée de respect et d'amour universel. Il se prépare la fin de l'Esprit.

Le Baron est tellement outré qu'il en retrouve une certaine dignité.

— Monsieur le Commissaire, votre attitude est inqualifiable. Je vous parle de ma femme qui court un danger mortel, et cela vous donne le fou rire. Je vous préviens que j'en référerai à vos supérieurs, mais en attendant, j'exige une aide immédiate.

Schatz se reprend en main. Où donc en était-il ? Ah oui, cette série de meurtres dans la forêt de Geist. Il était en train d'interroger les témoins. Où sont-ils, ces témoins ? Ah oui, ils sont là. Ils sont tous là. Schiller. Heine. Lessing. Spino… Non, non, pas ceux-là, les autres. Ceux de l'accusation. C'est curieux, ils sont là, ces millions de témoins, uniquement parce qu'ils ne sont plus là. De plus en plus étrange. Le commissaire Schatz reconnaît qu'il a des moments d'absence, où il n'est pas entièrement maître de ses pensées. C'est le surmenage, et aussi, cette maudite… *occupation.* Enfin, pour l'instant, je l'ai refoulé, il m'a refoulé, *pardon, permettez, Cohn, c'est moi qui… mais non, Schatzchen, mais si, je vous dis… c'est moi le patron ici, Cohn, allons, Schatzchen, allons…* Nom de nom… Il tape du poing comme un sourd, mais le bureau, c'est la propriété du Reich, alors vous pensez si je m'en fous… Nous nous taisons enfin tous les deux, *v tesnotie no nie v obidie,* comme on dit en russe… Évidemment que je parle russe, voyons. Vous n'avez pas lu Sholem Aleikhem, Isaac Babel ?

C'est là, mes origines. Il s'agit maintenant de continuer l'interrogatoire sans me laisser désorienter. Ma carrière est en jeu… Bon, bon, ça va. Je hausse les épaules. *Sa* carrière est en jeu. C'est une très belle affaire, et s'il parvient à l'éclaircir il aura ainsi prouvé à tous ceux qui chuchotent derrière son dos que le Commissaire de première classe Schatz se conduit depuis quelque temps d'une manière bizarre, qu'il sait parfaitement contrôler certains troubles psychiques provoqués par une vieille infection contractée pendant la guerre et qui s'est révélée particulièrement tenace.

XVIII

Il lui faut un homme providentiel

Schatz a, d'ailleurs, depuis quelques instants, une idée. Comment ne pas y avoir pensé plus tôt? On va voir ce qu'on va voir. Il sourit et je suis content de voir qu'il accepte si bien mes suggestions. Il n'hésite pas à me consulter, les Juifs peuvent être d'un bon conseil, ils sont malins, ils ont de l'expérience, et cette fois, je vais essayer de me mettre bien avec eux. Mais je ne veux pas m'en mêler, j'ai fait une suggestion, c'est tout. Ce qui me rend fou, avec ce Cohn, c'est cette façon qu'il a de se planquer et de prétendre qu'il n'est pas là, qu'il n'existe pas, que j'imagine des choses, moi, Schatz, alors que je sais parfaitement... On recommence à se chamailler et j'en ai assez, je décide de le plaquer et d'aller faire un tour dans la forêt de Geist, pour renouveler mon inspiration, lorsque le bon caporal Henke, celui qui nous apporte chaque matin à dix heures une tasse de café, se précipite dans le bureau, visiblement catastrophé.

— Monsieur le Commissaire... Monsieur le...

— Eh bien, quoi? On les a arrêtés?

— Le sergent Klepke... l'adjudant Bzik... Vous les avez envoyés en patrouille dans la forêt...

— Et alors?

— On vient de trouver leurs corps! C'est affreux... Des sourires comme ça...

Il mime un sourire «comme ça». C'est assez suggestif. Le scribe, qui était retombé, recommence à s'agiter sur sa chaise comme un soufflé qui remonte.

— C'est bien fait pour leur gueule, grogne Schatz.

Il n'est pas mécontent.

— Ils se croyaient de taille, hein? Tous ces modestes tâcherons... Il lui faut un homme providentiel capable de la mater, de la culbuter, de prendre les choses en main et de faire son bonheur. Elle n'est pas contre la brutalité, elle aime qu'un homme soit un homme. Elle en a assez des vermisseaux, des moucherons, des demi-portions... Elle en a soupé de ces démocrates mous dont la colonne vertébrale se plie à la moindre bourrasque comme un parapluie...

Il se lève. Je m'éloigne un peu et je le regarde de l'extérieur, avec intérêt. Il frappe du pied, une mèche lui tombe sur le front, c'est tout à fait ça, remarquez, ne croyez pas que je le souhaite à l'Allemagne, pas du tout, mais je voudrais tout de même que vous me disiez ceci : lorsque vous lisez dans vos journaux les pourcentages prometteurs obtenus aux élections par les nouveaux nazis, n'êtes-vous pas un tantinet content? Avouez que cela commençait à vous ennuyer d'être obligé de vous habituer à penser à l'Alle-

140

magne *autrement*. Hein ? Ce n'est tout de même pas désagréable de pouvoir recaser l'Allemagne dans la petite case « irrécupérable, éternellement à elle-même pareille » dans laquelle vous l'avez rangée une fois pour toutes, comme vous aimez bien que les Juifs se conforment à l'image que vous leur avez assignée à travers les siècles, et qu'Israël, ou une Allemagne démocratique, ça vous gêne un peu dans vos petites habitudes ?

C'est pourquoi je me surprends, malgré tout, à lui murmurer des conseils de prudence. Je ne l'y pousse plus, au contraire, je le retiens. À d'autres, qu'il la laisse courir. Les Allemands ont fait pour elle tout ce qu'ils ont pu. Ça ne l'a pas assouvie, elle en veut plus que jamais. Je lui murmure que, d'ailleurs, les Allemands, elle en a sa claque, ça n'a rien donné, elle est restée de marbre. Je le retiens, je suis contre, je dissuade, j'argumente : qu'est-ce qu'ils veulent, les Allemands ? Deux mille ans de haine et de crachats sur le dos ? Devenir les *nouveaux Juifs*, prendre notre place, c'est pour ça ? Bref, je déconseille à Schatzchen de retourner dans la forêt de Geist et de remettre ça. Pas par sympathie, vous pensez bien. Mais si les Allemands essaient encore de la combler, cette fois, il ne restera plus rien de la Joconde. Pas même un sourire flottant dans le vide, comme celui du chat de Cheshire. Rien. C'est qu'elle est devenue, la princesse, de plus en plus frustrée, de plus en plus rêveuse, et de plus en plus exigeante. Pour s'envoyer en l'air pour de bon, il lui faudra au moins cinq cents mégatonnes. Elle ne prendra pas moins : elle commence à se connaître.

Il hésite un peu. Il sait tout de même qu'il est allemand, ça se voit de très loin, tout le monde l'a à l'œil. Comment y aller, comme ça, avec les yeux du monde entier fixés sur votre fougueuse virilité ? Ça va gueuler. Je le dissuade de mon mieux. Je lui dis que c'est une nymphomane, que personne n'y est jamais arrivé.

Nous avons oublié le caporal Henke, dans notre débat intime. Il est toujours là. Au garde-à-vous.

— Chef.

— Quoi ?

Le petit doigt sur la couture du pantalon. L'œil à vingt mètres.

— Je sollicite l'autorisation de partir en patrouille dans la forêt de Geist.

Il baisse modestement les yeux.

— Je ne veux pas me vanter, mais je suis sûr d'y arriver, chef. J'ai ce qu'il faut, même pour une très grande dame. Je peux vous donner quelques chiffres, si vous voulez. J'ai une très belle nature, j'ai fait un malheur partout où je suis passé.

— M'ferez quinze jours ! aboie Schatz. Rompez !

— *Gott in Himmler!* gueule le Baron. Il n'est pas possible d'insulter plus bassement tout ce que l'homme a de plus noble…

— Là, cher ami, vous exagérez, dit le Comte, malgré tout choqué.

L'inspecteur Guth entrouvre la porte. Il est en train de se marrer.

— Qu'est-ce que vous avez à rigoler ?

— Monsieur le Commissaire, il y a là une

délégation de boy-scouts, ils viennent se mettre à votre disposition ! Ils ont l'air très excités, ces jeunes gens. Ils sont tous volontaires pour fouiller la forêt !

— Renvoyez-les chez eux. Qu'ils se débrouillent tout seuls !

— *Hi, hi, hi !*

— Et les journalistes ?

Schatz hésite un peu. Mais il vaut mieux qu'ils le voient tous, solide au poste, en pleine possession de toutes ses facultés, en train de mener son enquête de main de maître. Voilà qui mettra fin à toutes ces rumeurs insidieuses répandues par ses ennemis.

— Faites-les entrer.

C'est la ruée. Il en est venu de tous les coins du monde, et les envoyés spéciaux anglais sont particulièrement excités, vous pensez bien, ils n'ont que ça en tête, les atrocités allemandes. Les bombardements de Londres, ils ne nous les ont jamais pardonnés. Vingt ans après, le *Sunday Times* a encore la *hutzpé* de publier un supplément illustré sur « l'antisémitisme en Allemagne ». Quel antisémitisme ? Il ne reste que trente mille Juifs vivants en Allemagne, vous croyez que c'est avec ça qu'on peut se refaire, se redonner une idéologie ?

Schatz a un moment de terreur lorsque les flashes se mettent à exploser, mais il se ressaisit : ça ne se voit pas, *il* ne se voit pas, là où il est.

Je boude. Au fond, j'aimerais bien me faire photographier. Je n'ai jamais atteint la vraie célébrité. Un petit amuseur de troisième ordre.

J'aurais dû émigrer en Amérique : à Hollywood, je serais sûrement devenu un nouveau Danny Kaye.

— Le mari ! On veut interviewer le mari !

— C'est affreux ! gueule le Baron. Mon nom va passer à la postérité comme celui de Landru !

Le Comte lui tient la main.

— Courage, cher grand ami !

— Qu'est-ce que vous avez tous à me regarder comme ça, messieurs ? Je n'ai rien fait !

— Rien ?

— Absolument rien !

— La pauvre petite !

— Eh bien, tout s'explique !

— Cher grand ami, ne parlez qu'en présence de votre avocat !

Le téléphone n'arrête plus. Schatz se démène.

— Allô, allô, oui ? Le cirque Babar offre ses services ? Pour quoi faire ? Comment ? Il suffit de placer sur son chemin des morceaux de viande empoisonnée ? Vous vous foutez de moi ? Ce n'est pas une bête sauvage, c'est une très grande dame !

— *Schiller, Lessing, Spino…*

— Ah, ça va, Cohn, ça va !

— *Montaigne, Descartes, Pascal, tous décul…*

Il me coupe la parole, il se tait d'un seul coup, serre les dents, les mâchoires, me refoule, me réprime, alors quoi, il n'y a plus moyen de rigoler ? Les journalistes entourent le Baron, ça discute ferme, il tient bon, lutte encore, croit toujours en elle, Lily ne s'intéressait qu'aux choses de l'Esprit, mais le verdict est unanime, il fuse de partout :

— Une nymphomane !

Le Baron soutient le Comte :

— Lily ! Notre Lily qui pleurait sur une chenille blessée !

Le Comte soutient le Baron :

— Lily, qui défendait au jardinier de couper les fleurs !

Ensemble, une, deux, trois :

— Elle était si douce et si tendre !

Le Baron :

— Ses rapports avec les hommes étaient ceux de Laure avec Pétrarque !

Le Comte :

— On assassine la Joconde !

Moi :

— *Mazltov !*

Schatz :

— *Arakhmonès !*

Moi, en l'embrassant sur le front :

— *Bei mir bist du schein !*

Schatz :

— *Gvalt ! Gvalt !*

De Gaulle :

— La madone des fresques... La princesse de légende...

Freud :

— Une nymphomane !

Goethe :

— *Mehr licht !*

Napoléon : il fait *pschitt !*

Hitler : il fait *pschitt !*

Lord Russell : il fait *pschitt !*

Johnson : il fait *pschitt !*

145

Jésus :

— Ah non, gueule Schatz, nous autres, Allemands, nous ne permettrons pas qu'on touche aux Juifs !

J'ai froid dans le dos. Je sens soudain qu'un danger terrible plane sur ceux de ma race : *des nazis qui ne seraient pas antisémites.* Vous imaginez un peu le mal que ça peut nous faire, un Hitler qui ne serait pas du tout contre les Juifs, au contraire, qui serait seulement contre les nègres ? Les Allemands ont failli nous avoir. Heureusement qu'ils étaient racistes.

Du coup, je n'en mène pas large. Je me fais tout petit, petit. J'ai peur de me faire remarquer. *J'ai peur qu'on me fasse des propositions, des offres…* Des offres comme ça, je n'en souhaite pas à mes meilleurs amis. Enfin, remarquez, on aurait des excuses… Aux États-Unis, les nègres ont déjà fait des pogroms, démoli des magasins juifs… Leurs extrémistes font des discours violemment antisémites… Il faut bien se défendre, quoi… Mais non, je ne veux pas en entendre parler. *Tfou, tfou, tfou !* Je me roule en boule, je me tiens tranquille, les Noirs, je les respecte, ils sont différents de nous, on ne peut pas ne pas les respecter. On peut tout de même respecter quelqu'un sans être raciste. Schatz, qui entendait depuis quelques instants des voix sifflantes, désincarnées, dépossédées qui paraissaient jaillir de tous les côtés à la fois, respire enfin. La crise est passée. Même le maudit violoniste a disparu du toit et à la place du rabbin et du chandelier à sept branches dans la main de Chagall il voit à présent le visage familier du caporal Henke qui vient annoncer :

— L'archevêque coadjuteur !

— Qu'est-ce qu'il veut encore, celui-là ? murmure Schatz. Ça fait dix fois qu'il se présente.

— Ben, il vient se renseigner. C'est normal.

— Comment, c'est normal ?

— Ben, ça le vise directement.

— Directement ?

— Ben, il a quelque chose à proposer... Une solution. L'Église, quoi.

— L'Église... Ah oui, c'est vrai... Nom de nom, mais en quoi ça regarde l'Église, tu peux me le dire ? Cette créature est dévorée par un besoin effrayant que rien ne parvient à satisfaire et qui la pousse au désespoir, et tu me proposes l'archevêque coadjuteur ?

— Ben, ils ont le bon Dieu.

— C'est vrai, ils ont... Quel rapport, nom de nom, quel rapport ?

Le flic lui cligne de l'œil.

— Non mais, qu'est-ce que ça veut dire ?

— Ben, Il est tout-puissant...

— Il est...

— Ben, oui. *Il peut. Il peut y arriver.*

— Il peut y... Fous-moi le camp d'ici, imbécile ! Et tu diras à l'archevêque coadjuteur qu'on ne lui demande rien. Qu'il ne vienne pas la consoler. Pas besoin de bon Dieu. Il y a encore sur terre des hommes, des vrais, résolus, volontaires, conscients de leurs moyens et capables de prendre la chose en main !

Je pouffe.

— Allô, oui... La Ligue des Droits de l'Homme? Ils fourrent leur nez partout, ces gens-là! Commissaire principal Schatz à l'appareil. La Ligue des Droits de l'Homme est indignée? Ben, elle n'a que ça à faire. Et puis, de quoi vous mêlez-vous? Les victimes étaient toutes consentantes. Écoutez, ce n'est tout de même pas la faute de la police si elle est... d'une exigence! Rien ne lui suffit, rien n'est assez beau... Le socialisme? On a déjà essayé... Ça a fait *pschitt*! On a tout essayé. Comment? Vous avez une idée? Dites toujours. Oui... Oui... Quoi? Mais c'est dégoûtant! Vous n'êtes, monsieur, qu'un vicieux!

Il raccroche. Les journalistes sont intéressés.

— Qu'est-ce qu'il a dit?

— Il prétendait connaître un truc irrésistible.

— Quel truc?

— Un truc.

— Monsieur le Commissaire, l'opinion publique mondiale a le droit de savoir...

— Mais puisque je vous explique que c'est une immense cochonnerie!

— Eh bien, ça risque de réussir.

— Jamais! gueule le Baron. Pas avec Lily!

— Monsieur le Commissaire, au nom du Droit des peuples à disposer d'eux-mêmes, dites-le-nous. Dites-nous le truc! Vous n'avez pas le droit de supprimer les idées. Nous avons le droit de savoir. Ça peut tout changer.

— Mais c'est encore une saleté, je vous dis!

— C'est peut-être la bonne!

Le Baron se lève. Il ressemble à un Pierrot

bafoué. Il va faire une déclaration. Il y a un silence respectueux. C'est un homme connu, un des artisans du renouveau, il a toute l'industrie lourde entre ses mains.

— Écoutez-moi, messieurs. Vous vous trompez sur Lily! Je suis le mari, après tout, je sais de quoi je parle! Je vais tout vous dire. Il s'agit d'une femme froide!

Un journaliste, un Français, bien entendu, le toise avec mépris:

— Il n'y a pas de femmes froides, monsieur, il n'y a que des hommes impuissants!

— Monsieur!

J'y arriverai. Moi, le commissaire principal Schatz, j'y arriverai. Je n'ai pas besoin de système, de marxisme, de socialisme, d'idées, de trucs. J'irai là-bas, tout seul, armé de ma seule virilité, et je vais la rendre heureuse. Plus grand qu'Alexandre, plus fort que Staline, plus résolu que Hitler, je vais la sauver de cette liberté, de cette disponibilité dont elle ne sait que faire…

— Allô, allô, oui? Qui ça? Furst? Le président de la Ligue pour la Défense de la Morale? Il ne manquait plus que ça. Faites entrer.

Je le fais entrer. Le président Furst est grand, droit comme un *i*, et s'il tient une canne à la main ce n'est pas pour s'appuyer sur elle, c'est pour se défendre. C'est un homme célèbre dans le monde entier par son élévation d'âme, ses protestations contre la subversion morale, ses appels à la décence, à la propreté, à la vertu. Il a le bras long: ne vient-il pas d'obtenir la collaboration d'un député français, un gaulliste authentique, qui avait lancé un cri d'alarme au moment de la représentation à Paris de cette pièce maudite, *Marat-Sade*, volant ainsi au secours de nos gènes menacés par une littérature insidieuse et pourrie, capable de corrompre des générations futures et de laisser l'humanité avec seize millions d'enfants tarés et de monstres sur les bras ?

— Monsieur le Commissaire, en tant que défenseur de la jeunesse, de la famille et des deux sources de la morale et de la religion, je proteste ! Je proteste avec la dernière énergie ! Je demande que des mesures immédiates soient prises ! Il faut nous entourer d'une censure impitoyable, placer des comités de vigilance à toutes nos voies d'accès ! J'ai lutté toute ma vie pour défendre notre santé morale, je me ferai tuer plutôt que de succomber ! J'exige des gardes du corps. J'exige qu'on établisse autour de ma vertu un barrage de police. Elle me cherche. Déjà, je sens sa cinquième colonne qui se glisse en moi, qui me pénètre, qui essaie de m'investir, avec l'aide des intellectuels, des francs-maçons et de la juiverie. Chaque nuit, je suis obligé de me barricader chez moi, et, l'arme à la main, j'attends le déshonneur… Hier, j'ai tiré une cartouche dans le vide. Messieurs, cette nymphomane insatiable rôde autour de moi. Je sens déjà sur mon corps son souffle brûlant d'alcoolique, ses mains brutales vérifient si tout est là, j'entends son murmure obscène et haletant, subventionné par le ministère de la Culture, ses promesses folles, ses doigts cherchent à m'arracher mon arme à feu. Je demande quatre gardes du corps, deux derrière, deux devant, un agent de police placé dans chaque librairie, la suppression, au nom de la morale et du bon goût, de l'organe féminin et de l'organe mâle, cette invention d'un art obscène et hideux ! *Non !* Voilà où nous ont menés cinquante ans de licence et de dévergondage artistique. Nous sommes frappés d'une affreuse laideur, de chiennerie : vous laissez faire Picasso et vous vous réveillez avec un affreux organe phallique au bas-ventre ! Vous tolérez Brecht, Genet, les peintres maudits, Wols, Max Ernst et nos vraies jeunes filles se trouvent soudain marquées dans leur corps par une odieuse fente velue, et on ose accuser Dieu de cette obscène création ! Je dis : *non !* J'exige des soldats placés en permanence à toutes mes issues ! Plutôt le conflit nucléaire que la pornographie ! La censure totale, pour une pureté totale ! Nous voulons la servitude ou la mort !

Il s'écroule sur une chaise, l'œil vitreux.

— Ne nous affolons pas ! Ne nous affolons pas ! gueule Schatz. Essuyez-le ! Allez chercher un médecin, quelqu'un.

Le Baron se voile la face.

— Une femme qui pleurait en lisant *Werther* et qui aimait la beauté classique plus que tout au monde !

— Cher grand ami…

Mais le pauvre Baron est inconsolable.

— Une femme qui connaissait sur le bout du doigt Spinoza, Pascal, Montaigne, saint Thomas et dont la culture faisait l'admiration de tous les spécialistes !

Il y a là un journaliste qui nous observe tous moqueusement. Je ne sais pas du tout d'où il vient, celui-là. En principe, il n'y a là que des représentants de la presse occidentale, mais allez donc vérifier. Il a l'œil mauvais, haineux, une sorte de vareuse vaguement militaire, ce serait un communiste chinois que ça ne m'étonnerait pas.

— Messieurs, leur lance-t-il, nous n'y parviendrons jamais individuellement. Il faut y aller tous ensemble, collectivement! L'âge de l'individualisme est terminé. Vous employez encore des méthodes sexuelles artisanales. Il lui faut les masses. Il faut y aller tous ensemble, au coude à coude!

— Au coude à coude?

— Musique en tête!

— Musique en tête? hurle le Baron. Ma pauvre Lily!

— Ne nous affolons pas! Allô, allô, oui... Commissaire Schatz à l'appareil. Quoi? Un million de Chinois déculottés? Ils avaient encore sur le visage un sourire de bonheur?

Le scribe éclate enfin. C'était à prévoir. Il se lève, frémissant, les bras tendus, et il danse sur place une sorte de gigue comme un homme pressé devant une vespasienne occupée par une idéologie qui prend toute la place.

— Viens! Prends-moi! Possède-moi! Viole-moi! Je ne me défendrai pas... Je suis à toi des pieds à la tête! Fais de moi ce que tu voudras! Je veux être possédé jusqu'au trognon, jusqu'au tréfonds, je suis un fils du peuple! Baise-moi! Je suis à toi ! Je veux que tu me piétines, que tu me pulvérises, je veux que tu me réduises en miettes, en bouillie, je veux jouir d'une manière absolument inouïe ! Je ferai n'importe quoi pour te rendre heureuse ! Je te ferai tout ! Je serai très cochon ! Je te ferai des trucs ! Je te ferai Oradour ! Je te ferai Auschwitz ! Je te ferai Hiroshima ! Tout, partout ! Après, tu seras encore plus belle. Je dirai oui à tout ! OUI ! Je... Je... *Heil Hitler ! Sieg-Heil !*

— Mon Dieu, ça recommence !

— Ne nous affolons pas... Du calme ! Du calme ! Des pilules ! Des tranquillisants ! Appelez un médecin, quelqu'un !

— B-b-baise-moi !

— Rêveuse humanité !

— *Sieg-Heil ! Sieg-Heil !*

Le commissaire Schatz entend une formidable explosion, le monde saute, chavire, coule à pic dans les flots haineux qui montent à l'assaut de la Beauté et transforment la Joconde en *Schwarze Schickse* sous l'œil borgne et rond des culs de Jérôme Bosch, les masques et les spectres hilares de James Ensor se pressent à l'entrée d'un Absolu ignoble à six millions la passe sans compter le savon, seul von Karajan tout nu dans sa pureté aryenne sans trace de croix gammée lutte encore vaillamment et oppose aux égouts du ghetto de Varsovie déchaînés un barrage triomphant de Beethoven et de Salsifi que les Juifs vicieux de New York écoutent avec ravissement, cinquante mille membres encore défaillants mais déjà rêveurs du N.P.D. se hâtent à la main vers un renouveau de virilité et de dureté en s'aidant des photos obscènes d'Auschwitz et de Belsen, quarante Harpo Marx fusillés se déculottent face au peloton d'exécution et visent l'Allemagne dans son honneur, Schatz hurle *Deutschland erwache* il faut renaître *nach Frankreich zogen zwei Grenadieren* il lui faut un homme providentiel un vrai dur qui dure, il va y aller lui-même bâtir pour mille ans récupérer l'Oder-Niesse la rendre heureuse il va la combler lui Schatz l'ancien de ses propres mains il va la combler une nouvelle explosion il se dresse il bondit sur sa chaise il tape du pied il danse il gueule *boum tra la la!* ça chauffe ça barde elle se pâme elle est à point *boum tra la la!* encore cent cinquante mégatonnes là où c'est bon et encore *boum tra la la!* en plein dedans ils ont appuyé sur le bouton rouge cette fois elle va y goûter *boum tra la la!* ça y est elle s'envoie en l'air elle se fait sauter quel feu quelle flamme...

— Une nymphomane!
— Qu'est-ce que c'est, cette explosion?
— C'est elle! C'est Lily!
— Ils y vont avec leur arme absolue!
— Cent mégatonnes!
— Elle va enfin y arriver!
— *Mazltov!*
— Mais puisque je vous dis que c'est une femme froide!

DEUXIÈME PARTIE

Dans la forêt de Geist

XIX

L'un dans l'autre

Ils l'ont emmené. L'inspecteur Guth a appelé une ambulance, ils nous ont fait une piqûre et ils l'ont emporté sur une civière. C'est un produit chimique nouveau : l'Ennoctal. On vous l'injecte dans les veines et une douce hilarité s'empare aussitôt de vous : vous vous mettez à rire, vous êtes heureux. La psychiatrie a fait de tels progrès qu'il est probable que les nouveaux nazis du *National Partei Deutschland* vont rencontrer pas mal de difficultés.

C'est une chose merveilleuse d'être enfin chez moi. L'occupation est terminée. Je ne sens plus le poids du SS Schatz sur mon dos, je ne vois plus cette tête désemparée, cet œil indigné, rancunier, qui ne pardonne pas tout le mal que je lui ai fait. Si vous croyez que c'est une vie, d'être condamné à hanter le psychisme d'un ancien SS, enfermé dans son subconscient, sans cesse refoulé, obligé de lutter pour ne pas se laisser étouffer… Une existence comme ça, je ne la souhaite pas à mes meilleurs amis.

D'autant plus que ce n'est pas un subconscient, c'est un taudis. Pas de lumière, pas d'air, un plafond bas, des murs qui se referment sur vous de tous les côtés, avec leurs vieux slogans nazis encore lisibles, des svastikas et des graffiti antisémites. C'est sale, c'est nauséabond, des immondices dans tous les coins. Vous appelez ça de l'hospitalité? Ce n'est pas tout, de cacher un Juif : il faut encore savoir où on le met. Des conditions d'hygiène absolument dégueulasses, voilà. C'est plein de pourriture. Personne ne vient balayer, là-dedans, au contraire, on en rajoute : tous les jours quelqu'un vient y déverser des ordures nouvelles. Si ce ne sont pas les néo-nazis, et leur presse, ce sont toutes sortes de détritus historiques, des vieilleries puantes d'un autre âge, avec des taches ignobles de sang et de Dieu sait quoi, mais qui bougent encore et ne demandent qu'à servir, des machins idéolo-giques absolument ignobles, d'affreuses pro-thèses qui essaient de faire illusion et, tout à l'heure, il m'est même tombé dessus une salière, un arrosoir, quarante-deux cadavres déculottés, six paires de chaussettes et un Larousse univer-sel : quand ce n'est pas une chose, c'est une autre. Une vraie poubelle, je vous le dis, moi. À côté du subconscient de Schatz, les égouts du ghetto de Varsovie, c'était un palais pour prin-cesses de légende. C'est à se demander si on par-viendra jamais à nettoyer ça.

Enfin, je redeviens moi-même. Il était grand temps. Je ne savais plus, parfois, qui j'étais, où j'étais. Figurez-vous qu'il y avait des moments où à force de vivre dans une telle intimité avec lui, j'avais la sensation, moi, Schatz, d'être un *dibbuk* de nazi condamné à vivre éternellement dans le psychisme juif. *Tfou, tfou, tfou.*

Je croyais qu'on n'arriverait plus jamais à nous démêler l'un de l'autre.

Vous pensez donc si j'ai été content lorsqu'on lui a enfoncé l'aiguille dans la veine. Il parut un instant surpris, puis commença à ricaner. Au bout d'une seconde, c'était la grande rigolade, et je fus pris de fou rire, moi aussi. L'idée qu'on faisait une piqûre à Cohn, comme au bon vieux temps, pour nous débarrasser de sa présence, et que ce petit malin de Juif tellement méfiant ne se méfiait de rien et devait croire que c'était seulement sa vocation qui se manifestait à nouveau, son atavisme comique, était irrésistible. Il faisait hi, hi, hi! et je faisais ho, ho, ho! et le côté désopilant de la situation s'ajoutant à l'effet hilarant de l'Ennoctal, tout cela faisant boule de neige, en quelque sorte, je ne pouvais plus m'arrêter. Il riait à rendre l'âme, cet enfant de pute, et c'était exactement ce qui était en train de lui arriver. Tout se serait très bien passé si le médecin n'avait pas gaffé, et, comme je me laissais aller à ma joie, il dit, à l'infirmier, avec un accent de satisfaction professionnelle dans la voix :

— C'est vraiment très efficace, dans les cas de choc. L'effet est infiniment plus fort et plus durable que celui des gaz hilarants...

Ça m'a sauvé la vie. Il y a des mots qu'on ne dit pas deux fois à un Juif, et le mot « gaz » est de ceux-là. J'étais déjà, sans le savoir, très affaibli par l'action instantanée de la piqûre, je pouffais, je ne pouvais plus m'arrêter, tout en étant vaguement conscient que j'étais en train de m'effacer, mais dans mon état d'euphorie, je me réjouissais de tout cœur à l'idée que j'allais enfin être débarrassé de Schatz, me libérer de ce psychisme allemand avec tous ses excréments historiques, dans lesquels je m'étais si profondément enlisé. J'avais complètement oublié que sans lui je disparaîtrais, je cesserais d'être individuellement perceptible dans la masse anonyme des statistiques — qu'est-ce que c'est, un Cohn de plus ou de moins, dans le chiffre global de six millions? J'étais sur le point de redevenir une abstraction. Seulement, au mot « gaz », mon instinct de conservation a joué immédiatement. Tout en rigolant — je ne pouvais pas m'en empêcher, c'était chimique — j'ai ramassé ce qui me restait de forces, je me suis accroché et j'ai commencé à remuer, à ruer si fort que Schatz s'est dressé sur le brancard — on était déjà dans la rue, devant l'ambulance — il a regardé le médecin et il s'est mis à hurler.

— Non! Vous allez le supprimer! Je ne veux pas être mêlé à ça! Une fois ça suffit, on m'a assez fait baver, avec ces histoires d'atrocités, on ne m'y reprendra plus…

J'ai bougé encore plus fort, j'ai rué, je me suis accroché, je me suis hissé plus haut, j'ai fait un rétablissement et pour combattre l'effet de l'Ennoctal, pour ne pas m'assoupir, je me suis mis à danser comme un enragé, dans cette conscience allemande où j'étais tombé, la *horà* du souvenir, notre vieille *horà*.

Une danse pareille, je ne souhaite pas ça à mes meilleurs amis.

Ça m'a sauvé. Schatz, sous les yeux du médecin ahuri et des ambulanciers, a sauté comme un lièvre du brancard et s'est mis à courir dans la rue. Je l'ai poursuivi, mais je n'en menais pas large, à ce moment-là, je vous jure, c'est tout juste si je parvenais à m'accrocher à ses basques. C'était même étonnant qu'il eût encore la force de cavaler comme il le faisait, avec la dose d'Ennoctal qu'ils nous avaient foutue. Évidemment, ce salaud de Schatz a des ressources intérieures à toute épreuve, soit dit sans me vanter, et je vous jure que je me démenais comme un enragé, je faisais un tel foin, là-dedans, qu'il était en proie à une angoisse, une terreur abjectes et galopait comme si on était tous à ses trousses, hommes, femmes et enfants. Vous pensez bien que je n'allais pas me laisser faire, on nous avait déjà assez reproché de nous être laissé supprimer sans nous défendre. Mais il m'a fallu pour cela tout mon instinct de conservation, et par-dessus le marché on avait toujours le fou rire, tous les deux, malgré notre terreur, l'effet hilarant de cette piqûre, c'est quelque chose de tout à fait effrayant. Bref, ils ont vraiment failli m'avoir. Avec les progrès qu'ils font dans la biochimie, il est certain qu'ils finiront bientôt par résoudre entièrement le problème de l'âme et de la conscience morale, ce sera la fin de nos parasites psychiques. Le subconscient juif sera libéré du *dibbuk* allemand et celui des Allemands enfin désenjuivé. Je ne veux pas dire qu'on ne continuera pas comme avant, mais au moins, on ne souffrira plus.

Il est probable que j'avais tort de m'affoler et que l'effet de la piqûre passé, mon Juif se serait retrouvé en moi aussi vivant qu'auparavant. Seulement je ne voulais pas prendre de risques : ce médecin semblait parfaitement régulier, mais supposez que ce soient des Israéliens qui me l'aient envoyé, une ruse diabolique de leurs agents provocateurs pour me faire supprimer Cohn encore une fois et accuser l'Allemagne de renouveau, et moi, Schatz, de génocide? Ha! ha! ils ne m'ont pas eu. J'ai compris immédiatement ce qui se passait, j'ai sauté du brancard et je me suis mis à courir, d'abord dans la rue et ensuite dans les champs, vers la forêt de Geist. J'y suis arrivé complètement épuisé, je me suis jeté dans les fourrés et là, bien caché, je me suis laissé aller, je me suis évanoui. En tout cas, je l'ai sauvé. Si les services secrets israéliens parviennent à m'enlever, et si on me juge, là-bas, j'invoquerai le témoignage du médecin et des infirmiers et je serai acquitté.

Ouf. Ça va un peu mieux. Il dort maintenant, écroulé dans les fourrés. J'ai eu raison de lui souffler cette idée de piège israélien, au dernier moment. Il a eu peur et ça m'a tiré d'affaire. Je respire. Je me suis débarrassé de Schatz. Je suis dénazifié.

XX

Les trous juifs

Nous sommes dans la forêt de Geist tristement célèbre, ainsi que peut-être vous vous en souvenez. Depuis quarante-huit heures, il est interdit de s'y promener et ses abords sont gardés par la police. Mais je suis sûr que les curieux, les natures romantiques, les rêveurs parviennent à tromper sa vigilance et à s'y aventurer.

Je connais bien la forêt de Geist. Ce chemin entre les chênes qui, jadis, menait à une maison en ruine — il y a là maintenant une résidence de luxe et un jardin d'enfants — je ne cesse de le parcourir, malgré moi, comme si je pouvais encore y retrouver la trace des miens. Ils sont partis en fumée, mais on peut encore voir les tombes que les SS nous avaient fait creuser avant de nous abattre. La mienne est là, sous ce sapin, pour vous servir. Il n'y a pas de guide, mais un gamin de Licht s'offrira toujours pour vous montrer ce qu'on appelle ici «les trous juifs».

La forêt de Geist est donc un de mes lieux de promenade favoris et j'y traîne souvent Schatzchen en pèlerinage. Nous restons là tous les deux à écouter, comme l'a écrit un poète yiddish, *les sanglots longs des violons de l'automne* — automne 1943, pour être précis — que l'on entend monter de cette terre allemande, pour peu qu'on ait de l'oreille. J'ai vu mon ami passer des heures devant le trou qu'il m'avait fait creuser jadis, regardant au fond, là où l'herbe est si épaisse. Une fois, il a fait une chose extraordinaire. Nous étions en train de nous recueillir ; soudain, il a sauté dans le trou et... Devinez donc ce qu'il a fait. *Il s'est allongé au fond, sur l'herbe.* Curieux, non ? Je n'ai pas du tout compris ce geste et je ne le comprends pas encore. Il était étendu sur le dos, les yeux fixes. De qui, de quoi voulait-il se rapprocher ainsi ? Je soupçonne cet homme d'avoir une très grande soif de fraternité. Qu'est-ce qu'il attendait, couché au fond, à ma place ? J'étais assez embêté. Il ne faut tout de même pas mélanger les torchons et les serviettes ! Mais pourquoi pas, après tout ? Tous ces torchons et toutes ces serviettes mélangés, ça finit par faire du beau linge et même une très belle robe pour la princesse de légende.

Rabbi Zur, de Bialystok, m'avait expliqué un jour que pour les Français, l'humanité était une femme, que le mot et la chose sont à leurs yeux tout ce qu'il y a de plus féminin. Il paraît même qu'ils sont très portés là-dessus. Rabbi Zur disait qu'ils se sont dépensés sans compter, mais qu'ils n'y sont jamais arrivés.

Schatz demeurait immobile au fond du trou, serrant des mottes d'herbe juive dans ses mains. J'étais assez gêné par cette offre expiatoire, par ces rôles soudain inversés. Je ne pouvais rien pour lui : il n'y avait personne pour crier *Feuer!* et je n'avais pas de mitraillette. De toute façon, je n'aurais pas tiré. Je me demande parfois si je ne suis pas un peu méchant.

Je sais fort bien pourquoi il m'a traîné dans la forêt de Geist, une fois de plus. C'est Lily, bien entendu, qui l'attire. Il avait beaucoup aimé sa femme, qui s'appelait Lily également — je peux vous assurer qu'elle était très belle — mais après trois ans de mariage, elle l'avait quitté, sous prétexte qu'elle ne voulait pas de ménage à trois. Elle était devenue un peu névrosée. Elle racontait partout que son mari traînait toujours un Juif avec lui et qu'elle en avait assez. Elle n'avait rien contre les Juifs, mais il y avait tout de même des endroits où ils n'avaient pas à se fourrer, c'était dégoûtant. À l'époque, tout le monde avait jugé cette fille déséquilibrée, il y eut un divorce. Je me souviens que j'avais mis mon ami Schatz dans une colère noire en exprimant l'espoir que la garde du Juif allait lui être confiée par le tribunal et non à sa femme. Il n'y a plus moyen de rigoler. Ce type-là prend tout au tragique.

XXI

La princesse de légende

J'erre un peu au hasard. Je sais que Florian, depuis toujours, passe son temps dans la forêt de Geist : c'est son lieu de flânerie préféré. Il vient ici pour rêver, pour méditer, et pour cueillir. Il est très porté à la méditation : les hommes ont énormément médité sur lui et il est normal qu'il leur rende la politesse. Ils ont tellement médité, si je puis dire, l'un sur l'autre, que leurs rapports sont devenus un peu morbides.

Il y a de jolis ruisseaux, ici, et qui chantent sur les cailloux, comme il se doit. Des fougères. Des petits oiseaux. Ki-ki et ri-ki-ki, ça vient de toutes les branches. Les papillons s'ébattent partout dans le fragile et l'éphémère. Il n'y a pas d'aigles : nous sommes trop bas. Il n'y a pas de loups non plus, pas de petits chaperons rouges, pas de grand-mères. La forêt a été touchée par un certain réalisme, elle a perdu son parfum d'enfance et d'innocence. Elle a été dépucelée. Le dimanche, les couples y viennent beaucoup, à cause des trous. C'est très pratique pour faire l'amour.

Je débouche sur une clairière. Il y a là quelques ruines, pas très intéressantes, des pierres noircies par de vieux incendies, rien de très poétique, rien de particulièrement inspiré, du quotidien. Quelques rochers aussi, et, au fond, un très joli panorama, avec un château. Tiens, je remarque quelques livres, posés sur un rocher. Je ne peux pas m'empêcher de sourire. Lily et Florian laissent toujours beaucoup de littérature sur leur passage.

Je ne me suis pas trompé. À peine ai-je aperçu les livres que je vois Florian sortir du paysage. Il tient un couteau à la main et il est en train de l'essuyer soigneusement. Il siffle un petit air qui vous donne froid dans le dos, lorsque vous avez un dos.

Je remarque tout de suite cette légère infirmité dont il est affligé : les jolis papillons jaunes qui voltigeaient si gentiment, tombent morts sur son passage. C'est un phénomène parfaitement naturel et il n'y peut rien. Je ne sais même pas s'il le remarque. Il s'assied sur une pierre, prend un saucisson dans sa poche, et commence à le couper en tranches très minces, très proprement. Il mange. Je ne sais pourquoi il me fait penser soudain à Mack der Messer, de *L'Opéra de Quat' Sous*. C'est cette façon de s'habiller. Vraiment ! Un costume à carreaux, très voyant, une chemise noire, une cravate blanche. Il porte sur sa cravate un bijou tout à fait curieux, étant donné sa tenue : c'est une croix en or et un petit Christ bien épinglé dessus. Un trophée, en quelque sorte. Ce fut son premier prix, mais ce fut tout de suite un prix d'excellence. Nous avons tous gardé une certaine tendresse pour les premiers honneurs que nous avons reçus à nos débuts scolaires.

Il a une tête assez extraordinaire, Florian. Un visage osseux, plat, la peau ne semble être là que par souci des convenances. Des yeux sans éclat, des paupières sans cils. Pas une ride. C'est un visage qui fait un peu tortue, un peu préhistorique. Il n'est pas antipathique, cependant. Un certain manque d'expression, évidemment, un air figé, morne. On devine que la vie l'a comblé, qu'elle lui a déjà donné tout ce qu'elle avait à offrir.

Je sens soudain mon cœur qui bat très fort. Je n'y peux rien : j'ai toujours été un grand sentimental. Et, encore une fois, ma situation est si délicate, si confuse aussi, qu'en disant «je» il m'est impossible de vous assurer que c'est bien moi qui parle. C'est ça l'ennui avec la conscience morale, le subconscient et certains états historiques intéressants. Ça peut être moi, ça peut être Schatzchen, ou même vous et par vous, j'entends Votre Grandeur Illustrissime de l'Occident des Lumières, la caractéristique la plus curieuse du *dibbuk*, cette véritable lie de nos égouts, étant qu'il a une tendance quasi endémique à se fourrer dans tous nos hauts-lieux. Votre Grandeur m'excusera, c'est ma nature immanente, immatérielle et omniprésente qui me pousse sans cesse à me reconnaître en Elle, ma simple trace, toute petite souillure, chiure de mouche, parlons de Jung et de subconscient collectif et n'en parlons plus. Mon cœur recommence donc à faire des siennes et un sourire émerveillé me monte aux lèvres : je vois Lily apparaître parmi les ruines. Aussitôt, une cascade se jette à ses pieds, des paons se placent sur les branches des arbres et font des effets de miniature persane, des chérubins de Raphaël commencent à froufrouter autour d'elle, des licornes se mettent à gambader, Dürer se précipite, chapeau bas, s'agenouille et attend une commande, Donizetti se déchaîne, Watteau soigne le charme, Hans Holbein le Jeune étale son Christ assassiné à ses pieds pour lui donner un air de Vierge et aussitôt des centaines de Christ se disposent un peu partout, avec un sens aigu de la composition, pour le bonheur de l'œil. Je reconnais celui de Jörg Ratgeb sur un fond d'univers jaune et bleu autour de sa tête, un autre de Grünewald, très épineux, qui se fait flageller à sa gauche, mais à peine ai-je eu le temps de sourire de plaisir esthétique — *La Décollation de saint Jean-Baptiste* par Niklaus Manuel Deutsch m'a particulièrement enchanté — que tout cela change, s'efface et déjà la peinture italienne prend la relève avec empressement et donne à notre Dulcinée un cadre encore plus éblouissant. Bref, tout l'art des siècles saute à pieds joints dans la balance et rétablit l'équilibre budgétaire malgré les centaines de millions d'exterminés, il n'y a plus de débit, il n'y a plus de déficit, la fécondité créatrice est telle autour de notre princesse de légende que le sang et les immondices sont instantanément recouverts par ses serviteurs, elle retrouve sa virginité, les crimes les plus terribles deviennent des mines de pierres précieuses, des thèmes, la fontaine d'où jaillit l'Esprit, une galvanisation du génie. Et ça recommence. Tiepolo lui torche un ciel léger à sa manière, les moutons, les pâtres et les ruines font des effets heureux d'Hubert Robert, un luth se place à portée de sa main, Fragonard soigne son teint, Renoir travaille la mignonne oreille, Bonnard le petit pied, Vélasquez l'allure royale, elle se fait partout accompagner par ses maquilleurs et par sa tapisserie historique.

Je me rends compte que je suis en train de commettre une faute contre laquelle Rabbi Zur, de Bialystok, mon maître bien-aimé, m'avait fréquemment mis en garde : *je la regarde bien en face*. Je n'avais que douze ans et j'étais à la veille de *barmitzvah* lorsque Rabbi Zur, qui voulait faire de moi un homme digne et sûr de sa valeur, m'apprit une règle de vie dont, selon lui, je ne devais jamais m'écarter. Je ne devais sous aucun prétexte et en aucune circonstance regarder l'humanité de trop près, ni trop attentivement. Je voulus savoir pourquoi. Le saint homme parut embarrassé. Ça éblouit, finit-il par m'expliquer. Vois-tu, Moshelé, l'humanité est si belle qu'il faut se contenter de l'aimer et de la servir sans jamais l'examiner d'un œil trop attentif. Sans quoi, on risque de perdre la vue ou même la raison. Ainsi, par exemple, c'est grâce à cette règle fidèlement observée que les Juifs ont survécu, en dépit de tout, et qu'ils ne sont pas devenus fous.

171

Chaque fois que l'humanité se manifestait trop crûment autour d'eux, ils détournaient les yeux. Ce n'était pas de la lâcheté, seulement une certaine délicatesse et de la prudence.

Rabbi Zur, de Bialystok, m'avait même confié un secret plus grand encore.

Il existe une tradition orale selon laquelle Jésus, avant d'être exécuté, aurait tenu à observer cette même règle hébraïque. *Il aurait demandé d'avoir les yeux bandés.* Il était difficile de donner à l'humanité pour laquelle il mourait une marque plus grande de pitié et d'amour. C'était le plus beau geste de pudeur de tous les temps.

Rabbi Zur avait beaucoup médité là-dessus et il était arrivé à une conclusion : le Messie, lorsqu'il viendra, sera un aveugle.

Je dois avouer que depuis mon aventure, je suis devenu assez imprudent et même téméraire à cet égard. Il me semble qu'il ne me reste plus grand-chose à apprendre sur Lily.

Je la regarde donc tout mon saoul. Des traits d'une pureté, d'une délicatesse... Un petit nez adorable, une bouche émouvante et tendre, qui est sortie immaculée de toutes ses rencontres. Et quelle innocence bouleversante, quel air de pudeur, de vulnérabilité ! Lorsqu'on pense qu'elle vient à peine d'échouer dans sa dernière tentative, on ne peut que s'incliner devant le génie de ses fidèles serviteurs qui ont déjà eu le temps de lui refaire une beauté. Je crois même apercevoir dans les buissons Titien et toute la brigade du *quattrocento*, avec leur trousse de maquillage, mais ça doit être nerveux, chez moi.

Elle s'assied à côté de Florian, qui est toujours en train de saucissonner. C'est une sensation bizarre que de le voir manger. Je l'aurais cru depuis longtemps rassasié. Sa présence a quelque chose d'hallucinant, sa réalité même lui confère un caractère fantastique. Peut-être est-ce ma rancune juive qui donne à ce qu'on appelle si pompeusement « la grandeur tragique de la Mort » ce caractère eichmannien de banalité quotidienne. Mais non. C'est le saucisson, le papier gras et le couteau. Il n'en a nul besoin. C'est sans doute une simple coquetterie de sa part. Ça fait peuple. Florian n'aime pas se faire remarquer. Il sait que si la mort pouvait être rencontrée ainsi en chair et en os, les gens s'empresseraient de lui demander des faveurs, ils sont très attirés par la vraie puissance. Florian en a assez des corvées qui vont de pair avec la célébrité. Il aime l'anonymat et réussit admirablement à passer inaperçu : il a appris à cacher sa réalité dans les statistiques.

Il essuie son couteau et le dissimule sous sa ceinture, jette le papier gras derrière le rocher, comme n'importe quel pique-niqueur. Le voilà qui sort de sa poche un bâton de rouge et un poudrier, et les tend à Lily. Elle se refait une beauté. J'ai soudain la sensation d'assister à une grande activité artistique dans le monde. Des musées se mettent à regorger de trésors, on fait une rétrospective de huit cents tableaux de Picasso, de Vermeer, on garde le Louvre ouvert même la nuit, les villes allemandes paient n'importe quel prix les chefs-d'œuvre pour se remettre d'aplomb, la ville de Düsseldorf acquiert même le portrait du poète exterminé Max Jacob et l'accroche à ses murs : l'Allemagne se rachète.

— Qui était ce monsieur, Florian ?

Quelle voix ! Tenez, c'est bien simple, ce n'est plus une voix, c'est du Mozart.

Une espèce de sourire passe sur ce visage où tout ne fait que passer.

— Un bricoleur.

Florian aussi a une très belle voix, profonde, un peu sépulcrale, mais prenante, prenante.

— Encore un bricoleur, ma chérie. Ce n'était pas la peine de te déranger.

Il est en train de m'arriver quelque chose de tout à fait curieux. Je ne sais si c'est sa voix, ou cette émouvante chaleur qui se dégage d'elle, mais je sens que je commence à sortir de l'abstraction. Car inutile de vous dire que Lily n'a rien d'allégorique : c'est une créature de notre chair et de notre sang. Elle est même très chienne, comme on dit en yiddish. L'effet est, comme toujours, extraordinaire. Vous êtes pris d'une envie fougueuse d'accomplir. Vous vous sentez d'humeur monumentale, vous vous mettez à regarder les chênes les plus fiers d'égal à égal. C'est un de ces moments de certitude absolue où l'homme prend vraiment sa mesure et cesse de douter de sa grandeur. Cette fois, vous allez faire son bonheur, vous êtes sûr de votre génie, de votre système, ce n'est plus du vent, vous tenez enfin quelque chose de solide. Vous vous dressez de tout votre haut, vous vous mettez en position, vous déployez votre bannière idéo-logique et vous vous mettez à œuvrer à la construction du socialisme. Mais Lily rêve d'une perfection qui n'est ni dans vos moyens ni dans les siens. Elle continue à bouder. Elle vous caresse encore la tête mais déjà son regard nostalgique cherche un autre système. Les yeux commencent à vous sortir de la tête, vous tirez la langue, vous suez sang et eau, vous sentez que vous allez perdre pied d'un moment à l'autre, vous ne tenez que grâce à une crampe, vous faites appel à toutes vos ressources idéologiques, vous essayez d'entrer dans l'Histoire, vous lui faites des trucs, enfin, inouïs, vous vous fourrez dans des endroits dont vous ne soupçonniez même pas l'existence. De position en position, vous vous retrouvez soudain au Vietnam, mais non, rien, vous avez même l'impression qu'elle regarde déjà par-dessus votre épaule et sourit au suivant. Vous serrez les dents, vous appelez des secours, vous gueulez « Prolétaires de tous les pays, unissez-vous ! », mais au moment où, à demi étouffé, la bouche pleine de Dieu sait quoi, complètement indigné par ses exigences, et réduit à votre plus simple expression, vous ne tenez plus qu'à un fil, vous entendez soudain sa voix qui vous murmure ironiquement :

— Et avec les oreilles, chéri, tu ne fais rien ?

C'est la chute. Vous poussez un hurlement affreux, vous devenez sadique, vous vous acharnez sur elle, mais elle a déjà goûté à tout cela, elle ne le remarque même plus. Il vous faudrait l'arme absolue, vous équipez votre force de frappe de l'ogive nucléaire, mais vous savez bien, au fond, que ce n'est pas avec une prothèse que vous parviendrez à la contenter. Le plus vieux débat idéologique du monde, celui de savoir si elle est frigide ou si vous êtes impuissant reprend alors dans les accusations réciproques, les coups et les anathèmes.

Au fond, ce qu'il lui faudrait, c'est une saillie suprême par Dieu lui-même. Mais je vais vous dire quelque chose entre nous, dans le plus grand secret : Dieu n'est pas un homme.

Chut.

XXII

Un couple parfait

Je louche quand même vers le ciel : mais non, rien, il n'y a pas de signe. L'immensité est là, mais elle ne prend pas forme. C'est en vain que le regard de Lily erre rêveusement dans l'infini. D'ailleurs, le Talmud dit bien que la Puissance monte, qu'elle ne descend pas, qu'elle se dresse et ne retombe jamais ; selon la Cabale, elle est un « vers en haut » et non un « vers en bas », point de vue partagé également par Teilhard de Chardin, c'est pourquoi on ne voit de la terre que les sphères célestes. Selon le *Mahâbhârata*, pour être comblée, l'humanité devrait monter au-dessus du dieu, dans la position que Khrishna lui fait prendre sur certains bas-reliefs des temples du Népal. Mais ce n'est peut-être qu'une vue de l'Esprit. En tout cas, dans sa situation terrestre, Lily ne peut que rêver. C'est en vain que dans la deuxième parabole, Élazar ben Zohaï parle de « la Vache terrestre fécondée par le Taureau céleste ». Ce n'est qu'un pieux espoir.

Elle s'est appuyée contre un rocher, lève les yeux au ciel et attend. Je ne voudrais pas manquer de respect envers une si grande dame, mais il faut bien dire qu'elle ressemble un peu à une fille qui fait du racolage. Cet œil admirable n'est pas dépourvu d'une certaine langoureuse suggestion. Elle se passe les mains sur les hanches, sur les seins, et attend. S'il lui faut maintenant l'éternité pour arriver à jouir, nous ne sommes pas sortis de l'auberge.

J'aperçois en ce moment ici et là dans l'herbe une bonne douzaine de pantalons soigneusement rangés et quelques paires de chaussures. Pas mal, pour un lundi. Il y a quelque chose d'humble et de pathétique dans ces limites humaines si clairement indiquées, face à l'immensité du ciel. Je trouve que le Tout-Puissant ne devrait pas insister avec une telle satisfaction sur notre pointure. J'en viens même à me demander si cette insistance ne témoigne pas chez Lui de quelque doute secret. Le besoin de Lily est tel que le Ciel doit s'interroger un peu nerveusement sur Ses propres moyens.

Elle soupire. Florian, qui est en train de tailler un bout de bois avec son couteau, hoche la tête.

— Allons, ma chérie. Il ne faut pas te décourager. Nous avons un train pour Hambourg à quatre heures. Le docteur Spitz nous attend. C'est le plus grand depuis Freud, tout le monde est d'accord là-dessus. Il a obtenu de vrais miracles et il en cite quelques-uns dans son ouvrage *L'Âme enchantée*. Rappelle-toi la femme du banquier qui ne pouvait se déclencher qu'en entendant la sonnerie d'alarme de la caisse, ce qui l'empêchait de triompher, parce que ça réveillait toujours le mari. Le docteur Spitz a résolu son problème, ma chérie. Et celle qui ne pouvait monter au ciel qu'à la fenêtre du Ritz, à Paris, en regardant la colonne Vendôme? Le docteur Spitz l'a rendue à l'affection des siens. Elle n'a plus besoin de monuments, elle se contente de ce qu'elle a sous la main. Et celle qui n'atteignait à la perfection que dans les embouteillages? Et celle qui n'y parvenait que dans les bras des jockeys pesant cinquante kilos trois cents grammes exactement? Elles sont devenues aujourd'hui des femmes simples et honnêtes, ma chérie, le docteur Spitz s'est penché sur leurs âmes, et les a déchiffrées. Tu as besoin d'une petite mise au point, c'est tout.

— Tu crois?

— J'en suis sûr, ma chérie. La psychanalyse a une réponse à tout. Elle va libérer l'âme de ces abîmes, de cette profondeur inouïe où elle barbote. Tiens, et celle dont le mari, avant de se présenter, devait se faire précéder de pain et de sel, ainsi que d'un timbre de l'Afghanistan extrêmement rare, après avoir changé les meubles de place? Et la petite pharmacienne de Berne qu'il fallait encourager en tirant vingt et un coups de canon, et l'autre, qui exigeait de son mari qu'il imitât le bruit d'un avion à réaction? Rêveuse humanité, insondables mystères de l'âme, quels trésors cachés, quelle variété! Elles sont toutes devenues aujourd'hui des femmes honnêtes et aimables, ma chérie. Le docteur Spitz est certainement le plus grand spécialiste du bonheur, depuis le docteur Marx. Ils vont te résoudre, j'en suis convaincu.

Lily semble rassurée. Elle ôte son chapeau de paille et le jette dans l'herbe. Ses tresses blondes apparaissent dans toute leur clarté. Elle porte une robe d'été légère et charmante, aux fleurs jaunes, et des sandales. Elle ferme les yeux et offre son visage au soleil.

Il ne reste plus trace autour d'elle de toute cette panoplie légendaire dont mon imagination l'avait un instant entourée. Une pauvre fille avec son maquereau, entre deux passes. La forêt de Geist est le lieu de rencontre favori des couples à la recherche d'étreintes rapides. Mais le changement est si brutal, si soudain, que j'en viens à éprouver un confus pressentiment mêlé d'appréhension. Pour le moment, je ne peux pas l'exprimer clairement. Tout ce que je peux dire, c'est que j'ai depuis quelques instants la sensation *de ne pas être chez moi.* Vous me direz que c'est très humain, mais ce sentiment d'être *chez quelqu'un d'autre* va beaucoup plus loin. Je me sens, par exemple, entouré d'une véritable haine. Vous me direz encore, c'est normal, c'est l'antisémitisme, mais justement, je n'ai pas du tout l'impression de quelque chose de naturel, mais d'un acte contre nature. Je veux dire par là que ce n'est pas une haine qui me vise personnellement, au contraire, je reçois des espèces de zéphyrs de sympathie, non, c'est la nature elle-même, tout entière, et jusqu'au fond de ses entrailles maternelles, qui me paraît visée par ce violent ressentiment. Je ne comprends pas très bien ce qui se passe. On dirait que je suis entouré d'une *conscience,* qu'il y a là quelqu'un qui règle de vieux comptes avec Lily, avec Florian, avec l'amour, avec la forêt de Geist tout entière. Ça ne peut pas être Dieu, parce qu'il s'agit manifestement de quelqu'un qui ne s'en fout pas du tout, au contraire. Une conscience, ça suppose un homme. Un homme : je commence à me méfier singulièrement. Dieu, on connaît ses limites, ça ne va jamais très loin, mais avec les hommes, c'est illimité, ils sont capables de tout.

Où suis-je encore tombé ?

Par-dessus le marché, pour qu'un individu remue ainsi ciel et terre, ça doit être un impuissant. Vous me direz, nous le sommes tous, Dieu merci, c'est même pour ça qu'on essaie de se rattraper en baisant tellement. Mais pour qu'un homme accuse Lily de frigidité avec une telle rancœur, il faut que cet individu en soit profondément amoureux. Et c'est là que le vrai danger apparaît aussitôt. Ce type-là se sent en même temps tellement impuissant et tellement amoureux que, tôt ou tard, Lily va se faire tuer. Ce sera la fin de la frustration.

Florian a repoussé son feutre en arrière sur sa tête. Il a pris un livre et, penché en avant, les coudes sur les genoux, il bouquine. La lumière autour du couple est très douce, très belle. Une sorte de gaieté immanente les entoure, comme si la nature s'efforçait de plaire à ses plus anciens compagnons. Peut-être cherche-t-elle à se faire aimer, elle aussi, à se faire prendre. La nature aussi doit rêver. La frustration est dans son sein.

— Oh, dis donc, fait Florian. Il y a là quelque

chose de marrant. Tu sais comment qu'ils t'appellent, les Indiens du Matto Grosso?

Je suis un peu choqué par ce « comment qu'ils t'appellent » dans la bouche de Florian. La mort de Socrate, de Saint Louis, de Jésus, pour ne parler que des autres, devrait surveiller son langage et éviter de s'encanailler. Il se rattrape d'ailleurs aussitôt.

— Tu sais comment ils t'appellent, ma chérie?

— Comment?

— Nanderuvuvu. Ça devait être Vuvu, pour les amis.

Lily hausse les épaules. Cela lui est égal. Elle a l'habitude. On l'a déjà traitée de tous les noms.

— Allons, ma chérie, fait Florian, avec reproche. Il ne faut pas être blasée. Il y a tout de même autre chose que le bonheur, dans la vie. Tu devrais feuilleter ce bouquin. Ça s'appelle *Aspects du mythe*, c'est paru dans la collection *Idées*, tu vois, un livre de poche, comme son titre l'indique. Sais-tu quelle est la prière que les Indiens Guarani du Matto Grosso mettent dans ta bouche? Écoute ça. « *J'ai dévoré trop de cadavres, je suis repue et épuisée. Père, fais que je jouisse!* »

Elle soupire. Je soupire aussi. Toute la nature soupire avec nous. On dirait que c'est le cri du cœur de chaque brin d'herbe, de chaque moucheron.

— Tu vois, ma chérie, ils te connaissent bien. On peut dire tout ce qu'on voudra, mais tu as vraiment cherché partout. À propos, j'ai entendu un prédicateur à Harlem affirmer que le pro-

182

chain Messie serait un Noir. Il paraît qu'ils sont particulièrement doués.

Mais elle continue à caresser le ciel du regard. Là, je crains qu'elle ne se fasse quelque illusion. Je ne dis pas que le ciel soit insensible aux caresses, mais il faut bien tenir compte de son grand âge. Ça se compte en millions d'années-lumière. Elle peut toujours essayer. Ça ne s'émeut pas facilement.

— Tiens, fait Florian. Je me suis trompé dans ma citation. Les derniers mots de la prière, tels que les cite l'auteur, Mircea Éliade, — il faut que je retienne son nom, il semble s'intéresser à nous... Je disais donc que les derniers mots de la prière qu'ils t'attribuent ne sont pas « *Père, fais que je jouisse* », mais « *Père, fais que je finisse* ». Ce qui, du reste, revient exactement au même.

Il paraît très flatté, Florian.

— Je ne savais pas que j'étais si bien compris des Indiens Guarani. Parfois, il me semble que mes efforts sont un peu méconnus.

Les insectes et les papillons continuent à tomber à ses pieds. Lily regarde le joli tas multicolore qui lui monte aux genoux et fronce les sourcils.

— Oh, arrête ça, Florian. C'est dégoûtant.

Il est vexé. Ses pommettes pâlissent. Je crois qu'elle a touché un point sensible.

— Tu sais bien que je ne le fais pas exprès, ma chérie, dit-il, avec une certaine emphase. Je ne peux pas m'empêcher. Tu crois que c'est agréable, pour moi, la Mort, la Mort de César, de Napoléon ? Nous avons tous nos petites infirmités. C'est nerveux, chez moi.

183

Lily a baissé la tête. Son regard est revenu sur terre. Elle remarque les pantalons bien rangés et les souliers vides.

— Florian.

— Oui, ma chérie.

— Et le petit soldat avec un air idiot, qui c'était?

— Est-ce que je sais? Un petit soldat avec un air idiot.

— Mais enfin, on n'abat tout de même pas quelqu'un sans regarder ensuite qui on a tué. Ça se fait toujours.

Florian prend un ton ironique et son sourire reparaît.

— Ma chérie, un vieux professionnel comme moi n'a plus de ces curiosités. Il y a longtemps que je ne m'intéresse plus à la tête du client. Ils veulent faire ta joie, bon, je te les amène. Ils montent, je les descends. Il faut les punir de leur incroyable prétention. Je ne vais quand même pas me pencher tendrement sur chaque moucheron qui a l'ambition de faire dans la grandeur et dans la puissance et qui tombe en panne sur le chemin. Ils ne font que t'énerver.

Mais Lily désapprouve. Elle a le souci du style, des manières. Elle est choquée.

— Tu aurais dû, malgré tout, noter son nom. On doit ça à sa famille, je ne sais pas, moi…

— Ma chérie, celui qui reçoit le plus d'hommages, c'est le soldat inconnu. Bien sûr, s'il y a un client qui se montre à la hauteur, nous noterons son nom pour la postérité. Nous lui ferons fête. On mettra sa… hé-hum! enfin, sa tête, sur les timbres-poste, et on fera des images d'Épinal du reste, pour l'édification de la jeunesse. En attendant, je ne vais pas étudier chaque fétu de paille. Ils te déçoivent, je les bute. C'est la loi. C'est l'Histoire.

Je suis péniblement frappé par la vulgarité de sa voix : on se sent en présence d'un cynisme sans fond et seuls les relents de saucisson à l'ail lui donnent quelque chose d'humain. Je trouve cette grossièreté sans excuse, surtout en présence d'une si grande dame. Il me semble que la fréquentation du néant ne veut pas nécessairement dire qu'on doive verser dans l'obscénité, au contraire. Après tout, il s'agit là de la plus vieille profession du monde, d'où nous tirons toute notre grandeur et notre dignité et qui nous confère notre caractère tragique.

Elle secoue sa merveilleuse chevelure qui l'auréole de tout l'or de Florence.

— Ils sont si terriblement limités ! Et quelle médiocrité ! Leurs scènes d'amour ressemblent à des fouilles en douane, on sort de leurs bras comme d'une perquisition, et toute leur adresse, tout ce fameux savoir-faire dont ils sont si fiers sont ceux d'un pickpocket : je ne m'aperçois jamais de rien.

— C'est seulement la réalité, ma chérie. Il faut éviter ça à tout prix. Les points sur les i, il n'y a rien qui pèse davantage. La réalité, tu dois éviter ça, c'est une pierre au cou, ça empêche de s'envoler. Le rêve, il n'y a que ça de vrai. Il n'y a pas de femmes frigides, ma chérie, il n'y a que des femmes qui savent rêver, et de tout petits

messieurs avec leurs tout petits ciseaux qui viennent leur couper les ailes.

Elle sourit. Mais ce n'est pas le mot qui
convient à ce phénomène bouleversant. La forêt
de Geist s'illumine tout entière et se transforme
sous mes yeux en un champ de bataille couvert
de cadavres inspirés.

— Je sais rêver, Florian.

— Oui-da, ma chérie. Personne n'en doute.
Tu l'as prouvé. C'est pourquoi tous ces Napo-
léons de basse-cour tombent autour de toi
comme des mouches. Ils ont affaire à un rêve de
bonheur prodigieux. Ça ne pardonne pas.

XXIII

Frère Océan

Je retiens mon souffle. Je suis caché par les buissons, elle ne peut pas me voir et d'ailleurs, dans mon état, qu'est-ce que je risque ? Elle m'a déjà fait.

Seulement, je me connais. Et j'ai peur de mon propre regard : c'est un regard d'amoureux. Je suis indécrottable. Je crois que je peux encore servir. Je me sens presque renaître, *tfou*, *tfou*, *tfou*. La résurrection, je ne souhaite pas ça à mes meilleurs amis.

Quelqu'un me tire par le bras. Je pousse un hurlement, je saute de côté, c'est peut-être le Messie, filons, pendant qu'il est encore temps. Mais non, c'est Schatz. Son visage est grisâtre et il tient à peine sur ses jambes.

— Vous ne sentez rien ?

Au fait, si, je sens quelque chose. Ce n'est pas exactement de la persécution, mais j'ai bien l'impression que l'on essaie de me chasser, que quelqu'un cherche à se débarrasser de moi. Et pas seulement de moi. De l'Allemagne, des Juifs, de Lily tout entière, de Florian et de la forêt de

Geist elle-même. Une espèce de volonté de rup-
ture totale, de rejet de tout notre musée imaginaire, y compris la réalité. À croire qu'il y a là un
type qui essaie de s'exorciser, de nous chasser
tous de lui avec nos cliques et nos claques, toutes
nos années-lumière et notre Histoire, et par des
moyens dont je ne devine pas encore la nature,
mais qui sentent le coup foireux. Si j'étais
croyant, je dirais que c'est Dieu qui essaie de
créer le monde, une idée qui ne Lui est encore
jamais venue, à moins de considérer ce monde
comme une création, une insulte qui ne viendrait même pas à l'esprit d'un athée.

Je deviens brusquement si indigné et pris
d'une telle frousse que je ne suis même plus sûr
qu'on veuille me supprimer. C'est peut-être
quelque chose d'encore plus infâme. On cherche
peut-être à me faire renaître et à me faire rentrer
dans ma peau, peut-être même à m'immortaliser
— ce qui, de tous les tours pendables que l'on a
déjà joués aux Juifs, serait certainement le plus
odieux. La résurrection, je ne souhaite pas ça à
mes meilleurs amis.

J'ai la chair de poule, ce qui est déjà en soi un
signe physique extrêmement inquiétant. On
essaierait de me faire renaître qu'on ne s'y
prendrait pas autrement. Quelque chose de
dégueulasse se prépare, bien sûr, mais quoi ? La
réconciliation judéo-allemande ? Non, tout de
même pas, il y a des limites à l'horreur.

— Alors, quoi ?

Je me souviens soudain que de la souffrance
du Christ, des milliers de salopards ont tiré de

très belles œuvres. Ils s'en sont régalés. Même en descendant plus bas, je me rappelle que des cadavres de Guernica, Picasso a tiré *Guernica* et Tolstoï a bénéficié de la guerre et de la paix pour son *Guerre et Paix*. J'ai toujours pensé que si on parle toujours d'Auschwitz, c'est uniquement parce que ça n'a pas encore été effacé par une belle œuvre littéraire.

Y aurait-il ici une ordure en train de se nourrir de moi et de me faire les poches, pour mieux se débarrasser de moi ?

D'ailleurs, justement, comme par hasard, je commence à me sentir coupable. Comme je n'ai rien à me reprocher, ça ne peut être que *lui*. C'est pour cela qu'il essaie de m'éliminer.

Mais ce n'est pas le moment de faire du Talmud. Ce qu'il y a de certain, c'est que la même menace pèse sur moi et sur Schatz. Il n'y a qu'à voir sa tête. Il est terrorisé. J'essaie de réfléchir calmement. Je ne crois pas que Lily y soit pour quelque chose. Elle m'a déjà fait. De toute façon, tout ce que je pourrais lui offrir, c'est une consolation spirituelle. Florian ? Mais non, s'il y a une chose dont il se fout, c'est l'âme.

Schatz s'accroche à mon bras.

— Lâchez-moi, imbécile. Le cochon nous est défendu.

— Cohn, ce n'est pas le moment de nous disputer. Il y a là un type qui essaie de nous vider.

— Quel type ? Où ça ?

— Nous ne pouvons pas le voir. *Nous sommes dedans.*

J'essaie de crâner.

— Qu'est-ce que vous racontez? Encore une petite crise?

— Cohn, il y a vingt ans que je me fais psychanalyser. Je sais de quoi je parle.

— Vous pensez peut-être que je ne le sais pas? Vous vous imaginez que j'ignore vos sales petits efforts pour vous dépêtrer de moi...

Je me tais. Nom de Dieu. Il a raison.

Schatz me regarde.

— Vous comprenez, maintenant?

Je jette un coup d'œil autour de moi. La forêt de Geist baigne encore dans la lumière, mais cela pourrait être ironique. Lily est à demi couchée sur le rocher qu'elle caresse doucement: la tendresse des pierres. Florian est assis auprès d'elle en train de lire une Série Noire. Le ciel me paraît en ordre, vide. Florian ferme le livre, prend un exemplaire de *Playboy* et se met à le feuilleter. Il ne cesse d'étudier l'anatomie, comme tous les vrais professionnels. Très loin, j'entends le son du cor. Le cor, d'ailleurs invisible, est le seul élément suspect là-dedans. Un symbole phallique? D'où diable me vient cette idée?

— Ce type-là est un vicieux, dit Schatz, plaintivement. Il faut s'attendre à tout.

Je me tais.

— Cohn, nous sommes tombés dans le subconscient d'un obsédé sexuel.

Je ne dis toujours rien, je m'efforce de rester calme. Tout est possible, dans ce monde qui attend d'être créé. Toutes sortes de petites créations ignobles et charlatanesques peuvent bien

190

être en cours dans l'ombre. Mais l'idée que je suis peut-être devenu un simple élément psychanalytique m'est intolérable. Pourtant, plus je respire et plus je constate que cela sent mauvais et plus cela sent mauvais plus il devient probable que nous avons bien affaire à un subconscient. D'ailleurs, la culpabilité, le Juif, le nazi, le néant, l'impuissance, la frigidité, le taureau céleste, ça vous sent l'âme à mille lieues à la ronde.

— Il cherche à nous vomir, murmure Schatz.

Son nez émet des sifflements plaintifs. C'est typique. Peu lui importe où, comment, dans quoi, chez qui, pourvu qu'il puisse exister.

— Je comprendrais qu'il cherche à vomir un nazi de votre espèce, dis-je. Mais moi ?

— Nous sommes associés dans son esprit, dit Schatz. C'est normal.

La monstruosité est telle que je suis pris d'un fou rire. L'idée qu'au mot «Juif» puisse répondre à tout jamais par un processus d'association *normal* le mot «Allemand» est une véritable apothéose de l'humain.

Je respire profondément et puis, sous les yeux de Schatz ahuri, je me mets à danser. Et une-deux-trois ! et une-deux-trois ! je lui fais tâter de notre vieille *horà* et je vous prie de croire que mes bottes tapent dur, je lui mets le paquet, j'espère que ça fait mal. Avec un peu de chance, j'arriverai à lui donner un nouveau choc traumatique, à cet enfant de pute. Le subconscient, c'est fait pour ça.

— Vous n'êtes pas fou, non ? gueule Schatz. C'est bien le moment de danser !

— Je ne danse pas, lui dis-je. *Je piétine.*

Et une-deux-trois! Je remets ça. Au bout d'un certain temps, je me sens nettement mieux, et je voudrais bien savoir comment il se sent, lui. Ça ne doit pas aller très fort. La preuve, c'est que je n'ai plus peur du tout. Je retrouve mon assurance. J'y suis, j'y reste. Ce n'est pas que je m'y plaise, dans son subconscient de merde, mais où voulez-vous que j'aille? Je suis aussi mal ici qu'ailleurs. Je voudrais bien aller à Tahiti, au bord de l'Océan, mais c'est toujours et partout le même subconscient. C'est collectif.

Il y a une chose que je n'ai pas prévue : Schatz aussi a l'air d'aller mieux. En me défendant contre l'expulsion, il me semble que je l'ai défendu aussi, bien malgré moi. Il est très décontracté. Il sort une *volksdeutsche* de sa poche, s'allonge dans l'herbe et fume. Il me regarde ironiquement.

— Merci, Cohn, dit-il. Vous m'avez sauvé.

Je demeure un instant sans parole, toute l'horreur de ma situation m'apparaît clairement. Est-ce que vraiment la victime et le bourreau sont condamnés à demeurer liés l'un à l'autre, tant qu'il y aura des hommes?

Je vais peut-être me laisser expulser, accepter de disparaître, me dissoudre complètement dans l'Océan qui est ou n'est pas fraternel, mais qui vous permet au moins de vous noyer. Seulement, il faut que ce type fasse un effort digne de moi. Il faut qu'il saigne, qu'il m'arrache hors de lui avec un lambeau de chair. J'espère qu'il a assez de talent. J'aurais aimé du génie, mais ça n'existe pas, ou il y a longtemps que le monde aurait été créé.

En attendant, je reviens vers Lily. On revient toujours à elle. Pouvez-vous me dire le nom d'un seul homme qui soit parvenu à s'en tirer vivant?

XXIV

Tous des impuissants

Elle est penchée sur une pierre, le visage triste entre ses tresses radieuses. Je crois même y discerner une trace de larmes. Mais ce sont sans doute les miennes.

— Florian, j'ai parfois envie de mourir.

— Merci, ma chérie. Je suis très touché. C'est un très grand compliment que tu me fais là.

— Disparaître, une fois pour toutes, ne plus chercher, ne plus attendre, ne plus souffrir. Ne plus être, Florian.

— Ça viendra. Un jour, tu ne seras plus. Les hommes y travaillent. Un peu de patience. Rome n'a pas été bâtie en un jour.

Je sens qu'elle commence vraiment à se décourager, à se lasser, et je la comprends. On a beau jeter cent cinquante christs admirables et trois cents madones à ses pieds, lui jouer du Debussy, elle sait que tout ce très grand art, ce n'est finalement que celui de se dérober.

— Pourquoi sont-ils si hâtifs, si éphémères, comment veulent-ils que je parvienne à me réaliser dans de telles conditions de hâte ? Comme c'est court, leur souffle, leur vie !

— Un acte bref.

— Et les têtes qu'ils font !

— Les jeunes filles bien élevées ferment toujours les yeux à ce moment-là, ma chérie.

— Lorsque je m'ouvre à eux, on croirait que tous les océans vont déborder et tous les bateaux faire naufrage, que tous les volcans vont entrer en action, mais tout ce que ça donne, c'est quelques grognements.

— Ce sont des clowns lyriques qui ne pensent qu'à leur petit tour de piste.

— Et leurs promesses ! Ils vous parlent d'abîme, de ciel, de soleils fous et de constellations ivres, et puis ils vont seulement allumer une cigarette.

— Ils fument beaucoup.

— C'est surtout de leurs mains que j'ai horreur. Des mains éteintes et tristes, si lourdes, qui se posent sur vous comme on s'assied...

— Ce sont des mains qui piétinent.

— Et leurs caresses, Florian ! Les femmes savent qu'il y aura toujours des guerres. Elles ne s'étonnent jamais quand ils rasent des villes et exterminent les populations. Ce sont des caresses d'hommes.

— Tous des impuissants, ma chérie. Il n'y a que toi et moi qui savons aimer vraiment.

Il lui baise tendrement la main. Ai-je saisi un peu de cruauté, un peu d'ironie dans le regard de Lily ?

— Oui, tu es un grand amant, Florian. Tu ne me touches jamais.

— Merci, ma chérie.

— Tu ne me déçois jamais.

— C'est là tout le secret. L'absolu, ça ne se mange pas avec les doigts. D'ailleurs, les hommes vraiment bien faits — des hommes comme moi, auxquels il ne manque… hé-hum! presque rien, un détail — ont horreur du physiologique, du physique, de l'objet dans la main, saisi, tenu. Ils se contentent de rêver et de t'aider à rêver. Comme ça, on échappe à la médiocrité.

Elle effleure le rocher du bout des doigts, caresse toute cette dureté éternelle.

— Florian, crois-tu que je suis très exigeante et difficile?

— Mais non, voyons, ma chérie, quelle idée. Tu vois grand, c'est tout. Tu as la tête ainsi faite. Un peu capricieuse, peut-être, un peu chimérique, un certain goût de l'impossible…

Il se tait. Est-ce une illusion, ou bien Florian paraît-il vraiment choqué? Lily a levé les yeux et avec un sourire émouvant, fervent même, mais non dépourvu d'une certaine — comment dire? — d'une certaine promesse, elle laisse à nouveau son regard errer dans le ciel.

Mon inquiétude revient. C'est assez suspect, cette façon que ce type qui m'héberge a de loucher vers Dieu tout le temps. Son subconscient, décidément, ne me dit rien qui vaille. Je me demande même si ce n'est pas un vrai chrétien, et alors, qu'est-ce que je fous là-dedans?

Florian a une toux gênée.

— Écoute, ma chérie, il faudrait peut-être réduire un peu tes ambitions… Un tout petit peu.

196

Elle fait la moue, penche gracieusement la tête et l'appuie sur l'épaule de Florian. Elle chantonne, en jouant avec sa chevelure. La perfection de ses traits est telle qu'elle invite presque au crime passionnel. Un pressentiment me saisit : un de ces jours, dans un coin obscur de la forêt de Geist, elle va se faire couper en morceaux.

— Quel silence ! murmure-t-elle. On dirait que la nature retient son souffle.

— Elle te regarde, ma chérie.

— Florian, pourquoi ne se passe-t-il jamais rien ?

— Mais si, il se passe des choses, mais tu es un peu distraite, tu ne les remarques pas. Il y a eu une très belle *Crucifixion*, beaucoup imitée, par exemple. On en parle encore, et en des termes très flatteurs pour toi. Des croisades admirables, des bûchers, des inquisitions, des révolutions exemplaires... Tout ça pour tes beaux yeux. Oh, je ne dis pas qu'ils y arrivent, mais ils essaient, quoi... Ils essaient.

— Je n'ai pas besoin de distractions. J'aime les choses sérieuses.

— Hé-hum. Je sais, ma chérie. Mais c'est historique, chez eux. Il faut qu'ils donnent toujours leur mesure... hélas.

Elle a un petit mouvement de colère.

— Qu'est-ce que tu veux qu'une femme sérieuse fasse avec leurs croisades, leurs révolutions ? Tout ça, c'est une façon de tirer leur épingle du jeu.

— Leur... épingle ?

— Ils font toujours semblant d'être occupés ailleurs. Ils se présentent tous comme des virtuoses, des Paganini, mais quand ils montent en scène, ils ont toujours oublié leur Stradivarius.

Je pouffe. Je n'ai pas pu m'en empêcher. Mais elle ne m'a pas entendu.

— Et après ils disent que je suis une femme froide et que c'est à moi, à moi! qu'il manque quelque chose!

— C'est leur façon de se retirer avec les honneurs de la guerre. Ne pleure pas, ma chérie.

— Je me demande pourquoi je continue à chercher. Je vais me retirer du monde, là.

— Rien ne leur ferait plus de plaisir. Lorsqu'un homme commence à éprouver... certaines difficultés, il s'arrange toujours pour que sa maîtresse le quitte. L'élégance des mufles. Laisse-moi essuyer tes larmes.

Il le fait avec une merveilleuse tendresse. C'est un grand essuyeur de larmes, Florian. Il passe la main, et il n'y paraît plus.

— Là! Comme tu es belle! Que regardes-tu?

— Il y a une très grande maison blanche, là-bas. On devrait aller voir.

— C'est un monastère de dominicains, ma chérie.

— Et alors?

— On a déjà essayé la religion, tu le sais bien, ma chérie. Ça n'a rien donné.

XXV

Le bouc

Là-dessus je me rappelle que nous sommes déjà en 1967 et que Lily n'a pas encore joui, ce qui lui laisse très peu de temps, étant donné la rancune et le dépit qu'elle inspire à tous ceux qui l'ont déçue et qui s'apprêtent ouvertement à supprimer ce témoin compromettant de leur insuffisance. Je décide de l'aider à se réaliser et j'essaie de me souvenir de tout ce que j'avais appris jadis, de Rabbi Zur, de Bialystok, sur la *khokhmé* et la Cabale et de quelques recettes de nos Sages qui pourraient peut-être l'aider à parvenir à la joie. Je crois que j'ai une idée. Ce conseil ne se trouve pas dans le Livre, c'est Rabbi Zur lui-même qui l'a imaginé. Un jour, un pauvre bûcheron nommé Motelé était venu le trouver. « *Rébé*, lui dit-il, je n'en peux plus. J'ai une femme acariâtre, onze enfants, trois tantes, une belle-mère qui en vaut dix et notre pauvreté est telle que nous sommes obligés de vivre tous dans une seule pièce. Je ne peux plus supporter cette vie. Si tu ne trouves pas une solution, je vais me tuer. »

Rabbi Zur réfléchit longuement.

— Eh bien, dit-il, je vais t'indiquer un remède. Tu vas prendre un bouc et tu vas le faire vivre avec vous dans votre unique pièce.

— *Arakhmonès!* hurla le malheureux. Rabbi Zur est devenu fou! Comment, je partage déjà cette maudite pièce avec une femme acariâtre, onze enfants, trois tantes et une belle-mère qui en vaut vingt, et tu veux que j'y mette encore un bouc? Non mais, sans blague, ça ne va pas?

— Fais ce que je te dis.

À Bialystok, on obéissait toujours à Rabbi Zur. Il s'était rendu célèbre par toutes les bêtises qu'il avait faites dans sa vie et qui lui avaient permis de parvenir à la sagesse. Motelé obéit. Mais tous les jours il venait implorer le *rébé*.

— Ce bouc me rend fou! se lamentait-il. Il pisse partout, il casse tout, il pue, je n'en peux plus!

Cela continua pendant quinze jours et, finalement, Motelé se précipita dans la maison de Rabbi Zur en s'arrachant les cheveux.

— Je vais me pendre! Je ne vivrai pas un jour de plus avec ce bouc! Fais quelque chose!

Rabbi Zur réfléchit longuement.

— Eh bien, dit-il à la fin, jette-moi ce bouc dehors, voilà.

Motelé chassa le bouc et vécut heureux et reconnaissant à Rabbi Zur jusqu'à sa mort.

Plus je pense au bouc et plus il me semble que c'est là une solution possible du problème de Lily. Je suis convaincu que Rabbi Zur lui aurait conseillé de l'essayer. Il est vrai qu'elle l'a peut-être déjà fait, puisque l'époque ne manque pas de grands esprits, Dieu merci, et que de Staline à Hitler, le bouc a déjà laissé beaucoup de gens heureux, après son départ.

Je m'apprête déjà à suggérer cette ressource à Lily, lorsque j'entends les branches qui craquent : quelqu'un s'approche, en respirant bruyamment. Je me demande un instant si ce n'est pas un sanglier, et pourquoi pas? Dans la situation de Lily, il ne faut rien négliger. Mais non : les branches s'écartent et je vois apparaître le visage cramoisi de l'agent Grüber, de notre brigade de circulation de Licht. Au lieu de son bâton blanc habituel, il tient un gros revolver à la main. Cette graine de héros vient ici pour effectuer une capture sensationnelle, passer les menottes au plus grand couple d'assassins de tous les temps, se couvrir de gloire des pieds à la tête. Il émerge des buissons et regarde Lily, le revolver braqué dans sa direction. Il a le doigt sur la détente et il a une telle frousse qu'il tremble de tous ses membres sans aucune exception : il est parfaitement capable de tirer, il ne se contient plus. J'essaie de me lever, mais je ne fais que m'enfoncer dans une sorte de magma mou et malodorant qui n'était pas là il y a un instant encore, j'essaie de me dégager de ce merdier mais ne réussis qu'à m'embourber davantage, il n'y a plus aucun doute, Schatz a raison, nous sommes bien pris dans le subconscient d'un individu particulièrement vicieux, et qui ne sait même pas ce qu'il veut : tantôt il essaie de me foutre hors de lui, tantôt il me retient. Un intellectuel, manifestement, puisque avec lui, c'est tantôt le ciel, tantôt la police, tantôt Dieu, tantôt l'humanité, tantôt le néant, tantôt une salière, tantôt un *Larousse universel*, tantôt un arrosoir au bec tordu. J'essaie de gueuler, de donner l'alerte, cet imbécile de Grüber ne sait pas à qui il a affaire, une vieille et illustre famille qui va chercher dans les cinquante mille années-lumière, on ne peut pas l'abattre comme ça, sans même l'avoir satisfaite, surtout en territoire allemand, et en pleine forêt de Geist, on va encore dire que les Allemands ne changeront jamais, qu'ils sont toujours prêts à recommencer. Je me rends presque aussitôt compte que Lily ne court aucun danger. Il est vrai que cet excité de Grüber est prêt à appuyer sur la détente, mais il tremble si fort que si le coup partait, il irait se perdre dans la nature. Lily regarde l'arme et au lieu de s'émouvoir, sourit. Quant à Florian, il croise les bras sur sa poitrine et a l'air de s'ennuyer. Le revolver semble intéresser Lily vivement. On dirait que cela lui redonne de l'espoir, qu'elle reprend confiance. Elle passe une main dans ses cheveux avec coquetterie et... Je ne veux pas lui manquer de respect, mais je dois dire que malgré son étonnante beauté et toute cette clarté impressionniste dont elle est auréolée — ils savaient peindre la lumière, ces gens-là — elle a vraiment l'air très putain. Je suis peiné. Une fois que nos chefs-d'œuvre sortent du musée, Dieu sait où et dans quel état on risque de les récupérer.

— Bonjour ! lance-t-elle gaiement.

— Au nom… de la… loi… bégaye l'agent Grüber.

— Oh, Florian, regarde… Comme il est bien armé !

Florian ferme les yeux à demi avec lassitude.

— Nous avons déjà essayé la police, ma chérie. Ça n'a rien donné.

Lily fait la moue.

— Elle ne savait pas s'y prendre.

— La Gestapo, ma chérie ? Tu es injuste.

— Florian, j'adore la police…

Elle fait glisser sur l'agent Grüber un regard langoureux :

— … lorsqu'elle est bien faite.

— Au nom… de la… loi ! balbutie la victime, d'une voix un peu rauque.

— Oh oui !

— Mais tu y as déjà goûté mille fois, ma chérie, dit Florian, avec une trace d'impatience. Ils t'ont tous fait… Je ne vois pas ce que tu peux encore attendre de la police, vraiment. Ça n'a pas résolu tes problèmes, ma chérie. Rappelle-toi, tu étais encore plus malheureuse qu'avant.

— Tais-toi, Florian. Tu ne crois plus à rien. La police est si dure, si absolue… Si efficace !

— L'armée n'est pas mal non plus.

— … Elle est si simple et si directe !

Elle défait sa ceinture.

— Florian, la police a une réponse à tout. Elle fait régner la tranquillité… la paix… Elle rassure… Chaque… chose à sa place, une place pour chaque… chose…

— J... j... je... bave le représentant de l'ordre.

Il serre encore son arme, il la serre des deux mains, mais il est fasciné, ébloui, incapable de résister davantage à ses avances, une si grande dame, vous pensez, entourée d'une telle légende, on lui a tellement parlé d'elle, et sur tous les tons, depuis les bancs de l'école, il était même allé à la pinacothèque de Munich pour la voir, Dürer, Goethe à Weimar, les plus beaux châteaux du monde, il va se faire baiser, ce salaud-là, c'est héréditaire, chez lui, grand-père en 14-18, papa à Stalingrad, grand-père est monté, papa est monté, mais ils s'étaient trompés de côté, ce n'était pas le bon, ils n'ont pas réussi parce qu'ils étaient mal guidés, cette fois on va réussir, le N.P.D. est sûr de son coup, il n'y a qu'à y aller... L'agent Grüber fait encore un pas en avant.

Ça sent déjà le devoir accompli. Une forte odeur de bouc pénètre la forêt de Geist. L'agent de circulation Grüber fait un pas de plus. Il n'a qu'un vote, mais il est prêt à le jeter dans l'urne, à vivre dangereusement. Il a retrouvé l'esprit d'aventure, le goût du risque. C'est le renouveau. Lily lui fait un doux sourire, j'aperçois, là où sa robe de beauté touche presque la terre, son petit pied qui s'impatiente.

— Florian, regarde cet air inspiré, ces mains prêtes à pétrir, ce doigt déjà posé sur la détente... Il vise si bien ! Je sais qu'il ne va pas manquer !

— J... j... j...

Schatz essaie de l'arrêter, mais je ne sais pourquoi, je me dresse devant lui, et il recule précipitamment. Il me regarde, en battant des paupières d'un air ahuri, il ne comprend pas. Au fait, je ne comprends pas moi-même. J'en viens à me demander si, au fond de son subconscient, ce type que je ne connais pas mais que je hante manifestement ne souhaite pas secrètement que l'Allemagne redevienne nazie. Est-ce possible? N'ai-je pas moi-même accueilli avec un petit sourire de satisfaction la nouvelle des succès hitlériens en Bavière, dans la Hesse? Je ne me croyais pas si rancunier. J'ai parfois l'impression que Hitler nous a fait encore plus de mal que je ne l'aurais cru possible.

Le jeune Allemand est clairement en état de grâce : le petit absolu est là, à portée de sa main, il lui sourit, et l'œil de l'agent Grüber est déjà celui du poulet égorgé.

— J... j...

— Bon, fait Florian. Il y a une grotte, là-bas. Mais je vous conseille de réfléchir, jeune homme, avant de vous engager sur la voie de vos ancêtres. J'espère que vous êtes sûr de vos moyens. Madame a horreur d'être déçue. Elle a un goût très difficile à satisfaire : celui de la perfection. Une nostalgie à la mesure de sa beauté. Si vous vous montrez indigne de sa confiance...

— Oh, Florian !

— C'est seulement pour l'encourager, ma chérie. Un homme averti en vaut deux.

— Quel front ! Regarde ce front, Florian !

— Oui, il y a de la place.

— Comme il est noble! Florian, je vois sur ce front la marque du destin…

— Moi aussi.

— C'est un chef. Il est né pour commander, pour se faire obéir, pour mener l'humanité vers un avenir radieux! Florian… Ce garçon a un bâton de maréchal dans sa giberne!

— Allons, ma chérie, allons!

Il regarde le prétendant avec quelque chose qui ressemble à de la commisération.

— Vous voulez un peu de saucisson?

— Et quelle lumière dans le regard!

Lily se lève.

— Adieu, Florian. Je n'aurai plus besoin de tes services.

— À tout à l'heure, ma chérie.

Il a un sens très aigu de nos possibilités, Florian. J'ai pour lui une certaine tendresse. Il n'aime pas faire souffrir. Nous avons toujours eu d'excellents rapports, lui et moi, basés sur une compréhension, une estime réciproques. Florian est pour l'égalité. Mon oncle, Anatole Cohn de Lodz, qui est mort dans son lit, m'avait beaucoup étonné parce qu'à ses derniers instants, il s'était mis à rire. Je lui avais demandé ce qu'il avait. « Mes enfants, quand je pense que moi, un pauvre Juif sans éducation, je vais avoir le sort de Jules César! » C'est tout Florian, cette égalité qu'il vous accorde au poteau.

Je parviens à détacher mon regard de cet authentique démocrate, et je m'aperçois que Lily a disparu. L'agent Grüber hésite encore un peu à la suivre. Le cynisme des dix-neuf dernières

années, le manque d'idéal, la propagande icono-
claste des auteurs enjuivés comme Gunther Grass
ont laissé, incontestablement, quelques marques.
Le jeune Allemand réfléchit encore.

— Allez-y, quoi ! l'encourage Florian. Vous ne
voyez pas qu'elle a eu pour vous le coup de
foudre ? Mon garçon, vous allez faire retentir la
terre entière de l'écho de votre exploit ! Les
femmes vont s'évanouir sur votre passage et vous
allez les ranimer. Elles vont vous bâtir une voie
triomphale, mettre des guirlandes de violettes
autour de votre... monument. Vous aurez votre
portrait dans tous les rêves des jeunes filles et
votre sexe sera un lieu de pèlerinage où vont
s'effectuer d'extraordinaires conversions ! Allez-
y... Faites-lui du bien !

Le malheureux a encore un instant d'hésita-
tion. Mais il est jeune, il est plein de fougue, et il
a confiance dans son système. Il se précipite au
galop.

Florian me cligne de l'œil.

— Je lui donne trois minutes, compte tenu de
sa solide constitution, de son tempérament
exceptionnel et de la puissance de ses convic-
tions. Seulement... ce qui a perdu Napoléon,
c'est le froid.

Je ne l'écoute pas. Je cueille quelques fleurs.
Des violettes, des marguerites, du muguet. Je vais
les lui offrir quand elle va revenir.

XXVI

De Gaulle m'a salué

Je ne me doutais pas que Florian s'était aperçu de ma présence. Et puis, je me rappelle que dans la forêt de Geist et dans quelques autres lieux célèbres, je cesse d'être une simple statistique. Je deviens parfaitement visible. Je me souviens que le chancelier Adenauer, en venant déposer des fleurs sur les lieux du crime, avait failli se trouver mal en me voyant. Le général de Gaulle, arrivé ici en pèlerinage avec une nombreuse suite, s'était trouvé nez à nez avec moi et m'avait salué militairement. C'est très curieux. Il y a comme ça certains endroits en Allemagne et en Pologne où j'acquiers une véritable présence physique. J'en suis le premier surpris, d'autant plus que je ne me reconnais pas, à ces moments-là. Je deviens brusquement énorme. Ça se voit tout de suite à la tête des gens. On dirait que je prends toute la place, qu'on ne voit plus que moi. Cela me gêne un peu. J'étais plutôt petit, de mon vivant, et il y avait dans mon allure, dans mon expression, dans mon nez très long, mes cheveux ébouriffés à la Harpo Marx, et mes oreilles

208

un peu décollées, quelque chose d'irrésistible. Je faisais rire. On me le reprochait, d'ailleurs : on disait que je manquais de dignité. Lorsque je sens que je prends soudain aux yeux des gens des proportions monumentales, je suis embêté. Je crains de ne pas être à la hauteur de ma nouvelle situation. Je m'efforce de faire distingué, sérieux, noble, je mets un pied en avant et je rejette la tête en arrière, selon l'idée que je me fais d'un héros. Mais je ne me sens pas à l'aise. J'ai derrière moi une trop longue habitude du ridicule et du coup de pied au cul. J'ai peur de décevoir. C'est une grande responsabilité. J'ai l'impression que tout Israël a les yeux fixés sur moi, et là-bas, ils ne plaisantent pas avec la dignité. Je me souviens donc que lorsque le général de Gaulle s'était mis au garde-à-vous devant moi et m'avait salué, j'ai failli être pris de fou rire. C'était purement nerveux, mais allez donc l'expliquer aux jeunes Juifs de Moshé Dayan. Ils ne me l'auraient pas pardonné. Je me suis retenu. J'ai surmonté ma nature profonde, des siècles et des siècles de drôlerie et de caricature. J'ai essayé de penser à quelque chose de triste. Mais qu'est-ce qui peut encore être triste, quand on a mon expérience ? Rien. Rien n'est plus triste. Quand vous êtes détenteur d'un record du monde historique, il faudrait de nouvelles conditions favorables. Je me suis mis au garde-à-vous. J'ai salué. Le général de Gaulle me saluait et moi, le *dibbuk* juif soudain visible à l'œil nu, je le saluais aussi. C'était terrible. Il y avait là au moins cinquante personnes, ils me voyaient tous — je lisais ça dans leurs yeux — un public de première classe, peut-être mon dernier public, et je ne pouvais pas me permettre de les faire rire. Pour me défouler, je suis resté jusqu'à l'aube à raconter des histoires juives à Schatzchen. Il a passé toute la nuit à se tordre.

XXVII

La Mort en panne

Je m'approche. Je vois sur le visage de Florian une trace de sympathie. Il nous aime bien. C'était du boulot bien fait.

Il prend une cigarette dans sa poche et l'allume. Elle s'éteint aussitôt. Il l'allume encore une fois, mais il n'y a rien à faire. L'allumette elle-même s'éteint immédiatement entre ses doigts.

— Ah ! merde, dit-il, avec découragement.

Nous avons tous nos petits problèmes, nos petites difficultés. Ça doit être triste de ne pas pouvoir caresser un chien, gratter l'oreille d'un chat, avoir un oiseau, une plante vivante.

Ses épaules et son chapeau sont couverts de papillons, de bêtes à bon Dieu, de hannetons. L'herbe s'est fanée autour de lui et pas une fourmi ne court à ses pieds. C'est un compulsif. Il ne peut pas se retenir. Il n'a aucun contrôle sur ce qu'il fait. Au fond, la mort subit, elle aussi. C'est une forme d'impuissance.

— Vous n'en avez pas parfois assez ?

Il m'observe avec méfiance.

— De quoi ?

J'hésite un peu. Je regarde une hirondelle tombée à ses pieds.

— De faire l'amour.

Il se fâche. Il doit voir des allusions partout.

— Ça va, Cohn. J'apprécie beaucoup l'humour juif, mais j'ai été avec vous à Auschwitz, alors, vous m'avez assez fait rire. Je vous ferai aussi remarquer que Beethoven était sourd, ce qui ne l'a pas empêché d'être le plus grand musicien du monde.

Je baisse les yeux vers le tas d'insectes à ses pieds.

— Vous n'êtes pas difficile. Vous prenez n'importe quoi.

Il devient un peu morose.

— On ne peut pas toujours travailler dans le sublime. Il y a une crise en ce moment. Le marché est saturé. Personne ne veut plus payer. Les commandes se font rares. Même au Vietnam, ils ne lâchent ça qu'au compte-gouttes. Vous savez ce que ça coûte, une grande fresque historique ? Des millions. Rien que pour Stalingrad, ils m'ont payé trois cent mille. Les Juifs ont craché six millions. Et puis, ça prend du temps. Pour vous offrir *Guernica*, j'ai dû travailler trois ans. Et qu'est-ce que ça m'a rapporté ? Un million et demi. Ce n'était pas une affaire. Une bonne épidémie me rapporte davantage. Et pourtant, la guerre civile espagnole, c'est une de mes œuvres maîtresses. Tout y est, l'Espagne, la cruauté, Goya, la lumière, la passion, le sacrifice…

Je me marre. Au fond, si la mort n'existait pas,

la vie perdrait son caractère comique. Florian est flatté. Il est assez vaniteux. Nul n'a jamais eu autant besoin de public que lui.

— Depuis Hitler et Staline, il y a eu inflation. La vie ne valait pas cher. J'ai dû augmenter mes prix. Pour ma dernière grande œuvre, la guerre de 39-45, j'ai pris trente millions et parfois ils semblent trouver que ce n'était pas trop cher. Je m'attends à une nouvelle commande d'un moment à l'autre.

Nous rions tous les deux. C'est une nature, ce Florian. Au *Schwarze Schickse*, nous aurions pu faire un bon numéro ensemble.

— Comment ça va en Israël? me demande-t-il doucement.

— Ça va, merci, dis-je, d'un ton assez sec.

— Vous savez, s'ils veulent quelque chose de beau, je leur ferai un prix. Combien ils sont?

— Deux millions et demi.

— Pour cinq cent mille, je leur brosse une fresque historique qui fera l'admiration du monde. Hein?

— Vous avez déjà assez fait pour les Juifs.

— Trois cent mille, tenez, parce que c'est vous.

Je n'ai plus tellement envie de rire. Ce type-là, il a vraiment l'Histoire dans le sang.

— Vous êtes devenu un peu cher. Je vous ferai observer que pour faire votre plus belle œuvre, il y a deux mille ans, vous avez pris une seule unité.

— Oui, je sais, c'était pour rien. J'avais travaillé pour l'amour de l'art. Seulement, regardez ce que ça m'a rapporté depuis. Rien qu'avec les guerres saintes, je me suis fait des millions. Allez, cent mille, et n'en parlons plus. Je vous ferai quelque chose d'exaltant, d'exemplaire. Ce sera digne d'Israël, je vous le promets. Justement, je me sens inspiré.

— Tenez, dis-je, il y a là une mouche à merde. Allez-y.

Il hausse les épaules.

Je ne puis m'empêcher de glisser de temps en temps un regard du côté de l'horizon. Je suis un nostalgique. Je sais pourtant que Lily est tout près, dans les buissons, en train de faire de son mieux, mais chez les rêveurs du ghetto, c'est une vieille habitude : c'est toujours du côté de l'horizon que nous la cherchons. J'essaie de prendre un petit air détaché, mais ce regard éperdu et furtif que je viens de lancer, il l'a saisi au vol. Je retrouve sur ce visage sans aucune ride et sans âge, une légère, à peine perceptible trace d'ironie.

— Elle est montée avec un client.

S'il croit que je suis jaloux, il se trompe.

— D'ailleurs, je croyais qu'elle vous avait déjà tout donné, ajoute-t-il.

Je cueille une marguerite et me tais. Je ne suis pas disposé à discuter de ma vie sentimentale avec un vieux maquereau.

— Elle est très généreuse de sa personne, dit Florian. Parfois elle se donne sans même prendre le temps de regarder à qui elle a affaire. Hitler, par exemple. Franchement, je ne l'aurais pas crue capable de ça. Il n'y avait qu'à le regarder pour savoir que c'était un impuissant. Mais non, il faut toujours qu'elle essaie. J'ai même l'impression qu'elle va bientôt se taper sept cents millions de Chinois.

Je me tords. Il a toujours le mot pour rire, ce Florian.

— Je suis heureux de voir que vous avez acquis un peu de notre sens de l'humour, lui dis-je. Comme ça, au moins, nous ne sommes pas morts pour rien.

Nous rions tous les deux. Un partenaire idéal.

— J'en connais une autre, dit Florian, encouragé. Au cours d'un pogrom, la femme de Cohn est violée sous les yeux de son mari par les cosaques. D'abord, ce sont les soldats qui lui passent dessus, puis leur officier survient et se l'envoie aussi. Alors, Cohn dit : « Vous ne pouvez pas demander d'abord la permission, vous, un officier ? »

Je me marre.

— Formidable, dis-je. J'adore notre folklore.

— J'en connais encore une…

Je l'interromps poliment. Je ne vais tout de même pas passer mon temps à écouter notre Histoire. Je la connais sur le bout des ongles.

— Vous avez dit Cohn ? Quel Cohn c'était ?

— Bah, vous savez, c'est toujours le même.

— Ce n'était pas le Cohn de la rue Smigla ?

— Non. C'était le Cohn de Nazareth.

Je ris.

— *Mazltov.* Félicitations. Vous avez une mémoire.

— *Zu gesundt.*

— Tiens, vous parlez yiddish?

— Couramment.

— Berlitz?

— Non. Treblinka.

Nous rions tous les deux.

— Je me suis toujours demandé ce que c'est, au juste, l'humour juif, dit-il. Qu'est-ce que vous croyez?

— C'est une façon de gueuler.

— À quoi ça sert?

— *Le pouvoir des cris est si grand qu'il brisera les rigueurs décrétées contre l'homme…*

— Kafka, dit-il. Je sais, je connais. Vous y croyez vraiment?

Je lui cligne de l'œil et nous rions tous les deux.

— Cette histoire de cosaques que vous m'avez racontée… Vous avez dit Cohn? Ce n'était pas Leïba Cohn, de Kitchenev? C'était mon oncle, et ça devait être lui parce qu'il m'avait raconté la même histoire. C'était sa femme que les cosaques avaient violée sous ses yeux. Elle avait eu un enfant après cette aventure et mon oncle, qui était lui aussi très rancunier, s'était cruellement vengé des *goïms* russes. *Il avait traité l'enfant comme son propre fils et en avait fait un Juif.*

Florian est complètement écœuré.

— Quel salopard, alors! On n'a pas idée de faire ça à un enfant.

— Oui, nous sommes une race impitoyable. Nous avons déjà crucifié notre Seigneur Jésus, paix à Ses cendres.

— Pardon, pardon, vous essayez toujours de

tout garder pour vous! Rien pour les autres...
D'une avidité! Le pape Jean XXIII a déclaré que
vous n'étiez pas coupables.

— Non? Alors, depuis deux mille ans, c'était
pour rien?

— Pour rien, pour rien... Vous ne pensez
qu'à faire des affaires!

Nous nous marrons. C'est un talent, ce Florian. La Mort et son Juif, quel duo, quel régal
pour les salles populaires! Le peuple aime le
burlesque, il aime rire. Je viens justement de lire
que seize pour cent des Français sont antisémites. Il y a un public, aucun doute là-dessus.
Florian est content. Pour un peu, il se mettrait à
danser les claquettes. Dommage qu'il manque
un peu de musique sacrée. Enfin, on ne peut pas
tout avoir.

Je vois soudain en plein milieu de la forêt de
Geist une main sortant d'une bouche d'égout du
ghetto de Varsovie, une main nue, laissée sans
armes par l'humanité entière. La main se ferme
lentement et le poing juif reste ainsi levé au-dessus de l'égout.

J'éprouve à nouveau un sentiment d'étran-
geté, dont la véhémence m'entoure plus qu'elle
ne m'habite, une rancune et une indignation
qui ne m'épargnent pas, bien au contraire, qui
me visent ainsi que chaque brin d'herbe et la
Joconde tout entière. Il y a là une honte, un sentiment d'indignité et de culpabilité qui feraient
songer à Dieu, si ce dernier pouvait manquer à
ce point de perfection. Une telle volonté de sortir de l'humain n'est même plus polie. Je suis

vexé. Pour qui il se prend, ce type-là ? Qu'est-ce qu'il veut, être un homme ? Ce n'est pas avec ses moyens qu'il va y arriver. Il manque totalement de compassion, de bonté, de pitié, et si on crée l'homme sans compassion, sans bonté, sans pitié, on va se retrouver dans le même merdier qu'auparavant. Je me permets de lui faire remarquer qu'une telle création a déjà eu lieu et c'est pourquoi il n'y a ni monde ni homme, seulement un vague rêve confus de je ne sais qui où traîne une vague civilisation de je ne sais quoi, ainsi qu'une salière, une pompe à bicyclette, six paires de chaussettes universelles et un Larousse bien propre. Une chose, en tout cas, est sûre : je ne suis pas chez moi, là où je suis, et bien que ce soit chez les Juifs une obsession permanente et naturelle, et d'ailleurs tout à leur honneur, je me sens menacé. Je ne sais même plus si je pense ou si je suis pensé, si je souffre ou si je suis souffert, si je hante ou si je suis hanté. Bref, je me sens *possédé*. Vous vous rendez compte d'une situation, pour un *dibbuk* ?

La lumière elle-même a pris autour de moi un aspect brutal, cru, on dirait qu'elle veut tout balayer. Je n'irai pas jusqu'à affirmer qu'il y a là une véritable conscience, ce n'est pas pensable, une chose comme ça, à moins de concevoir quelque lente usure de Dieu, une faiblesse qui l'aurait gagné, avec tout ce que cela suppose d'émotivité, de compréhension, d'accessibilité à la pitié.

Le poing juif est toujours là, mais cet égout d'où il sort n'est peut-être pas celui que je croyais. Je ne suggère rien, j'ai autant d'estime pour l'âme que pour toute la littérature, je ne prétends pas que mon subconscient soit différent des autres, il est ce qu'il est, et même, je suis sûr qu'en regardant bien, on y trouverait l'Allemagne, ça ne doit pas être jojo. Tout ce que je dis, c'est que ce type a le ghetto de Varsovie sur l'estomac, sans parler du bouc, de l'absolu, du bec de l'arrosoir tordu, et du petit facteur encore plein de courrier. C'est une belle âme, ce gars-là.

Je me demande si Florian voit le poing. Je ne le crois pas. Il a dû voir tant de poings rageurs sous son nez qu'il doit croire que ça fait partie de son nez. Il ne le remarque plus.

— Tout le monde vous reproche de vous être laissé massacrer sans résister, dit-il. L'opinion publique est indignée, le fait qu'on a pu vous détruire si facilement provoque même un renouveau d'antisémitisme. Pourquoi ne vous êtes-vous pas défendus ? La force de l'habitude ? Ou est-ce que vous doutiez des Allemands jusqu'au dernier moment ?

— Je vous promets que nous ferons mieux la prochaine fois.

Nous rions tous les deux. Un partenaire rêvé, ce Florian. Je me demande d'ailleurs ce que les organisateurs d'Oberammergau attendent pour faire une comédie musicale sur l'agonie du ghetto de Varsovie. L'Allemagne a toujours eu de très bons metteurs en scène.

Décidément, je commence à trouver ce type sympathique. Comme on dit en yiddish, ce n'est plus de l'amour, c'est de la rage. Il me devient d'autant plus sympathique que je ne crois plus que ce soit un subconscient de chrétien. Ça manque de résignation, là-dedans.

Je commence à m'orienter, à le connaître un peu mieux. Sa façon de traiter la mort semble trahir une attirance secrète, contre laquelle il essaie sans doute de réagir. Quant à Lily, je sais ce qu'il en pense. Une pute, une nymphomane, une frigide, une saloperie. Ça doit être un tendre.

Je vais lui faire un peu de provocation.

— Au fond, dis-je, Lily n'est pas coupable. Le manque d'un amour véritable ne date pas d'aujourd'hui. Elle n'y est pour rien. La faute est ailleurs. La faute, le péché originel, ce n'est pas l'humanité qui en est responsable, la culpabilité est ailleurs, il faut la chercher beaucoup plus haut... Lily est innocente.

Ce qui se passe alors est extraordinaire. La forêt de Geist se met à chanter. C'est un chant admirable de joie, de beauté, de gratitude. Ce type-là est encore plus con que je ne croyais. Un idéaliste, manifestement.

— Tiens? fait Florian, étonné. Vous entendez?

— Elle a peut-être joui, dis-je.

Les choses se tassent aussitôt. La forêt de Geist s'assombrit. Si ce type-là ne me connaît pas encore, il aura des surprises.

— J'ai nettement entendu des chœurs célestes, dit Florian, avec inquiétude.

— Je ne pense pas que ce soit ce que vous croyez, dis-je.

— Je ne crois rien du tout, affirme Florian, avec emphase.

— Je suis sûr d'avoir deviné votre pensée, dis-je sévèrement.

— Je n'ai rien pensé de pareil, gueule Florian. C'est ignoble. Je ne peux pas me permettre des pensées pareilles. Le blasphème m'est strictement défendu.

— C'est dégoûtant, dis-je. Vous devriez avoir honte. On peut entendre des chœurs célestes sans imaginer aussitôt que c'est, là-haut, la fin de l'impuissance et que Dieu s'est penché sur la souffrance de Lily et...

Cette fois, il est complètement affolé. Son visage change. Si vous voulez savoir ce que c'est, la mort qui a peur, vous n'avez qu'à manquer de respect à son patron. C'est un laquais, ce Florian.

— Je vous défends, hurle-t-il, d'une voix d'eunuque, je vous interdis de mêler Dieu à ce qui se passe ici !

— Je ne savais pas que vous étiez superstitieux, dis-je, avec la plus grande douceur.

Il devient complètement paralysé. Des gouttes de sueur apparaissent sur son front et l'idée que de cette sécheresse absolue puisse sortir un peu de rosée me réchauffe le cœur. Il essaie de parler, mais seuls quelques relents de saucisson à l'ail sortent de sa gueule.

Et c'est à ce moment qu'il se produit quelque chose d'encore plus satisfaisant. De jolis papillons jaunes s'approchent de Florian, se mettent à voltiger autour de sa tête et... *il ne se passe rien.* Les papillons continuent à voltiger sous son nez.

— Nom de Dieu! hurle Florian. Je suis devenu impuissant! J'essaie de le rassurer.

— Ce n'est rien, c'est l'émotion. Vous n'en avez pas l'habitude. Concentrez-vous.

Il se concentre. Il regarde fixement les papillons. Mais non, rien, ils continuent à frétiller et ils sont les seuls.

— Je suis déshonoré! glapit Florian.

— Mais non, mais non. Une petite panne. Ça arrive aux meilleurs. Le surmenage. L'insomnie, toutes ces nuits que vous avez passées au chevet des malades...

Je crois bien que Florian va défaillir. Un véritable hululement de désespoir monte de ses entrailles.

— En panne! Je suis en panne, moi!

Je renifle une marguerite.

— Ne vous forcez pas. Décontractez-vous!

Il me jette un regard meurtrier.

— Je suis décontracté!

— Pensez à autre chose... Dites-moi, avec Garcia Lorca, comment c'était?

— Eh bien quoi, Garcia Lorca? Si on n'avait plus le droit de faire fusiller un poète à l'aube, il y a longtemps qu'il n'y aurait plus de poésie! Je... je ne me sens pas bien...

— Vous n'allez pas mourir, au moins?

Mais il a perdu tout son sens de l'humour.

— Très drôle, fait-il, entre les dents.

— Essayez encore... Tenez, il y a une mouche par là...

Il me foudroie du regard.

— Qu'est-ce que vous voulez que je foute avec une mouche?

— Je ne sais pas, moi, dis-je avec tact.

Mais il est tellement affolé qu'il n'hésite plus devant rien.

— Va pour la mouche. Où est-elle ? J'ai besoin de me rassurer.

C'est une petite mouche toute légère et bleue qui fait gentiment bzz bzz autour d'un coquelicot. Florian s'en approche à pas de loup.

— Elle n'est pas mal, dit-il.

La mouche fait bzz. Florian court après elle, la mouche est déjà ailleurs. Bzz bzz et archibzz, une vraie petite allumeuse. Elle se pose enfin dans l'herbe et Florian se penche sur elle. Il y a un moment de silence assez émouvant. Les poètes appellent ça le moment de vérité.

— Ça y est, dit Florian. Je l'ai eue. Ouf !

La mouche s'envole aussitôt.

— Tss-tss, fais-je, avec compassion. Encore un raté.

Florian se laisse tomber sur le rocher. Il est tellement frappé que son visage prend presque des couleurs.

— Ce n'est pas possible, dit-il, d'une voix rauque. J'ai perdu mes moyens ! Je n'y parviens plus ! Je ne peux plus… Une mouche ! Moi, la mort de César et de Robespierre !

— On recommande beaucoup la gelée royale des abeilles, dis-je.

Je crois qu'il va s'étrangler.

— Hou, mais on fait de l'esprit ! On se croit tout permis ! Simplement parce que j'ai un… un passage à vide ! Seulement, qui est-ce qui a fait

Verdun ? Qui est-ce qui a fait Stalingrad ? J'ai fait la guerre, moi !

— Une façon comme une autre de se rassurer sur sa virilité, lui dis-je.

Je me sens de mieux en mieux là où je suis. Il est rare qu'un *dibbuk* éprouve de la sympathie pour celui qu'il fréquente, mais ce type-là, c'est un frère. Pour une fois, je suis tombé sur un authentique ennemi de l'ordre établi, de la nature des choses et de la nature tout court.

Sans parler qu'il a une *hutzpé* énorme. Il faut avoir un culot monstre pour rêver ainsi de réduire la mort à l'impuissance. Un vrai acte contre nature, s'il en fût. C'est bien la première fois dans ma carrière de *dibbuk* que je hante un vrai cynique. Il ne doute de rien.

Je me demande cependant si je ne vais pas aider Florian à se tirer de ce mauvais pas. De toute façon, si la mort n'existait pas, les hommes inventeraient quelque chose d'encore plus dégueulasse. Florian limite malgré tout un peu leurs possibilités. Et je songe à Lily. On ne peut pas la laisser sans Solution, sans aucun espoir. C'est très joli, l'éternité, mais je ne suis pas du tout sûr que ce soit une façon de jouir.

— Écoutez, lui dis-je, il y a là un salopard subversif qui fait de l'intimidation et essaie de se débarrasser de vous, de moi, de Lily, du monde entier…

Il ne m'écoute pas. Il est terrifié. Il fait des yeux ronds, plus bêtes que nature. Il se tâte.

— Qu'est-ce que c'est ? murmure-t-il. Je sens

224

un battement suspect… là, à gauche… Ça palpite, ça cogne…

— Le cœur, dis-je, moi-même assez épouvanté.

— Quoi ?

— Il vous vient un cœur…

Une chose comme ça, je ne la souhaite pas à mes meilleurs amis.

Il ne comprend pas tout de suite.

— Mon pauvre vieux, lui dis-je, quelqu'un vous a joué un vrai tour de cochon. Il vous a foutu un cœur. Je ne veux pas vous faire peur, mais je crois même que c'est encore plus grave que ça. *Vous êtes devenu vivant.*

Il pousse un hurlement : je n'ai jamais rien entendu de pareil, et pourtant j'ai fait de bonnes études.

— Au secours ! glapit-il d'une voix déjà expirante.

Une vraie naissance.

— Vous voulez que j'appelle un médecin ?

— Ah non, je les connais, moi… Me faire ça à moi ! Je ne veux pas être vivant, j'aime trop la vie, moi !

Il se lève d'un bond.

— Vivant ! Je suis vivant ! C'est affreux, je ne veux pas voir ça ! Qu'on me bande les yeux !

C'est à ce moment-là, alors que je suis en train de me réjouir de ce bon tour que quelqu'un vient de jouer à Florian, que je commence à comprendre où l'on veut en venir. Je croyais déjà que j'avais fait une affaire et que pour une fois le *dibbuk* avait trouvé un client qui était très content de ses services et lui faisait fête, au lieu de courir chez le rabbin en hurlant qu'il était possédé. Je commençais à me sentir à l'aise, j'avais cessé de me méfier. Oui, eh bien, c'est une planche pourrie, ce type-là, j'aurais dû m'en douter. Je croyais qu'il en voulait seulement à Florian, j'étais en train de me marrer, il avait réduit la mort à l'impuissance dans son subconscient, il se livrait à des travaux de propreté. Mais c'est un vrai hargneux, ce coco-là, et s'il n'était pas passé aussi vite de Florian à moi, il aurait réussi à m'avoir par surprise. Il nous met tous dans le même sac, et ce sac, il est drôlement pressé de le vider. Brusquement, j'ai la sensation de me perdre. Le vide me gagne, une espèce d'indifférence, la somnolence, on me crierait «Allemagne!» que je ne ferais même pas *tfou, tfou, tfou*! Tout s'efface, l'oubli me gagne, tout s'éloigne, on tourne la page, il ne faut plus penser à ces choses-là, c'est fini, on passe l'éponge, je disparais à vue d'œil, je fonds, on me lave, on me frotte, on me nettoie, ça sent bon, c'est propre, on pourra enfin oublier. Tout me devient complètement égal, comme si j'étais en train de devenir un homme, cette façon classique de rendre l'âme. Le poing juif sort encore de l'égout, mais je ne suis même plus sûr que ce ne soit pas une œuvre d'art.

Je suis sur le point de disparaître sans laisser de trace, lorsque mon instinct de conservation d'exterminé reprend le dessus. Je comprends dans un éclair ce qui se passe. C'est un péril qui ne cesse jamais de peser sur les *dibbuks*, qu'ils soient un ou six millions.

On essaie de m'exorciser.

On a compati, on s'est montré aimable, mais on m'a assez vu et on en a par-dessus la tête de ma *horà*.

Seulement, on ne soulage pas sa conscience aussi facilement.

Je vous le dis, moi : il n'y aura pas de nouvelle *diaspora*.

Vous pouvez vous tortiller autant que vous voudrez, ni moi ni les six millions d'autres *dibbuks* nous ne reprendrons jamais le chemin de l'exode hors de votre subconscient enjuivé.

Je mets la main sur mon étoile jaune. Ouf! Elle est encore là. Toute ma force revient aussitôt.

— Qu'est-ce qu'il y a? demande Florian. Vous avez fait une drôle de tête.

Il est assis tranquillement devant moi, en train de se nettoyer les ongles avec la pointe de son couteau.

Je ne dis rien. Je ménage mon souffle. Même si on observait la tradition, même si dix Juifs connus pour leur piété m'entouraient et priaient selon toutes les règles de notre sainte Thora, je refuserais encore de disparaître.

S'ils veulent vraiment m'exorciser, ils n'ont qu'à faire ce qu'ils n'ont encore jamais fait : *créer le monde*. Je ne dis pas créer un monde nouveau : je dis créer le monde. Ce sera bien la première fois.

Je ne prendrais pas moins.

Et puis... Le vieux rêve messianique est toujours en moi. Je pense à Lily. Il faut l'aider à se réaliser. Nul homme n'a le droit de renoncer à cette mission.

— Dites-moi…

Florian lève la tête.

— Oui?

— Le ghetto de Varsovie… Elle y était, non?

— Bien sûr. Vous n'avez aucune idée des endroits où elle va traîner.

— Elle a dû tout de même se sentir émue?

— Évidemment. Lily s'émeut très facilement. C'est là tout son drame.

— Et… rien?

— Rien. Elle est restée émue, c'est tout. Et maintenant, si vous m'excusez…

Il regarde sa montre et sort son couteau.

— Trois minutes. Il a dû déjà réussir sa vie, l'autre, là-bas.

Il s'éloigne. Le poing est toujours là. J'ai toujours regretté de ne pas avoir été allé au ghetto de Varsovie, avec les autres. Je connaissais bien la rue Nalewki, avant la guerre. C'était un endroit plein de types comme moi, qui ressemblaient beaucoup à des caricatures : les antisémites avaient le génie de la caricature. Même les noms étaient comiques : *Zigelbaum, Katzenelenbogen, Schwantz, Gedanke, Gesundheit, Gutgemacht*. Il faut bien connaître l'allemand pour comprendre avec quel art de la drôlerie le jargon yiddish caricaturait la langue de Goethe. Ma place était là-bas, avec eux. C'est curieux : il y a des Juifs qui mourront avec le sentiment d'avoir échappé à la mort.

XXVIII

Encore les natures d'élite

Je suis en train de céder ainsi à la tentation du sérieux, ce qui est un danger terrible pour un humoriste et qui nous a valu déjà la perte de Charlie Chaplin, lorsque j'entends tout près de moi une conversation animée, et je vois apparaître dans la clairière les deux aristocrates distingués, le baron von Pritwitz et le comte von Zahn. Je dois reconnaître que malgré leur longue course à travers les trous, la boue et le terrain mouvementé de la forêt de Geist, les deux hommes ont gardé leur élégance et leur vestiaire est aussi impeccable qu'au temps de Goethe. Il y a ainsi des âmes bien nées qui savent non seulement s'habiller, mais encore conserver à leurs frusques, contre vents et marées, leur pli impeccable et leur dignité bien amidonnée. Le complet prince-de-Galles du Baron paraît sortir tout droit des mains d'un valet empressé et il est certain que notre noblesse ne manquera jamais, malgré toutes les prétendues difficultés de trouver de bons domestiques, de penseurs et d'esthètes passés maîtres dans l'art d'amidonner les faux cols, de cirer les chaussures et de veiller à ce que pas un grain de poussière, pas une larme de réalité ne viennent souiller un vestiaire dont ils sont chargés depuis des siècles d'assurer l'entretien. Un intéressant écrivain français, et qui avait fait ses preuves dans ce genre d'emploi sous les nazis, avait lancé il y a une trentaine d'années une devise qui est devenue depuis celle d'un grand nombre de nos fournisseurs : *nous voulons des cadavres propres.* C'était la plus grande commande culturelle du siècle.

Le Baron est malgré tout légèrement essoufflé. Le parcours l'a épuisé. Il semble vraiment au bout de sa course. Sa binette est empreinte d'un étonnement sans bornes, ses yeux ont une expression blessée, scandalisée. Le comte von Zahn n'est pas en très bonne condition, lui non plus : il a la tête de quelqu'un qui a quelques millions de morts sur ses talons et autant de gardes rouges en face de lui. Sur son visage exténué, seule la moustache blanche conserve sa dignité. Il ressemble à un don Quichotte soudain frappé de Sancho Pança. Il sue abondamment, sort un mouchoir de soie ivoire de sa poche et le porte à son front.

— Et que pouvez-vous faire, mon cher Baron ? Ils vont la lyncher. Ils se sentent profondément humiliés, frappés par elle dans leur point le plus sensible… Nous allons vers le plus grand crime d'impuissance de tous les temps.

— Ah, mon cher Comte, la démocratie, quelle horreur ! Lily est tombée entre les pattes de la plèbe. Ces gens-là sont incapables de la voir avec les yeux de l'esprit. Ils ne savent pas l'aimer comme nous l'avons fait pendant des siècles, d'un amour purement spirituel. Les foules, cédant aux instincts les plus primitifs — la faim, par exemple, y a-t-il un instinct plus animal, plus élémentaire que la faim ? — n'arrivent pas à penser autrement qu'avec leurs ventres. Quelle bassesse, quelle bestialité ! Comment voulez-vous qu'elle leur échappe ? Une si vieille, une si noble famille ! De si merveilleux châteaux ! Croyez-moi, pour les âmes nobles, il ne reste plus qu'à savoir mourir !

Il remarque les livres qui traînent sur les ruines et les saisit.

— Regardez, cher ami, regardez... Des livres ! C'est elle ! Elle doit être par là... *Les Grands Cimetières sous la lune...* Montaigne... Pascal... *Pas d'orchidées pour Miss Blandish... Le Musée imaginaire...* Shakespeare... *La Condition humaine... La Reine des pommes...* C'est elle je vous dis ! *L'Homme impuissant... La Femme frigide...* Vite ! Lily ne doit pas être loin !

Ils foncent vers l'horizon et disparaissent dans les sous-bois. J'entends les petits oiseaux. Je vois des papillons. Les fleurs paraissent soudain plus belles, comme toujours lorsqu'il n'y a personne. La nature reprend espoir, redresse la tête, se met clairement à respirer. À espérer aussi. La nature, je ne sais si vous le savez, vit d'espoir. Elle cache une très grande attente dans son sein. Hé oui, elle est un peu rêveuse, elle aussi, elle ne perd pas courage. Elle compte y parvenir, un jour. Y revenir, plutôt. Le retour au paradis, à l'Éden de ses débuts. Elle compte beaucoup sur l'homme pour cela. Sur sa disparition, je veux dire.

XXIX

Schwarze Schickse

Je sursaute. Les papillons s'éteignent, les
fleurs se fanent, les oiseaux tombent en plein
chant : Florian revient. Il conduit Lily par la
main. Ses vêtements et ses cheveux sont quelque
peu défaits : la police a fait de son mieux. Mais je
vois tout de suite qu'une fois de plus, la police
n'y est pas arrivée, pas plus que l'armée, l'Église,
la science et la philosophie. Sur ses traits d'une
pureté de marbre qu'aucune souillure ne réussit
à éclairer, sur ce visage de madone des fresques
et de princesse de légende, il y a des larmes, et
les larmes sont peut-être le seul apaisement que
les hommes parviendront jamais à lui offrir.

Florian serre entre les dents un petit cigare
hollandais, d'ailleurs éteint. Je ne sais pourquoi
je décide qu'il est hollandais, ce cigare. Peut-être
parce que Florian a cette expression de satisfaction après une affaire bien réglée que l'on asso-
cie toujours avec l'ordre et la bourgeoisie.

— Eh bien, on peut dire que notre police est
vraiment expéditive !

Il s'arrête ; ôte le cigare de sa bouche et

regarde Lily d'un œil perçant. Avec son feutre rejeté en arrière, cet incroyable complet vert bouteille à carreaux, son gilet orné d'une chaîne de montre et ses souliers vernis boutonnés sur les côtés, il sue une vulgarité et un mauvais goût assez surprenant lorsqu'on pense qu'il s'agit de quelqu'un qui nous a donné Eschyle, Shakespeare et Goya, et qui a toujours été le principal fournisseur de nos musées.

Il tire un mouchoir de sa poche.

— Attention, ma chérie, tu as quelque chose sur la paupière... Une petite impureté... laisse-moi te l'enlever...

Lily ferme les yeux et lui tend son visage. La clarté baigne ses traits. Si Leonardo était là, il prendrait sa Joconde et la briserait en mille morceaux. La perfection de ce visage est une véritable apothéose de l'imaginaire ; elle est tout ce que la main de l'homme ne peut réaliser dans ses poursuites les plus acharnées. Je suis parcouru par un flot de chaleur, une victoire de mon amour indéracinable sur les lois de la nature. Elle ne paraît jamais plus émouvante que lorsqu'elle se relève une fois de plus intacte d'un charnier. Je n'ai qu'à continuer à fermer les yeux pour la voir dans toute sa beauté. Mon maître bien-aimé, Rabbi Zur, de Bialystok, me disait toujours : « Moshé, il ne suffit même pas d'être aveugle pour la voir comme il faut. Il faut encore savoir *l'imaginer*. C'est un rare talent, Moshelé, donné seulement aux meilleurs. Les autres ne savent que fermer les yeux. » Rabbi Zur avait raison. Si personne ne rêve de l'humanité, l'humanité ne sera jamais créée. Je garde mes paupières baissées et je la regarde de tout mon cœur. Sa robe très longue où je crois reconnaître dans un coin la signature de Piero della Francesca, malgré quelques traces évidentes du passage de l'homme, n'a rien perdu de sa splendeur. C'est à croire que le flic le mieux doué et en pleine possession de ses moyens ne peut rien contre elle. Quant à ceux qui la lui ont offerte… Ça a dû leur coûter les yeux de la tête, une toilette comme ça.

Elle reste ainsi un moment, le visage offert. Très délicatement, Florian effleure sa paupière.

— Une poussière… Voilà, c'est parti. Il faut que rien ne vienne ternir ta perfection, ma chérie.

— J'ai toujours peur de me salir, dit-elle. J'ai horreur des taches.

Florian recule un peu et l'admire, le cigare entre les dents, les pouces dans les goussets. Une expression de fierté passe sur son visage. Sa voix se fait encore plus creuse, on le sent ému.

— Ah, j'te jure, c'est une joie de te regarder. Je suis un vieux maquereau, mais tu es vraiment la plus belle de toutes.

Elle lui sourit, pose la main sur son bras.

— Tu es gentil. Et puis, toi, au moins, tu sais aimer.

— Merci, ma chérie. C'est parce que j'ai ce qu'il faut, ou, si tu préfères, parce que je n'ai pas ce qu'ils ont. Ils sont pleins de… de réalité. Ils en débordent. Ils sont handicapés par leur… héhum ! par leur physique, voilà. La physiologie, les organes, c'est une vraie infirmité.

Elle hésite un moment.

— Florian…

— Oui, ma chérie. Tout ce que tu voudras. Tu n'as qu'un mot à dire, et je les descends tous.

— Florian, et si je te disais que je n'ai jamais aimé que toi ? J'ai toujours su, au fond de moi-même, que tu es le seul à pouvoir me donner ce que je cherche. Mais tu ne veux pas de moi, voilà. Tu aimes me voir souffrir.

Cette fois, le sourire de Florian se montre suffisamment et reste assez longtemps sur son visage pour que je reconnaisse enfin la nature profonde du bonhomme : un cynisme total, absolu, sans commencement et sans fin, le sourire même de l'éternité qui rôde autour de l'homme.

— Dame. Mets-toi à ma place, mon poulet. Si je te prenais tout entière, que me resterait-il ? Les petits oiseaux, les fleurs ? Pouah ! Je finirais par me bouffer moi-même, de frustration… Allons, ma chérie, ne te décourage pas.

Il lève le bras, un geste un peu théâtral, il y a du cabot dans ce salaud-là. On sent qu'il en a vu, des mélos. Il déclame :

— Écoute cette terre qui chante de mille voix de cigales un espoir qu'aucune aventure humaine ne pourra jamais décevoir…

C'est mieux que je ne pensais. Du Cervantès. Et plagiaire, avec ça !

Elle tape du pied avec colère.

— Qu'est-ce que tu veux que je fasse avec des cigales ?

Florian est un peu embarrassé.

— Enfin, tu viens de faire encore un homme heureux, ma chérie. Ça compte, tout de même.

Ça va un peu mieux. Elle aime faire du bien.

— Il n'y a que toi qui me comprends, Florian. Je me demande si ce n'est pas ça, le vrai, le très grand amour : deux êtres qui ne se rencontrent pas.

— Oui, ça peut être très beau.

Je suis moi-même assez ému. Je ne m'étais pas rendu compte que j'ai vécu un très grand amour, de mon vivant : je n'ai jamais rencontré la femme de ma vie.

Je médite sur mon bonheur passé lorsque Lily pousse un cri. Ce que je vois est tout à fait ahurissant : Florian est en train de pleurer. Oui, et pour une fois, ce n'est même pas avec les larmes des autres.

— Florian ! Tu pleures ? Toi !

— Chienne de vie ! gueule Florian. J'en ai marre, parfois.

— Mais enfin, qu'est-ce qu'il y a ?

— Qu'est-ce qu'il y a, qu'est-ce qu'il y a... Il y a des moments où je voudrais... enfin, où je voudrais pouvoir, moi aussi... À force de les observer... ça finit par vous donner des idées, quoi !

— Tu voudrais ? Tu voudrais pouvoir ?

— Ben, quoi, personne n'est parfait.

— Oh, Florian... Il ne faut pas !

— J'te dis pas que je voudrais être un homme. Ça, non, merci. Mais ils finissent par m'énerver, voilà.

— Il ne faut pas les envier.

— Tout ce que je dis c'est que ça a l'air drôlement bon. Il n'y a qu'à voir les têtes qu'ils font.

— Mais ils passent si vite ! Un homme, Florian, tu le sais mieux que personne, ça ne fait que passer. Ça se retire presque tout de suite. C'est d'un éphémère ! Ils parlent toujours de bâtir pour mille ans, mais lorsqu'ils se mettent à l'ouvrage… Mille ans ! Ils me font rire.

— Oui, je sais, toujours ce rêve de durée… C'est un signe clinique bien connu. Tous des impuissants.

Il est tout à fait rasséréné, à présent.

— Ils parlent d'extase, de paradis, de bonheur inouï, et puis ils font glou-glou et se renversent sur le dos.

— Ils appellent ça vivre ! Enfin, ma chérie, c'est leur petit bénéfice.

Je me suis approché de Lily, malgré moi. Dans mon état, je devrais me tenir tranquille, c'est fait pour ça, mais non, c'est plus fort que moi. Je suis irrésistiblement attiré par elle. C'est héréditaire chez nous autres, rêveurs du ghetto. Nous sommes connus pour notre amour des abstractions. Florian me jette un coup d'œil ironique.

— J'aurais dû m'en douter. Dès qu'on parle de bénéfices…

Je ris.

— N'est-ce pas ? lui dis-je. Au fond, ils auraient dû bâtir une Bourse ou une banque sur les ruines d'Auschwitz. Ça nous aurait ressuscités.

XXX

Schwarze Schickse (suite)

Je viens plus près. Lily ne fait aucune attention à moi. Elle n'a même pas souri. Pourtant, il me semble que c'est assez drôle, ce que je viens de dire. C'est dans la meilleure tradition de l'humour du *Schwarze Schickse*, qui fut incontestablement le meilleur cabaret yiddish et qui était devenu célèbre dans le monde entier depuis notre premier et grand succès de rire, *L'Amour universel*, l'œuvre sans doute la plus connue de tout le répertoire juif, dont Charlot s'était beaucoup inspiré.

Florian semble amusé. Il me menace amicalement du doigt.

— Monsieur Cohn, vous commencez à nous irriter, avec vos plaies et bosses. Qu'est-ce que vous voulez ? Qu'on bousille cent millions de Chinois uniquement pour vous prouver que nous ne sommes pas antisémites ?

C'est assez drôle, mais non, Lily ne nous écoute même pas. Elle a pris un livre, *Les Grands Cimetières sous la lune*, d'un écrivain français, et le feuillette distraitement.

— Elle ne s'intéresse pas à la gaudriole, me confie Florian. Elle a en tête de très grandes choses.

Je souris poliment, mais je trouve cela un peu osé. Florian ne devrait pas verser dans le paillard, en présence d'une personne d'un si haut rang.

— Pourtant, ajoute-t-il, il faut bien rire un peu, pour faire passer le temps. L'éternité, ça demande des divertissements, des jeux de société, des farces et attrapes... C'est même ainsi que l'homme a été créé.

Je ne l'écoute plus. Je me rapproche encore un peu plus d'elle. Timidement. Humblement. Je voudrais bien me faire remarquer d'elle et en même temps, j'ai délicieusement peur. Il ne me manque que la badine, le chapeau melon, la petite moustache en brosse et les énormes souliers pour retrouver tout à fait mon personnage.

Florian s'aperçoit de mon manège et prend un air goguenard et même franchement cynique.

— Allez, Cohn, dites-lui au moins bonjour, puisque vous ne cessez de lui faire les yeux doux !

Mais à quoi bon ? Elle ne me reconnaîtra même pas. Elle n'a pas de mémoire.

Lily boude. Elle a posé le livre et son visage a pris une expression morne. La forêt de Geist, autour d'elle, fait des efforts de beauté inouïs, elle ne s'en aperçoit même pas. Des Dürer grand format se dressent devant elle, les primitifs italiens lèchent le paysage, *L'Enterrement du comte d'Orgaz* passe et repasse sous ses yeux, Raphaël fait froufrouter ses chérubins autour d'elle, mais non, rien, elle rêve de réalité et ne prendra pas moins. La petite monnaie de l'absolu ne l'intéresse pas.

— Lily, regarde qui est là. Tu le reconnais? Gengis Cohn. Ton plus vieux client. Ton amoureux fidèle et tendre, toujours prêt à servir. Dis-lui bonjour.

— Bonjour, dit-elle, avec une parfaite indifférence.

J'ai l'impression de mourir encore un peu plus.

— Allons, Lily, tout de même! Tu ne te souviens pas de l'ami Cohn? Après tout ce que tu lui as fait!

— C'était très bon, dis-je galamment.

Elle s'anime un peu. Son regard a cette fixité, cette pénétration, cette façon de vous traverser de part en part sans vous voir typique chez certaines femmes frappées d'impossibilité.

— Comme il est beau! Quel front! Regarde ce front, Florian…

Cette fois, même Florian est choqué.

— Ah non, tu l'as déjà fait! Tu ne vas pas te le taper encore une fois dans l'état où il est? Enfin, Lily, tout de même!

— Regarde ses yeux, Florian…

Je me retourne bien vite pour voir s'il n'y a pas derrière moi un autre soupirant en train de faire la queue, mais non, c'est bien de moi qu'elle veut encore une fois. *Mazltov.*

— Regarde ses yeux, Florian… Quelle profondeur! Comme il serait doux de vivre dans ses yeux, Florian, de s'y réfugier pour toujours!

— Nom de Dieu, en voilà assez! Tu n'as pas honte? *Je te dis que ta l'as déjà fait!*

— Ah?

— Mais oui!

— C'est dommage. Et qu'est-ce que ça a donné?

— Comment, qu'est-ce que ça a donné? Rien. Tiens, je suis scandalisé. Pourtant, je ne m'en croyais pas capable... Enfin, Lily, tu pourrais au moins te souvenir! C'est la moindre des choses!

— Cohn, dis-je timidement. Gengis Cohn. Toujours heureux de servir.

— Connais pas.

— Lily!

Elle prend un petit air buté. Au fond, elle est si gamine!

— Comment veux-tu que je me souvienne de tous?

— C'est une simple politesse!

— Écoute, Florian, vraiment... Tu me parles comme si j'étais une nymphomane... Si je ne m'en souviens pas, c'est qu'ils ne m'ont laissé aucune impression... Ils n'ont rien fait pour moi, ils n'ont même pas levé le petit doigt...

— Lily! Je t'en prie!

— Ils s'en tirent toujours avec une pirouette.

— Ah non, à la fin. Il y en a qui t'ont tout donné! L'autre... tiens... Comment il s'appelait déjà... Celui qui t'aimait tellement... Tu te souviens, tu n'en as fait qu'une bouchée... Un très grand ténor... Tu croyais déjà avoir trouvé chaussure à ton pied...

— Camus? Oui, je me souviens très bien. J'ai lu ses livres. Mais ce n'est pas avec des livres...

— Ça suffit comme ça! Ce n'était pas lui, d'ailleurs... Attends... Un mot de cinq lettres... Ça commence par un J...

J'essaie de l'aider.

— Jules?

— Mais non, pas Jules, sacrebleu, pas Jules du tout... Bon Dieu, je ne connais que ça...

— Jaffe? Celui de la rue Pogromska?

— Mais non... Ah oui, Jésus, Jésus de Nazareth, c'est un nom qui ne te dit rien?

— Bien sûr que si. J'ai dû le lire quelque part.

— Le lire, le lire? Mais enfin, c'était ta plus grande, ta meilleure affaire!

Cette fois, je me mets en rogne.

— Ça suffit! Vous n'allez pas toujours nous accuser de chercher à faire des affaires, nous autres, Juifs! Vous pouvez me dire quelles affaires Il a faites? Des affaires comme ça, je n'en souhaite pas à mes meilleurs amis.

XXXI

Elle a le goût du chef-d'œuvre

Pour la première fois depuis que nous nous
sommes connus, ici même, dans la forêt de
Geist, je vois Florian profondément vexé, scandalisé. Je le comprends. Il est très fier de sa *Crucifixion* et de l'art admirable qui en est résulté.
Au fond, il doit se croire responsable de toutes
les merveilles de la Renaissance. Mais Lily garde
son petit air indifférent, buté. Elle ne s'en souvient pas, na.

— Lily, voyons! Tu en as fait toute une Histoire, rappelle-toi! Cela semblait pourtant t'avoir
fait quelque chose : des cathédrales, une civilisation, les plus beaux chants... Des remords, des
sanglots... Des mortifications!

Je la gronde un peu, moi aussi!

— Rien qu'en bougies, vous vous rendez
compte de ce que vous avez dû dépenser?

Elle en a assez. Elle tape du pied.

— Mais tu m'embêtes, à la fin! Tu ne peux
pas demander à une femme de se souvenir de
tous les hommes qu'elle a aimés d'amour dans
sa vie!

Florian devient blanc de rage. C'est étonnant de le voir reprendre ses couleurs naturelles. Sa voix se fait sourde, toute sa profonde et secrète obscénité de vieux maquereau endurci se manifeste une fois de plus.

— Merde, je sens que je vais me foutre en rogne…

— Il vaut peut-être mieux que je m'en aille, dis-je avec tact.

— Ça y est, toujours prêts à filer, vous autres, quand il y a des coups en l'air.

— C'est par délicatesse. Les scènes de ménage, vous savez…

— C'est ça. Les humanistes, ça ferme toujours les yeux au bon moment, quand elle se montre sous son vrai jour. Après, ils disent : c'est pas elle, c'est les nazis ! C'est pas elle, c'est Staline ! C'est jamais elle, elle n'est jamais dans le coup, pour eux. Vous allez rester ici et tenir la chandelle, Cohn. Rien de tel qu'un voyeur, pour regarder la chose en face.

— Bon, bon, comme vous voulez. De toute façon, j'ai déjà en quelque sorte payé ma place d'avance.

Il est tellement furieux, Florian, tellement surexcité, qu'un petit vent glacé se dégage de lui et me fait frissonner Je serre les fesses. Je les serre au figuré, bien entendu. Je suis un grand abstrait.

— Lily, on peut être un peu distraite, un peu volage, un peu dans la lune, mais quand on crucifie quelqu'un pour fonder sur son dos une civilisation de deux mille ans d'amour et de trésors artistiques, on s'en souvient, nom de Dieu. Tu te déclares toujours déçue, tu les accuses tous — avec raison, avec raison ! — de froideur, de petitesse, mais quand il y en a un qui a vraiment un cœur sans limites et qui te donne la Passion, la vraie, quelque chose d'exemplaire, qui a fait l'admiration du monde entier et a été très suivi, tu ne peux pas ne pas t'en souvenir !

Elle réfléchit, et son visage s'éclaire.

— Oh, c'est vrai, je m'en souviens, maintenant. J'ai beaucoup aimé ça. C'était très joli. C'était d'ailleurs encore plus beau quand ce fut arrangé un peu par Michel-Ange. Mais il était mignon.

— Mignon ? hurle Florian.

— Gentil, quoi. Et quel front ! Quel front ! Il y avait vraiment de la…

— Assez ! Je te défends ! Je t'interdis formellement !

— Il avait de très beaux yeux. Ils devinrent d'ailleurs encore plus beaux lorsqu'ils furent retouchés par la souffrance…

L'espace d'une seconde, je crois que Florian va s'étrangler. Sa respiration devient un sifflement. Son œil de vase prend soudain une expression de noblesse outragée. Je comprends que le Valet redoute le courroux de son Maître.

— Silence ! Censure ! Inquisition ! Police et interdiction…

Lily a les yeux noyés de douceur.

— J'aime les visages expressifs, murmure-t-elle, d'une voix de petite fille un peu rauque, d'une profonde sensualité. La souffrance donne

246

de l'expression, un je-ne-sais-quoi… Il était très beau, sur sa Croix. Cela en valait la peine…

— Je vais faire un malheur ! hurle Florian.

— C'est déjà fait, lui dis-je. Et qui est-ce qui L'avait laissé là-haut deux jours, par souci du chef-d'œuvre ? Vous.

— Ce n'est pas vrai ! Je suis obligé de laisser la nature suivre son cours.

— Un cours comme ça, je ne le souhaite pas à mes meilleurs amis.

Lily l'observe maintenant avec un peu de mépris.

— Tu es un peu inculte, Florian. S'Il n'avait pas souffert, quelle perte pour l'humanité ! Tu ne comprends rien à l'esthétique.

— Lily !

Je vole à son secours.

— Écoutez, il est permis d'avoir des penchants artistiques. Elle a raison. Si vous n'aviez pas fait ce malheur, tous les deux, il y a deux mille ans, quelle perte sèche pour la culture. Pas une icône, vous vous rendez compte ? Pas d'art byzantin, pas de Renaissance, rien. Pas de bonté, pas de fraternité, pas d'amour universel. On frémit à l'idée de ce qui se serait passé si elle ne m'avait pas crucifié. La barbarie !

Florian semble stupéfait.

— Sans blague, Colm ! Vous vous prenez pour qui, à présent ?

Lily secoue ses cheveux de lumière — tout l'art de Florence, de Venise, de Cellini semble la coiffer — avec un étonnement sincère et désarmant.

— Comment ai-je pu l'oublier ? Je m'étais arrêtée là, au passage, je me suis même détournée de mon chemin pour donner des ordres...

— C'était gentil, dis-je. Elle n'avait rien négligé, je vous assure. Chaque clou était planté dans l'œuvre avec un soin amoureux du détail, chaque plaie annonçait déjà Giotto et Cimabué. Le sang coulait à peine, comme ces sources presque invisibles qui deviendront plus tard des fleuves majestueux. Chaque os était désarticulé, on pressentait déjà le génie du gothique. L'exécution manquait peut-être un peu d'ampleur, on sentait qu'un jour ou l'autre, il allait falloir élargir l'œuvre, lui donner des proportions épiques... On a dû attendre vingt siècles, mais on y est arrivé.

J'ai l'impression que Florian commence à se méfier de moi. Il m'observe avec beaucoup d'attention. Mais s'il croit que je vais me promener sous leurs yeux avec une couronne d'épines sur la tête et avec chaque clou à sa place, il est fou. S'ils me voyaient dans cet état, ils s'empresseraient de me remettre à ma place.

Florian hésite un peu. Il passe sa langue sur ses lèvres sèches. Il a raison d'être inquiet. D'abord, il n'a pas d'ordres. Ensuite, il est incapable d'admettre que je serais encore amoureux de Lily, si c'était vraiment moi. Il sait qu'à ma place, il lui en voudrait terriblement. Pas tellement à cause de ce qu'elle m'a fait il y a deux mille ans, mais à cause de tout ce qu'elle a continué à faire depuis.

Il se tourne vers Lily. Elle a aux lèvres un sourire merveilleux. Elle se souvient, pour une fois, il n'y a aucun doute. De nouveau, il me regarde. Je prends un air mystérieux.

Il est tellement inquiet que la voix de Lily le fait sursauter.

— J'étais très émue, Florian. Oui, vraiment. Enfin, presque.

Je sentais pour la première fois quelque chose. Mais il manquait tout de même...

— Quoi? fait Florian, nerveusement. Qu'est-ce qui te manquait encore?

— Je ne sais pas. Un rien...

Elle fait claquer ses doigts. Ça y est, elle se rappelle.

— Ah oui, je sais. *Ce fut trop rapide.* Ça n'a pas assez duré. Ils ont fait ça trop vite, trop brutalement.

Les narines blanches et pincées de Florian émettent des sifflements indignés. Il est tellement surexcité que le petit courant d'air froid qui vient de lui devient un vent de glace.

— Lily, je vais me fâcher sérieusement...

J'essaie de le calmer.

— Il ne faut pas. Elle a un peu raison. Je ne suis resté là-haut que deux jours. Un rien.

— Il était si beau!

Elle réfléchit un moment. Un sourire malicieux monte à ses lèvres.

— Florian.

— Quoi encore?

Un petit air capricieux, mais autoritaire.

— *J'en veux un autre.*

Je crois saisir dans le regard de Florian une trace de terreur.

— Elle était admirable, cette Crucifixion, Florian. J'en veux encore une.

— Q... Q... Quoi?

— *J'en veux une autre comme ça.*

Florian ouvre la bouche d'étonnement, une bouche si large que c'est tout juste si je n'aperçois pas Alexandre le Grand.

— Lily, ce n'est pas possible! J'ai... j'ai mal entendu. Je deviens sourd, sur mes vieux jours.

— Ce sont toutes ces mères qui vous ont abîmé l'ouïe, lui dis-je, rassurant. C'est très mauvais, le bruit.

— Lily, tu n'as pas honte?

Ses lèvres tremblent. Je sens qu'elle est au bord des larmes. Je sais ce qu'il me reste à faire.

XXXII

Le Beau Danube bleu

Imaginez une légende dorée, la plus belle tapisserie du monde, une princesse en train de pleurer dans une sublime clarté et vous comprendrez ce que je ressentais, moi, Cohn, de la rue Nalewki, personnage obscur et insignifiant, ridicule et méprisé, à qui s'offrait soudain une occasion inespérée.

— J'en veux une autre comme ça! Sur une colline, parmi les oliviers, quelque chose de très joli...

Je fais un pas en avant.

— Je serais très heureux si je pouvais vous être agréable.

Florian est indigné.

— Masochiste! Vicieux! Cohn, foutez-moi le camp d'ici, elle vous a assez eu!

Lily me regarde avec attention. Je me sens délicieusement ému. J'ai le sentiment que la civilisation va s'enrichir d'un nouvel apport.

— Je suis à votre disposition.

Florian me lance un coup d'œil complètement écœuré.

— Ça ne pense qu'à s'envoyer en l'air !

— Il paraît que je vous ai déjà fait, dit Lily.

— Tu parles ! siffle Florian, entre ses dents. C'était six millions la passe, sans compter le savon !

Elle m'ouvre ses bras.

— Mais je veux bien danser avec vous. J'adore la valse.

Florian essaie de s'interposer.

— Tu l'as déjà assez fait valser comme ça !

Elle s'approche.

— Oui, mais je lui apprendrai des pas nouveaux…

— Ce sont toujours les mêmes ! hurle Florian. Cohn, filez, pendant qu'il est encore temps ! Il faut être masochiste comme un pot de chambre pour essayer de la satisfaire !

Elle est tout entière tendue vers moi. On peut dire tout ce qu'on veut, elle sait reconnaître un client.

— Venez, monsieur… comment déjà ?

— Cohn. Gengis Cohn, comique yiddish censuré, pour vous servir.

— Venez, monsieur Cohn. Ce sera notre plus belle, notre dernière valse !

Croyez-moi ou non, mais la princesse de légende me prend dans ses bras et au même moment, les violons commencent à donner dans la fosse, dans la fosse d'orchestre, je veux dire, je me dresse sur la pointe des pieds, je prends mon élan…

— *Le Beau Danube bleu*, merde alors ! gueule Florian. Vous n'allez tout de même pas vous faire baiser encore une fois sur l'air le plus éculé du monde !

— Plus près, plus près, murmure Lily. Serrez-moi plus fort... Oui, comme ça...

Une étrange douceur, une ivresse merveilleuse s'emparent de moi. Je chancelle. La tête me tourne.

— Ex... cusez-moi...

Je la lâche, je porte les mains à mon cou, je commence à suffoquer...

— Crétin ! hurle Florian. Cocu ! Humaniste de mes deux !

— Ce n'est rien, dit Lily, c'est *Le Beau Danube bleu*, il vous monte à la tête...

Mais non, c'est d'elle que ça vient, c'est son parfum. Je le reconnais.

— Le gaz... je murmure. Excusez-moi, mais vous sentez le gaz !

— Imbécile ! me lance Florian. Je vous l'avais bien dit ! Des pas nouveaux, tu parles ! Ce sont toujours les mêmes !

Je danse tout seul, à présent. Ce n'est plus la valse. C'est une très vieille danse de chez nous. Lily se met à applaudir.

— Mais c'est très joli ! Qu'est-ce que c'est, ça ?

— C'est la *horà*... la *horà* juive, dit Florian. Ça leur est venu tout naturellement, comme aux chats sur les charbons ardents... Une danse folklorique. C'est les cosaques qui leur ont appris.

Lily bat des mains la mesure.

— Bravo, bravo !

Je ne sais pas ce que j'ai, mais je ne peux plus m'arrêter. Les yeux me sortent de la tête, les vio-

lons vont un train d'enfer, je me vois entouré
d'un public de nazis en chemises brunes tous en
train de battre la mesure, sauf un, qui est occupé
à tirer en riant par la barbe un Juif *khassid*,
lequel rit d'un air engageant lui aussi, tous les
deux tournés vers la postérité.

— Au... au secours! Je ne peux plus m'arrêter!

Brusquement, je me sens saisi par une main
puissante qui me secoue, j'ai soudain l'impression que tout Israël est là jusqu'au dernier *sabra*,
et que c'est tout un pays qui me pousse ainsi à
grands coups de pied au cul vers le passé.

— Bravo, bien fait! me lance Florian. Foutez-
moi le camp d'ici, vous et votre danse folklorique! Le folklore juif, on en a soupé!

XXXIII

Le miracle allemand

Je me retrouve dans les buissons, la tête me tourne encore, le sol se dérobe sous moi, je m'accroche à quelque chose, je retrouve enfin la vue : je constate que je suis en train de serrer entre mes mains la jambe de Schatz.

— Lâchez-moi ! gueule-t-il. Vous ne voyez pas que je suis assez encombré comme ça ?

Je constate en effet qu'il a des ennuis. Il s'est empêtré dans un tas dont la nature exacte m'échappe tout d'abord, mais où je reconnais un bouc, trois tantes, une belle-mère qui en vaut dix, un *Larousse universel* en douze volumes, cependant qu'il essaie de repousser en jurant le petit facteur encore plein de courrier tout chaud. Je voudrais l'aider, mais je suis moi-même assez embêté, je reçois une salière dans l'œil, une pompe à bicyclette me cause des ennuis et je découvre que je tiens dans mes bras la Joconde et que je suis entouré d'objets de culte de toutes sortes, parmi lesquels je reconnais un bouc, une belle-mère qui en vaut dix, trois Bouddhas, deux Staline, six paires de Mao

Tsé-toung bien propres, une tonne de saints avec des auréoles qui dépassent, un *Kama Soutra* illustré avec Marx et Freud dans le même lit sur la couverture, un cure-dent, dix kilos d'art khmer, un de Gaulle, deux paires de culottes Zen, dix-huit complexes d'Œdipe en bon état, *La Marseillaise* de Rude, dix wagons à bestiaux pleins de démocratie, trois périls rouges, un péril jaune tout neuf, un abat-jour en peau humaine de haute époque vendu avec un Vermeer, un cul de Jérôme Bosch plein de pitié, un lot complet de christs de Saint-Sulpice, vingt paires de bottes pleines de souffrance juive, un lot entier de cœurs qui saignent lorsqu'on met une pièce dedans, treize civilisations qui peuvent encore servir, un *La Liberté ou la Mort* complètement détraqué, un baiser au lépreux, c'est d'ailleurs comme ça que le lépreux est tombé malade, cinquante opéras humanistes, un chant de cygne, une larme de crocodile, dix milliards de clichés, un cycliste qui n'est jamais arrivé nulle part et la lévite de mon maître bien-aimé Rabbi Zur, de Bialystok, encore pleine d'œcuménisme. C'est un vrai dépotoir, le subconscient de ce type-là.

Nous essayons de nous dépêtrer. Mais le terrain cède sous nos pieds, c'est mou, c'est sensiblard, c'est tendre, on peut encore bâtir là-dessus pour mille ans.

Schatz est complètement écœuré.

— C'est dégueulasse ! hurle-t-il. Je vous avais bien dit qu'on était tombé entre les pattes d'un obsédé sexuel !

Je regarde Schatz attentivement. C'est vrai. Je pouffe.

— Quoi, qu'est-ce que vous avez à me regarder comme ça?

— Je n'avais jamais remarqué que vous aviez cette tête-là!

Schatz devient furieux.

— Vous avez fini de m'insulter, oui? Vous ne comprenez pas que ce type-là est en train de se foutre de nous?

Je ne peux plus m'arrêter de rire. L'idée que cette fameuse virilité de la race des Seigneurs est parvenue enfin à s'incarner complètement dans la personne de Schatz me remplit d'espoir. Je ne pensais pas que le miracle allemand pouvait prendre de telles proportions.

— Vous devriez essayer encore une fois, lui dis-je. Vous allez peut-être lui donner satisfaction. Vous avez tout à fait la tête qu'il faut. Remettez ça, *mein Führer!* Au fond, la première fois, vous vous êtes retiré trop vite.

— Cohn, vous ne vous rendez pas compte! Ce type-là essaie de nous détruire!

Je réfléchis. J'essaie d'imaginer ce que Rabbi Zur m'aurait conseillé, s'il était encore dans sa lévite. On a toujours prétendu que les Juifs ont un côté destructeur, que leur humour lui-même est une espèce d'agression à main désarmée. C'est possible. Nous sommes un peuple de rêveurs, ce qui fait que nous n'avons jamais cessé d'attendre la création du monde. Plusieurs considérations talmudiques viennent alors à l'esprit. Petit *a*, ce type est peut-être le Messie, qui est enfin venu pour libérer les hommes de leur subconscient et les guider vers la lumière. Petit *b*, nous sommes peut-être en train de patauger dans le subconscient de Dieu qui essaie de se libérer de nous pour avoir la paix. Petit *c*, quelqu'un est en train de créer vraiment le monde et il commence donc par le commencement, c'est-à-dire par balayer tout le fatras qui nous encombre. Petit *d*, ce type-là est un simple salopard.

Je m'efforce ainsi de m'orienter dans la situation, lorsque des éclats de voix me parviennent du côté de la clairière, et je me demande si un malheur n'est pas en train d'arriver à Lily, car il est évident que si une véritable Création est en train d'avoir lieu, l'humanité a tout à craindre. J'écarte les buissons, j'observe ce qui se passe. Florian et Lily sont en train de s'engueuler. Aha! C'est peut-être justement le commencement de la fin. Si l'on arrive à faire perdre la tête à Florian, il est capable de la tuer dans un accès de rage. Je pressens quelque haut et habile stratagème divin. Seulement, il faudra d'abord qu'on me réduise en vol-au-vent. Tant que je serai là, je la défendrai. Elle est ce qu'elle est, mais je ne vais pas me laisser séparer de celle que j'ai imaginée avec tant d'amour. Rien à faire. Qu'ils créent le monde, mille fois d'accord, mais avec elle, pour elle. Elle demande si peu de chose, après tout! Elle veut seulement être enfin heureuse.

Florian est en train de l'engueuler comme un putois.

— Ça suffit comme ça! Essaie les Américains, pour changer! Ils sont encore tout frais! Les youpins, y en a marre! Mais non, tu aimes tes habitudes!

Je suis surpris par cette vulgarité. Lily elle-même hurle, elle ressemble plus à une furie qu'à une princesse de légende. Son visage est défiguré par la haine. C'est même très curieux : ses cheveux si blonds sont devenus noirs. C'est sans doute psychosomatique, mais je suis quand même gêné. Ses traits ont pris un type grec très prononcé, et même gitan, et même pire : elle commence à ressembler à ma cousine Sarah.

— Tu es jaloux! Tu n'es qu'un corbeau rauque qui ne sait plus voler!

— Tu n'es qu'une eau sale où patauge le désir!

— Un croque-mort, un larbin dont l'âme aussi reçoit des pourboires!

— Un mégot froid sur lequel l'Histoire entière a marché!

— Ils sont en train de s'engueuler, murmure à côté de moi Schatz, qui est très perspicace.

Lily se penche vers Florian dans un tel sursaut de haine que les plus belles images de notre patrimoine littéraire me viennent à l'esprit : une panthère prête à bondir, une furie déchaînée, *La Marseillaise* de Rude, le viol des Sabines, Charlotte Corday, l'éternel féminin et cette réalisation suprême de la littérature, les yeux qui lancent des éclairs.

— Tiens! Je te crache à la figure!

— Elle n'est pas contente, remarque Schatz.

— J'aime encore mieux ça qu'un de tes baisers, rétorque Florian.

— Il cherche la bagarre, note Schatz.

Mais il se trompe. Ce n'est qu'une querelle d'amoureux et le couple parfait, le plus uni du monde, ne risque pas encore de se séparer. Ils restent un moment silencieux et puis vont l'un vers l'autre avec un tel élan de tendresse, de ferveur et d'émotion que j'en ai la tremblote : il y aura encore de beaux massacres, c'est moi qui vous le dis.

— Oh, mon Florian, que sommes-nous en train de faire !

— Pardon, ma chérie. Nous souffrons un peu de surmenage. Repose-toi un instant. Assieds-toi un peu sur cette pierre, là. Reprends ton souffle.

— Florian, ai-je été mal faite, mal créée ? Peut-être mes détracteurs ont-ils raison… Peut-être suis-je vraiment un peu frigide ?

Il passe le bras autour de ses épaules, avec une sollicitude infime.

— Frigide, toi, ma chérie ? Qui donc a pu te donner des idées pareilles ?

— J'ai lu un livre. Il paraît qu'il y a des femmes qui n'y arrivent jamais.

— C'est seulement parce que les autres femmes se contentent de très peu, ma chérie. Ce sont celles, évidemment, qui y arrivent toujours. Ne te décourage pas, ma chérie. Continue à chercher. Il faut poursuivre ta quête spirituelle.

— J'ai tellement peur qu'on me prenne pour une nymphomane !

— Que voici donc un vilain mot, ma chérie !

Je ne veux plus jamais l'entendre dans ta bouche.

— Tu n'as pas idée des choses qu'ils exigent, pour se mettre en train !

— C'est toujours ainsi, lorsqu'on manque d'inspiration authentique. Des trucs. Des techniques. Des systèmes. Des idéologies. Des procédés. Ils manquent totalement d'amour. Les impuissants se rabattent toujours sur le vice, ma chérie.

— C'est vrai. J'en viens même à me demander parfois si ce n'est pas un peu dégoûtant, ce qu'ils me demandent de leur faire. L'autre jour, au Viet-nam, ils...

— Remarque, c'est une question de sentiment. Lorsqu'on fait ça sans passion, sans amour, lorsque le cœur n'y est pas, alors là, c'est dégoûtant. Mais lorsqu'on fait cela par idéalisme, lorsqu'on t'aime vraiment, alors, ma chérie, rien n'est dégoûtant, on peut tout faire.

— Tu es gentil avec moi, Florian. Tu es si compréhensif.

— Je suis devenu un peu psychologue, c'est tout. Il ne faut pas avoir peur, ou être étonnée, lorsqu'ils te demandent certaines... caresses. Il faut aider leur virilité à se manifester.

— Tu m'as rassurée. J'ai quelquefois l'impression qu'ils me font faire des choses ignobles.

— C'est seulement parce que tu as la tête pleine de chefs-d'œuvre, ma chérie. Cela t'a rendue un peu... difficile, un peu exigeante.

— Oh, remarque, je fais tout ce qu'ils me

demandent. Tout. Évidemment, je manque d'expérience…

— *Hi, hi, hi!*

Elle m'a entendu. Je n'ai pas pu me retenir. C'était plus fort que moi.

— J'ai entendu un rire, Florian.

— Ce n'est rien, ma chérie, c'est ce garçon que tu as déjà fait, Cohn, Gengis Cohn. N'y fais pas attention. C'est un provocateur.

— Évidemment, je manque d'expérience, je me fais parfois des reproches, j'ai le sentiment d'être maladroite. Il y en a un qui m'a dit l'autre jour quelque chose que je n'ai pas du tout compris, parce que c'était sans doute de l'argot, il m'a dit que je n'étais pas assez cochonne…

— Hé… hum. En argot, ça veut dire être trop pudique, ma chérie.

— C'était un policier. Pourtant, j'aime beaucoup la police.

— La police t'aime beaucoup, elle aussi. Tout le monde t'aime, ma chérie. Tout le monde essaie de te faire plaisir. C'est un peu plus difficile pour toi que pour les autres femmes, parce qu'elles se contentent de très peu. Mais toi, tu as vraiment une très grande âme. Plus une âme est grande et belle, et plus elle a du mal à se satisfaire. C'est dur, ma chérie, c'est très dur, le goût de l'absolu… Du vrai absolu, j'entends. Pas de la petite monnaie qu'ils viennent tous t'offrir….

XXXIV

Le petit absolu

Je suis tellement fasciné par Lily que je ne vois même pas qu'il se passe quelque chose derrière le couple, là-bas, à l'autre bout de la clairière, où la forêt de Geist retrouve toute son épaisseur. Schatz me tire par le bras, et au moment même où Florian fait cette méditation, que je trouve un peu osée, sur la petite monnaie de l'absolu, je vois apparaître un bon bourgeois de Licht, en compagnie d'un étudiant boutonneux, avec des livres sous le bras. Le jeune homme semble en transe : il marche les yeux levés vers les sommets des arbres, avec une expression étrange.

— Oh, papa…

— Baisse les yeux ! Je te défends de regarder ça ! Tu peux bien respirer l'air des bois, puisque le médecin dit que ça te calmera, mais garde les yeux baissés ! Tu es trop jeune pour ce genre de choses ! Finis d'abord tes études. Tu pourras alors épouser une jeune fille bien propre.

Le fiston s'arrête soudain et fixe un point dans l'espace avec un sourire qu'à la lumière de toute mon expérience je ne puis qualifier autrement que d'immensément cochon. Le père est scandalisé.

— Misérable !

— Je ne peux pas m'en empêcher, il y en a un qui me fait signe… Oh, et celui-là ! Regarde celui-là ! Comme il est grand, comme il est beau ! Oh, il s'entrouvre ! Il me sourit !

— Quoi ? Il te sourit ? Ça ne sourit pas, ces machins-là, imbécile. Où ? Fais voir ! Où ? Je ne vois rien. Tu fais une crise de puberté, malheureux !

— Ah la la, il y en a partout, à toutes les branches et de tous les pelages, des blonds, des bruns, et des rouquins… Oh, il y en a un tout doré, qui frise… Oh… Oh… et celui-là, regarde celui-là, papa ! Tu as vu ? Il s'est ouvert largement et il me cligne de l'œil…

Je cherche à voir, moi aussi, et je remarque que Schatz lui-même tend le cou. Ce n'est sans doute pas l'idéal, le vrai, le grand, l'unique, mais quoi, le petit absolu n'est pas à dédaigner non plus. C'est toujours bon à prendre. Ça soulage.

— D'abord, c'est à moi qu'il a cligné de l'œil, et ensuite… Il n'y a pas d'œil, là-dedans ! Tu ne sais pas encore de quoi tu parles ! C'est un effet d'optique ! Tu es obsédé. Tu as trop travaillé la métaphysique !

— Quels jolis cils il a tout autour ! Qu'ils sont longs et soyeux et palpitants ! Regarde, papa, mais regarde donc ! Il y en a toute une flopée !

— C'est du racolage !

— Oh… Il y en a qui sifflent et qui chantent et qui zozotent…

— Qui zozotent?

— Oh, comme ils frétillent, comme ils se tré-moussent... comme ils voltigent et comme ils froufroutent! J'aime beaucoup le rouquin! Ça doit être si bon...

— Baisse les yeux immédiatement! Ne regarde pas le ciel! Tu n'as donc pas honte? Si ta pauvre mère te voyait! Le rouquin, tu dis? Où il est, le rouquin? Je ne vois pas de rouquin.

— Mais si, là, à côté de celui de la négresse... Celui qui fait cui-cui-cui...

— Cui-cui-cui? Ils ne font jamais ça! Ce sont des oiseaux, crétin. C'est leurs petits nids que tu vois... J'avoue qu'ils ont des formes un peu étranges, mais c'est tout!

— Ah, et celui-là, qui me fait miaou, miaou!

— C'est un oiseau-chat. Et sur la voie publique, encore! Je vais porter plainte. Nous ne sommes pas protégés... Non mais, regarde-moi celui-là! C'est de l'obscénité pure!

— Tu as tort d'y penser tout le temps, papa. Schopenhauer a dit que le goût de l'absolu tue.

— Moi? Tu oses me dire ça à moi? Je t'en ferai voir, moi, des Schopenhauer! J'ai tout de même des yeux, tu crois que tu peux me cacher tes cochonneries! Tiens, attrape cette claque! Dégoûtant! Devant son propre père! Allez, oust, à la maison.

Ils s'en vont. Je hoche la tête. Rêveuse huma-nité! Toujours soif d'idéal.

— D'authentiques visionnaires, dit Florian. Tu vois, ma chérie, tu n'es pas la seule à rêver d'absolu. Des besoins spirituels illimités dévorent l'âme humaine… D'ailleurs, j'ai toujours eu un faible pour les rouquines.

— Le petit était mignon.

— Il reviendra, ma chérie. Il sera fin prêt pour la prochaine.

— Florian.

— Oui, ma chérie.

— Je pense beaucoup à Dieu, depuis quelque temps.

— Bien, ma chérie. Je te l'amènerai dès qu'Il se présentera.

XXXV

La Vache terrestre
et le Taureau céleste

Je suis en train de méditer sur la profondeur insondable de l'âme humaine, cet Océan si riche en trésors engloutis qui révèlent parfois leur présence émouvante par de tels remous à la surface. lorsque je me sens tiré par les pieds. C'est Schatz. Enlevez à un Allemand son Juif et il se sent dépossédé.

— Venez voir.

Je découvre que Schatz, complètement affolé par les éléments subversifs en train de rôder autour de nous — le Soleil et la Lune semblent réduits à des proportions et à des fonctions que seul pouvait leur conférer un psychisme trouble et malveillant, manifestement en proie au complexe de castration — je découvre donc que Schatz s'est coiffé de son casque militaire, craignant sans doute quelque nouveau déferlement du ciel sur sa tête. Dès le premier coup d'œil, je constate que le casque n'arrange rien, au contraire. Il ne faudrait point s'imaginer que j'éprouve à l'égard de la proverbiale virilité allemande quelque hostilité insurmontable, mais

lorsqu'elle commence à prendre de telles proportions, j'ai bien le droit de m'indigner. Je sais
bien que Schatz n'y est pour rien et que c'est le
subconscient positivement innommable de cette
crapule sans foi ni honneur qui nous possède et
nous recouvre de son infamie et de ses maladies
honteuses qui en est la cause, mais il n'en
demeure pas moins que Schatz n'a pas à s'exhiber dans un état pareil. Je n'ignore pas non plus
que dans le conte de Gogol, *Le Nez*, l'attribut en
question s'était séparé du visage de son proprié-
taire légitime pour déambuler dans les rues de
Saint-Pétersbourg revêtu d'un uniforme rutilant,
mais d'une part, nous ne sommes pas en Russie
tsariste, nous sommes dans la forêt de Geist, un
haut lieu où souffle l'esprit, et d'autre part je
préférerais avoir affaire à n'importe quel nez
plutôt qu'à Schatz sous son aspect actuel, *tfou,
tfou, tfou*! Je me mets à gueuler.

— Vous n'avez pas à vous montrer dans un
état pareil!

— Qu'est-ce que j'ai?

— Écoutez, Schatz, si vous ne savez pas ce que
vous êtes devenu, vous n'avez qu'à vous tâter!
Vous n'avez pas le droit de faire une tête
pareille, c'est dégoûtant! Vous devriez aller voir
un psychiatre!

Schatz devient vert de rage et je vous jure sur
la lévite de mon bon maître Rabbi Zur, de Bialystok, que c'est une des choses les plus affreuses
que j'aie jamais vues dans ma vie. Je m'accroche
un instant à l'espoir que ce n'est rien, que c'est
peut-être Picasso, mais l'évidence est si réaliste et

si figurative que je me voile la face ! C'est vert, complètement vert ! Une couleur comme ça, je ne la souhaite pas à mes meilleurs amis.

— Parce que c'est moi qui dois courir chez un psychanalyste ? gueule Schatz. Mais c'est vous, Cohn, qui me voyez sous cet aspect ! C'est dans votre tête ! Vous êtes un exemple typique de l'art juif dégénéré, je l'ai toujours dit !

J'ouvre les yeux et me force à regarder. Comme il se coiffe le chef d'un casque, je suis obligé de l'examiner de près, ce qui achève de m'écœurer. Mais au moins, cela me permet de me prononcer.

— Ce n'est pas de l'art juif, je puis vous l'assurer, dis-je fermement.

— Eh bien, parlons-en, hurle Schatz. Je n'ai rien voulu vous dire, par délicatesse, et puis je savais bien que nous étions pris dans une tentative de subversion ! Je n'allais pas me laisser faire par ce terroriste. Mais vous devriez vous regarder, tenez ! Vous devriez vous regarder, je ne vous dis que ça ! Ha, ha, ha !

Je demeure pétrifié. Je porte déjà la main à ma figure pour me tâter, mais non, je ne vais pas me laisser influencer par une brute alcoolique en pleine déchéance, et une déchéance verte, par-dessus le marché.

— Vous avez des hallucinations, lui dis-je avec beaucoup de dignité.

— Moi, j'ai des hallucinations ? Cohn, tâtez-vous, si vous êtes un homme ! Et je vais même ajouter ceci, et j'espère que cela vous fera plaisir : pour être un homme, vous êtes un homme, un vrai, un cent pour cent, il n'y a aucun doute là-dessus, ha, ha, ha, ha !

Je me redresse fièrement. Je prends un petit air nonchalant. Je remue un peu les oreilles, pour me rassurer, mais ce frétillement parfaitement inoffensif a pour effet de plonger Schatz dans une hilarité irrésistible. Il est plié en deux, ce qui est *tfou ! tfou ! tfou !*, absolument effrayant à voir, il pointe un doigt vers mon visage et il a le fou rire.

Je deviens écarlate de fureur et d'indignation. Du coup, Schatz ne rit plus. On dirait qu'il a peur. Il met très vite la main sur ses yeux.

Je suis convaincu. Je n'ai plus aucun doute sur la nature du traitement haineux et terroriste dont je suis l'objet. Et je sais ce que c'est.

C'est de l'antisémitisme, voilà ce que c'est.

— Cohn, je vous jure, ce n'est pas le moment de nous engueuler. Nous sommes tous les deux dans le même merdier. Et ce n'est pas fini. Venez, je vais vous faire voir quelque chose.

Je ne vois pas du tout ce qu'il peut encore avoir à me montrer.

— Ah non ! J'en ai assez vu !

— Venez, je vous dis. Il se prépare quelque chose de terrible.

Il le dit avec une telle conviction que je le suis malgré moi.

Ainsi que chacun sait, la forêt de Geist est un lieu très élevé, situé sur les hauteurs du massif de Licht. En sortant du bosquet, on a une très jolie vue sur la plaine, les champs, avec les fumées de Dachau à l'horizon. Je suis soulagé de constater que le paysage n'a pas changé. Ce type-là n'épargne certes pas les hommes, mais peut-être justement à cause de cela, il semble avoir pour la nature certains ménagements. Les champs, les prairies ne sont souillés par aucun élément psychique douteux. L'air est pur, ensoleillé, la rivière miroite gaiement, tout est propre, en ordre.

La seule chose un peu déroutante est cette activité religieuse dans les champs. Je me rends compte que j'ai dit « religieuse » instinctivement, sans réfléchir, peut-être parce que j'ai toujours été un peu porté vers la mystique, ainsi qu'on a dû le remarquer, mais en fait, la nature de cette activité champêtre échappe à une définition précise. Il est possible que ce soient les robes blanches de nombreux Dominicains mêlés à la foule qui m'aient influencé. En tout cas, il y a là, dans les prés, une foule considérable, à croire que toute la populace de la région a pris la clé des champs. De la hauteur où nous nous trouvons, cela rappelle assez un Breughel, mais l'activité à laquelle se livrent fébrilement tous ces braves gens ne ressemble à rien de connu.

À première vue, on pourrait croire qu'ils essaient de faire sonner une cloche, mais une cloche qui n'est pas là. Car toute cette masse humaine est attelée à une corde sur laquelle elle tire de toutes ses forces et dont l'autre bout, et c'est là que je comprends l'inquiétude de Schatz, disparaît tout simplement dans le ciel.

Je lève le nez, je place une main en visière au-dessus de mes yeux, je scrute le ciel d'un œil perçant, mais l'autre bout de la corde n'est pas perceptible. Le plus étrange, c'est que le ciel est tout bleu, sans un nuage, et alors, à quoi donc, à qui, à quel cou cette corde peut-elle bien être attachée ? Tous ces gens semblent peiner durement, comme s'ils rencontraient de la résistance. S'il ne s'agissait que de décrire le geste, j'aurais dit que ce sont des paysans qui tirent ainsi une vache ou un bœuf récalcitrant vers un pré. Mais ce n'est pas ça. Je n'arrive décidément pas à comprendre ce qu'ils ont en tête, à quoi ils s'escriment ainsi. Ils tirent à hue et à dia, et pourtant l'autre bout de la corde disparaît complètement dans le vide du ciel.

J'essaie d'appeler à mon secours les mânes de mon bon maître Rabbi Zur, mais la Cabale elle-même, à ma connaissance, ne contient rien qui pourrait m'éclairer.

Et ils chantent. Ils tirent sur la corde comme des haleurs et ils chantent et je crois reconnaître le chœur des bateliers de la Volga. Un bateau ? Je n'en vois aucune trace et d'ailleurs, depuis quand les bateaux naviguent-ils dans le ciel ?

C'est alors que Schatz formule une hypothèse. Elle vaut ce qu'elle vaut, mais j'aime encore mieux une hypothèse que rien du tout.

— C'est pour Lily, dit-il.

— Comment, pour Lily ?

— Ils en ont marre. Elle les a assez fait baver, avec ses exigences.

— Bon, et alors ?

— Ils appellent des renforts.

— Des renforts ?

— Écoutez, ils ont fini par comprendre qu'il n'y a que Dieu qui puisse la rendre heureuse, et alors, ils essaient de Le lui amener.

Hum. Je suis assez vexé. Ce n'est rien, mais il fallait y penser.

— Vous comprenez, les prières, les cierges, les supplications, ça n'a jamais rien donné, alors ils emploient la manière forte.

Plus je réfléchis, et plus cette hypothèse me parait plausible. Ce type-là faisait toutes sortes de grimaces, de remous, dans son subconscient, mais il n'a pas pu s'empêcher de montrer le bout de l'oreille. Du reste, plus on s'enfonce dans le subconscient, et plus on est sûr de tomber sur Dieu, là-dedans. Il n'y a qu'à fouiller. Tous les mêmes, ces fortes têtes. Des rêves bleus soigneusement cachés sous les détritus. Des ruines du ciel admirables de beauté. Des temples préhistoriques absolument intacts et qui ne demandent qu'à servir. Je suppose du reste que cela marche dans les deux sens. Plus on s'enfonce dans le subconscient de l'homme et plus on est sûr de tomber sur Dieu, et plus on s'enfonce dans le subconscient de Dieu, et plus on est sûr de tomber sur l'homme.

On n'est pas près de sortir de l'auberge.

Je suis frappé par un point théologique délicat.

— Vous croyez qu'ils vont se plaire ? Dans un cas comme ça, on ne peut forcer la main à personne. Il faut un minimum d'attirance réciproque. Supposez qu'ils soient complètement écœurés l'un de l'autre ? On ne peut pas les tenir, quand même. Ce n'est pas comme si on faisait couvrir une vache dans un pré. Supposez que le cœur n'y soit pas ?

— Je n'en sais rien, dit Schatz, avec abattement. Tout ce que je sais, c'est que cette fille-là, si on ne la satisfait pas, elle va faire un vrai malheur.

D'un autre côté, il n'est pas concevable que Dieu refuse de faire le bonheur de l'humanité, une fois qu'on les met enfin tous les deux en présence dans des conditions favorables. Au fond, jusqu'à présent, il a dû être gêné par l'Église. Il est évident que l'Eglise ne crée pas le climat nécessaire, au contraire. Elle a entouré Dieu d'une telle atmosphère de pudibonderie et elle a une telle sainte horreur du corps et du bonheur physique que même avec la meilleure volonté du monde, la plus belle nature hésiterait à se manifester. L'Église a dû inhiber Dieu complètement. Je parle seulement de notre vieille Église judéo-chrétienne, car dans la *Bodhisattva* un tel accomplissement est expressément prévu et attendu. Il est possible — je ne fais que formuler une hypothèse, car mon bon maître de Bialystok n'étant plus là, je ne puis bénéficier de son aide spirituelle — je dis donc qu'il est possible que notre Église, par cette atmosphère abstraite, étiolée, pudibonde et désincarnée qu'elle a créée autour de Dieu et de Sa vertu, par cette surveillance constante dont elle L'a entouré, ait réussi à Lui donner des complexes, et, sinon à Le rendre impuissant, du moins à L'intimider. Notre vieille Église judéo-chrétienne a peut-être réussi à convertir Dieu lui-

274

même, et à le dégoûter du corps et de ses besoins. On conçoit alors que lorsqu'il s'agit de faire le bonheur physique et terrestre de l'humanité, et non simplement son bonheur posthume, Dieu ait fini par éprouver de sérieuses difficultés et des scrupules, qu'Il soit devenu prisonnier de nos préjugés et de notre culte de la douleur, qu'Il soit ainsi complètement inhibé et n'ose plus se manifester dans toute Sa Puissance. En attendant, Lily souffre dans tout son pauvre corps.

— Il faut peut-être la prévenir, dis-je à Schatz. Il ne faut pas que ce soit un choc. Cela risque de la traumatiser définitivement et elle ne sortira plus jamais du froid.

Schatz est de plus en plus abattu.

— Et supposez qu'elle ne Lui plaise pas? murmure-t-il. Il ne l'a encore jamais vraiment vue sous cet angle. C'est toujours de son âme qu'il s'agissait, jamais de son côté physique. Supposez qu'Il jette un coup d'œil sur elle et qu'Il prenne la fuite?

J'ai beau chercher, je ne trouve rien dans la Cabale qui me permette de m'orienter dans ce nouveau problème théologique.

— De toute façon, même avec une corde au cou, il n'est pas du tout certain qu'Il se laisse convaincre, dis-je. Il vaut peut-être mieux éviter de donner à Lily un faux espoir, laisser les choses suivre leur cours et…

Je suis interrompu par un écho très lointain, mais que je connais bien et auquel je n'ai jamais su résister. Je tourne le dos à Schatz et je retourne bien vite dans la forêt de Geist.

XXXVI

Le son du cor au fond des bois

Un son grave et viril s'élève en effet du fond des bois. Je crois que je suis le seul à l'entendre : nous avons l'oreille particulièrement fine, toute notre histoire est un long exercice de l'ouïe. L'oreille collée au mur du ghetto, nous avons guetté en vain le moindre écho de l'approche des sauveteurs, de l'aide extérieure. Personne n'est jamais venu, mais à force de tendre l'oreille, celle-ci s'est développée et nous sommes devenus un peuple de musiciens. Horowitz, Rubinstein, Menuhin, Heifetz, Gershwin et mille autres doivent tout à nos villages juifs perdus dans la plaine russe : l'oreille toujours aux aguets, nous avons appris à percevoir de très loin le galop de la cavalerie cosaque, le bruit des bottes dans les rues d'Amsterdam, les éternels retours de l'Allemagne, des atamans ukrainiens et de la Sainte Russie. C'est ainsi que nos oreilles ont acquis, depuis la diaspora, des caractéristiques qu'elles n'avaient pas avant : vous avez tous remarqué sur les cadavres des adolescents juifs du ghetto — il y a de très jolis films là-dessus

— des oreilles très développées en forme de feuilles de chou.

Il n'y a donc rien d'étonnant à ce que je sois le seul, pour le moment, à entendre le son du cor. C'est très beau, parce que c'est très lointain. Mais voilà que le son se rapproche, et cette fois Lily l'entend et Florian aussi. Même Schatz, un flic, pourtant, et qui m'a déjà rejoint dans les broussailles, manifeste de l'intérêt. Ce n'est pas encore le Führer, mais c'est peut-être déjà von Thadden. Je vois sur le visage de Lily un petit air rêveur. Elle semble favorablement impressionnée. Le son retentit encore plus près, insiste, se prolonge, s'allonge même, je dirais, avec une espèce de gravité très mâle. C'est du sérieux. Florian semble irrité.

— N'écoute pas, ma chérie. Il se vante.

— J'aime le son du cor le soir au fond des bois, murmure Lily.

— Tout ce que ça veut dire, ma chérie, c'est que la chasse est ouverte… Qu'est-ce qu'ils peuvent bien encore chasser, je me le demande.

Le cor insiste. Un peu lourdement, je trouve. Ça vient de trop près, maintenant, c'est trop évident. C'est là, et ça nous le fait sentir. Je fais la grimace. Mais Schatz est intéressé : ce n'est peut-être pas encore l'idéal, mais ca donne de l'espoir. Comme l'a fait remarquer M. Galinsky, le président de la communauté israélite de Berlin, on voit déjà à la une des titres prometteurs : *La presse juive pourrit l'Allemagne.*

Le cor est à présent si proche que c'en devient gênant.

— Il en joue si bien, dit Lily. J'aime le cor, Florian. Il est si plein de promesses...

— Nous avons déjà essayé la musique, ma chérie. Ça n'a rien donné. Ça n'a pas résolu nos problèmes. Ça trompe l'attente, c'est tout. Le vrai, le grand instrument n'existe pas. Les hommes y travaillent, du reste. Tous les espoirs sont permis. Bientôt, en effet, ils auront un cœur artificiel.

— Ça se rapproche, murmure Lily.

Je la sens sur le point de défaillir. C'est un tableau inoubliable : les sous-bois, les fleurs, le son du cor, tout y est. C'est ainsi qu'on la représente sur toutes les tapisseries, notre princesse de légende.

— Attention, dit Florian. Quand on entend le son du cor au fond des bois, c'est toujours très beau, très prometteur, mais finalement, tout ce que ça veut dire, c'est qu'il y a des chiens féroces.

Le chasseur sort des fourrés. Il tient encore le cor contre ses lèvres. Apercevant Lily, il prend une pose intéressante. Il porte des *lederhosen* et un petit chapeau tyrolien. Un très bel homme, bien proportionné, avec beaucoup de viande là où il faut. L'œil est de velours, d'une rare stupidité. C'est ce qu'en yiddish on appelle une vraie tête de con. Jolies moustaches. Il n'a pas l'air allemand. Il pouvait sortir d'un conte de Maupassant, avec son genre étalon, ou d'une toile impressionniste, avec tous ces beaux mâles à rames, maillot de corps, et grosses moustaches. Lily lui sourit, et le chasseur prend une pose encore plus avantageuse. Il avance un pied, gonfle ses joues, et, le cor fièrement dressé vers le ciel, s'apprête à souffler.

— Cochon, murmure Florian, avec une irritation évidente.

— Quel bel instrument! dit Lily, avec émotion.

Il est flatté.

— Merci, madame.

Très forte voix de basse. Ça sort vraiment de la profondeur même de l'homme, de sa nature profonde.

— Merci de quoi? grogne Florian. Attendez un peu!

Il ne se gêne plus. Le chasseur, qui est manifestement très bien monté, lui est violemment antipathique. Ça se sent tout de suite. Je me demande si Florian n'est pas un peu jaloux, malgré tout.

— Une vraie tête de veau, dit-il, sans même baisser la voix.

Le surmâle ne l'a pas entendu. Il n'a d'yeux que pour Lily. J'ai même l'impression que le cor a blanchi soudain, entre ses mains. Chauffé à blanc. C'est toujours la même chose. Il suffit qu'elle jette vers eux un regard, et ils se croient des surhommes. Il paraît d'ailleurs que les surhommes existent, que Nietzsche n'a pas rêvé en vain. Il y en a eu au moins un qui a tenu ses promesses. Vous l'avez tous lu dans les reportages sur Cuba, à l'époque du dictateur Batista. Ce n'était pas le dictateur, c'était un autre, un vrai, pas du toc. Il s'appelait Julio-le-*superman*, et on pouvait le voir dans ces boîtes, où, à l'époque, on entrait comme au cinéma pour contempler enfin des perspectives surhumaines. Le phénomène était vraiment prodigieux. On lui amenait dix-sept femmes, et avec chacune, il parvenait à l'absolu. Pour bien prouver au public qu'il était un surhomme authentique et qu'il ne trichait pas, il se retirait chaque fois à l'instant suprême, afin que les esprits sceptiques, cyniques, ceux qui sont naturellement portés au doute, des détracteurs-nés qui ne croient pas à la puissance de l'homme, puissent constater qu'il ne trichait pas et que c'est bien dix-sept fois qu'il goûtait à la perfection. Napoléon ou Michel-Ange, s'ils avaient vu ça, ils auraient fait une dépression nerveuse, une crise de petitesse.

Ce que c'est, tout de même, la vraie grandeur.

Le visage de Lily, ses yeux, cette clarté, cette lumière soudaine qui la rend encore plus belle, lorsqu'elle contemple l'instrument de musique admirable et fier du chasseur, est quelque chose que je n'oublierai pas aussi longtemps que je serai mort. J'ai vraiment devant moi notre reine à tous, dans l'apothéose de ferveur et de douce émotion, au moment où elle s'apprête à faire le bonheur terrestre de l'homme. Elle soulève un peu sa robe lourde de chefs-d'œuvre — que de peine, de rêve, d'amour, de labeur patient et de foi ! —, avance parmi les pâquerettes, et, au même moment, comme un signe de quelque bienveillance céleste, dans la forêt de Geist depuis longtemps pourtant privée de son gibier naturel, où l'herbe a repoussé entièrement, vingt-sept Socrate, sept Homère, quatorze Platon, vingt-sept Leibniz, soixante-douze Jean-Sébastien Bach, deux petits Hændel et trois mille quatre cents dieux grecs et divinités hindoues apparaissent parmi les licornes, les temples et les cent quarante-quatre bêtes mythologiques sous la garde de leurs bergers naturels, philosophes, conservateurs de musées et poètes, cependant que mille vautours prennent leur envol, chacun avec un message d'espoir et d'amour dans son bec. Quelle tapisserie, quel chef-d'œuvre, quel *arte*, quelle magie! On dirait que chaque brin d'herbe se remet à espérer.

— Elle va se le taper, annonce à côté de moi le commissaire Schatz, avec, dans la voix, toute la frustration des siècles d'illusion lyrique et d'aspiration.

— Quel bel instrument! murmure encore Lily. Est-ce que je peux le toucher?

Le chasseur est très étonné. Il n'attendait pas tant. Il réfléchit pesamment.

— Mais... comment donc! Très honoré!

— Honoré, honoré, murmure Florian. Pff! Dégueulasse!

Lily touche le cor.

— Quelle belle ligne!

— Vous me flattez, madame.

— Qu'est-ce qu'il tient, celui-là! grince Florian.

— Jouez, s'il vous plaît.

Le chasseur souffle dans le cor. À présent que le son est tout proche, je le trouve affreux. Ça n'a plus rien à voir avec le lointain, la nostalgie, avec l'horizon. C'est là, brutalement, lourdement. La réalité est en train de tuer le rêve. Je découvre que le son du cor ressemble au mugissement des bœufs sur le chemin de l'abattoir, une sorte de profonde bêtise, et que c'est même tout à fait révoltant. Une espèce de beuh-euh-euh de viande de boucherie. Mais ça fait de l'effet à Lily, c'est certain.

— On dirait que le ciel lui-même va enfin répondre, murmure-t-elle.

Elle ne se trompe pas : j'entends des chiens qui aboient dans le lointain.

— Il répond, remarque Florian.

Lily touche le cor, timidement d'abord, de cette main admirable que Leonardo a dessinée, puis se met à le caresser.

— J'aime tout ce qui monte vers l'infini, tout ce qui montre le chemin du ciel…

Le chasseur s'incline avec gratitude.

— J'ai gagné le premier prix du cor au concours de bovins à Saint-Wenceslas… Médaille d'or, madame.

Elle lui prend le bras.

— Médaille d'or ?

— Mais oui, madame.

— Regarde ce front, Florian ! Comme il est haut ! Quelle place ! On dirait un mur offert au génie d'un Giotto, d'un Piero della Francesca !

— Merci, madame.

— Pouah, fait Florian. C'est toujours le même vieux mur et le même vieux trophée.

La princesse de légende effleure le front de ses doigts.

— La marque du destin… C'est un bâtisseur

d'empires... N'entends-tu pas ce silence autour de nous? Le monde retient son souffle. Il va se passer quelque chose d'extraordinaire... Adieu, Florian. Je n'aurai plus besoin de tes services. Quand je reviendrai, tu ne me reconnaîtras plus. Je serai une autre. Transfigurée, apaisée, heureuse, enfin comblée. Tu seras congédié. Il ne te sera plus permis de jeter ton ombre cynique sur la terre... Je monterai très haut, très haut, et je ne redescendrai plus jamais...

— Mets une couverture par terre, ma chérie, il commence à faire un peu frais.

Lily serre le bras du chasseur tendrement et le regarde d'un œil langoureux où brille une étoile juive.

— Une médaille d'or!

Ils s'éloignent. Presque aussitôt, j'entends le son du cor : le chasseur est à son affaire. C'est très beau, très mâle, ça vibre, mais c'est assez bref. Un moment de silence, puis le son du cor s'élève une fois encore : c'est une belle nature, mais ça tremble un peu, on sent l'effort. L'inspiration authentique n'y est pas. Du talent, certes, des possibilités, mais pas ce génie sublime qui pourrait donner à Lily une réalité à la mesure de sa nostalgie. J'attends. Cette fois, le silence est beaucoup plus long. Le génie s'essouffle. Il doit tirer la langue, suer à grosses gouttes, attendre en vain l'aide du ciel. Je fais la grimace. Hum. Nous sommes loin du chef-d'œuvre vécu, atteint, donné et possédé. Des dons naturels incontestables, mais ça ne va pas très loin. Du déjà vu. Il parait que si vous lisez Mao Tsé-toung, ça multiplie vos moyens, vous devenez champion du monde de ping-pong, mais ça m'étonnerait que même sept cents millions de Chinois bille en tête puissent y arriver. Attention, ne me faites pas dire ce que je ne dis pas : je ne dis pas qu'elle ne peut pas, qu'elle est frigide, je dis que c'est nous qui n'avons pas ce qu'il faut, Marx ou pas Marx, Freud ou pas Freud, Mao ou pas Mao. Il faut le Messie. Le vrai. Doué de vrais moyens. Il viendra. C'est moi qui vous le dis. Il faut patienter. Le Messie viendra. Il se présentera, il la prendra par la main, et il lui donnera enfin ce qu'elle attend depuis si longtemps. Ça sera la fin de la quête, de la frustration, de la nostalgie. Il est même possible qu'il y ait quelques survivants, il ne faut pas être pessimiste.

Puis le son du cor retentit pour la troisième fois. Il fait un très beau départ, ça monte, ça vibre, ça mugit, c'est peut-être un peu nerveux, un peu saccadé, même un peu, comment dire, *voulu*, mais enfin, ça dure, ça resplendit... L'énergie du désespoir. Hélas! Trois fois hélas! Je fais la grimace. Le son baisse, cafouille, hoquette, s'étrangle et finit brusquement dans une espèce de borborygme minable. Florian hoche la tête et sort son couteau.

— Et voilà. C'est comme ça. À l'impossible nul n'est tenu, ou si vous préférez, les plus belles choses du monde ont une fin.

XXXVII

Le bouc et la Joconde

Il s'en va et je me sens un peu triste à l'idée que l'espoir ne sera jamais qu'un son du cor au fond des bois et j'essaie d'élever mes pensées vers Celui que Rabbi Zur m'avait désigné avec tant d'amour d'un doigt accusateur et je me demande si je ne devrais pas faire quelque chose de positif et aller aider les autres à tirer sur la corde, au lieu de me lamenter sur le destin de Lily, lorsque je vois le baron von Pritwitz et le comte von Zahn sortir des fourrés. Je comprends aussitôt que les événements se précipitent, c'est-à-dire que les choses se gâtent, et que ce terroriste qui nous entoure de tous côtés est fermement décidé à nous expulser, à nous vomir, avec toutes nos années-lumière et nos petits besoins, afin de pouvoir enfin lire tranquillement son journal. Les natures d'élite semblent susciter tout particulièrement sa rancune et son hostilité. Le baron von Pritwitz, par exemple — pourtant, il n'avait strictement rien fait sous les nazis, rien, absolument rien — est dans un triste état. Ses vêtements sont couverts de sang, ce qui ne serait encore rien si son nœud papillon n'était défait. Il tourne en rond sur lui-même, au comble de l'horreur, ce qui est assez compréhensible, puisqu'il est en train de baigner littéralement dans le sourire d'un Juif *khassid* de soixante-dix ans qu'un soldat allemand tire par la barbe en souriant à belles dents lui aussi, en compagnie d'autres soldats tous en train d'entourer le Baron et sa nature d'élite de leurs sourires, tous en train de poser pour la caméra que la Joconde tient dans ses mains.

— Je n'y suis pour rien! hurle le Baron, en essayant de se libérer de ce sale sourire juif qui est en train de souiller ses vêtements. J'étais retiré tranquillement dans mon château!

— Tenez bon, cher ami! braille le Comte. Il convient avant tout de garder notre sang-froid!

Je ne vois pas du tout pourquoi ils s'inquiètent tellement, puisque non seulement ils gardent leur sang-froid mais qu'ils en sont même couverts des pieds à la tête.

Je remarque que le Baron a les bras chargés de Stradivarius, j'en compte au moins vingt, et que le Comte, bien qu'il soit déculotté et en train de se défendre contre un bouc noir et une salière particulièrement mal intentionnés, réussit néanmoins à garder dans ses mains une culture en excellent état, complète en six volumes, avec inventaires, nappes et serviettes, et qu'il regarde sans frémir le poing juif en train de sortir sous son nez d'une bouche d'égout.

— C'est affreux! souffle le Baron d'une voix expirante où traîne encore la trace d'une fugue de Bach. *Ils* reviennent!

— Il faut faire quelque chose ! hurle le Comte.

— Oui, mais quoi ?

— Il faut faire quelque chose d'énergique !

Le Comte jette autour de lui un coup d'œil prudent.

— On ne peut pas faire ça ! murmure-t-il. C'est encore trop tôt, et d'ailleurs il n'y en a plus assez !

— Mon Dieu, se lamente le Baron, mais enfin, ces Arabes, qu'est-ce qu'ils font ?

Son visage s'éclaire soudain d'une ultime lueur d'espoir. Il a une idée. Ça commence toujours comme ça.

— Il faut à tout prix nous réconcilier avec eux ! Cher ami, ce portrait...

Le Comte est en train de se défendre contre le bouc et la salière, mais il n'a pas lâché sa culture. On ne peut qu'admirer. Le bouc, d'ailleurs, change brusquement d'idée et s'attaque à la Joconde, laquelle ne demande que ça.

— Quel portrait ?

— Le portrait du Juif Max Jacob que les nazis ont exterminé, peint par le Juif Modigliani, qui est mort tout seul, tellement il était pressé ! Il suffit de le leur acheter, pour qu'ils sachent enfin que l'Allemagne ne recule devant rien et que nous sommes prêts à oublier ! Vite, cher ami, courons ! Il y a encore de la place dans nos musées !

Ils essaient de se dépêtrer, le Comte tente de récupérer la Joconde, le bouc est furieux, c'était déjà presque le moment de vérité, le Baron lui assène un coup de Stradivarius sur le crâne, la culture se défend, je ne sais ce qui est au juste le bouc et ce qui est la culture, là-dedans, cependant que le tout baigne dans le sourire lâche du vieux Juif *khassid* qu'un bouc tire par la barbe sous les yeux d'autres boucs tous souriants et tournés vers la culture et la postérité.

J'ai brusquement l'impression de me répéter. Je ne sais si vous voyez exactement toutes les implications de *se répéter*. De toute façon, si ce que je fais ne vous plaît pas, allez à côté, chez le concurrent : ce ne sont pas les boîtes de nègres et les restaurants vietnamiens qui manquent.

Je suis des yeux les deux aristocrates, qui ont réussi enfin à se dégager et qui disparaissent dans la forêt de Geist. Je comprends le désarroi qui s'empare des natures d'élite lorsque à la Bourse les valeurs spirituelles s'écroulent complètement. Mais ils ont tort. C'est au moment de la chute, lorsque les cours sont les plus bas, qu'il faut acheter. Il est vrai qu'aucun d'entre nous, à Auschwitz, n'avait prévu le miracle allemand. On aurait pu miser là-dessus et nous en tirer, au moins sur le plan financier. Hitler nous avait offert sur un plateau d'argent l'occasion de faire une affaire et nous sommes passés à côté. Nous ne sommes pas aussi malins qu'on le dit.

Le poing juif est toujours là. Je commence à me demander si ce n'est pas moi qu'il vise également, si ce type n'est pas encore plus enragé que je ne l'imaginais. Mais non. Ça doit être un monument. Je décide de m'en approcher pour voir ça de près, lorsque j'aperçois Lily et Florian qui reviennent. Lily ne semble pas aussi indifférente qu'avant, au contraire, elle a l'air encore plus désespérée. Enfin, c'est tout de même mieux que rien, au moins elle a senti quelque chose. Florian tient le cor à la main, il collectionne les trophées, cet animal.

— Il faut nous dépêcher, ma chérie. Le train part dans une demi-heure, le docteur Spitz nous attend, ne l'oublie pas. Quel homme miraculeux ! Rappelle-toi la femme du monde qui exigeait toujours qu'on frappât à la porte, pendant... Sept coups brefs, un long. Et celle qui ne s'ouvrait au bonheur que dans le métro, à l'heure de pointe ? Et celle qui ne pouvait monter au ciel que dans les ascenseurs, et l'autre à qui il fallait presser tendrement un revolver contre la tempe, pour l'encourager ? Insondables sont les mystères et les profondeurs de l'âme ! Eh bien, elles sont toutes rentrées dans l'ordre, ma chérie. La science humaine a une réponse à tout. On y parviendra.

Elle n'y croit plus. Elle parle d'une voix à peine perceptible, mais qui n'est pas encore celle de la résignation, qui reste malgré tout une voix humaine.

— Je croyais qu'il suffisait seulement d'avoir un cœur.

— Bien sûr, ma chérie. Le docteur Spitz mentionne le cœur très favorablement dans sa préface.

— Il en parle comme du foie ou de la rate !

— Eh bien, tu vois qu'il ne le sous-estime pas.

— Et puis zut, je ne veux pas qu'on parle seulement du cœur dans une préface !

289

— Je t'assure que la science te résoudra entièrement, ma chérie. Elle fait de tels progrès... Tu vas voir, ils vont même inventer quelque chose de tout à fait nouveau... Ils vont inventer l'amour.

— Tu crois vraiment?

— Mais voui. Ce n'est plus qu'une question de crédits. Oui, l'amour. Pas seulement ce phénomène déplorable qui fait que la terre pullule de moustiques, de scorpions, d'araignées, de couleuvres, d'hyènes, de chacals et de Chinois. Tu vas t'épanouir, ma chérie.

XXXVIII

L'amour, ça se fait tout seul

Ça y est, il ne manquait que le petit peuple! C'est en effet sur cette parole prophétique que Johann arrive avec un bidon d'essence. Dès qu'il aperçoit Lily, c'est comme si la princesse de légende, la madone des fresques était descendue de sa tapisserie illustre pour se rapprocher des humbles. Il en frémit, le Johann, il enlève son chapeau de paille, il le presse contre son cœur, il s'incline respectueusement, un sourire de douce imbécillité lui fend la gueule et ses yeux s'emplissent d'une telle expression d'espoir et d'attendrissement que les petits oiseaux se mettent à gazouiller, les fleurs grandissent à vue d'œil, les sources chantent quelque chose de tout à fait virgilien, la terre entière semble touchée d'une sainte simplicité, la nature a la tripe populaire, la terre sait reconnaître les siens.

— Tiens, le jardinier, grommelle Florian.

— Oh, madame!

Lily, pour une fois, ne paraît pas bien disposée.

— Qu'est-ce qu'il me veut, celui-là?

— Comment, qu'est-ce qu'il te veut? C'est une démocratie, il a bien le droit de mettre son bulletin dans l'urne!

— Ah non, pas lui!

Florian est choqué.

— Lily, ça n'est pas bien. Si tu te mets à discriminer, maintenant!

— Non.

— Écoute, enfin, Lily! Tu exagères! C'est le peuple! C'est bon, c'est même bon marché, c'est sacré, c'est louable... Ça ne se discute pas, ça se prend! Et puis, là, on ne le remarquera même pas. C'est bien vu.

— Non.

Johann se rétrécit tout entier. Son visage prend une expression outragée, blessée, ses paupières se mettent à battre, il va pleurer, c'est le désarroi, la détresse, l'humiliation. Il me fait de la peine. Je trouve que Lily n'a pas le droit de mépriser le petit peuple. Elle a tort de s'attacher aux individus. Elle devrait essayer les masses. Elle y trouverait son compte, j'en suis convaincu.

— Pourquoi pas moi? se désespère Johann. Pourquoi tout le monde, et pas moi?

— Non.

— Lily, qu'est-ce que c'est que ces inhibitions?

— Mais enfin, qu'est-ce que j'ai fait au bon Dieu? gueule Johann.

— Je ne veux pas, là.

— Tu as un préjugé de classe, Lily, ce n'est pas possible!

Elle tape du pied.

— Le peuple, toujours le peuple, j'en ai assez !

— Mais c'est là que se trouve le véritable génie, ma chérie ! Il faut l'aider à se dégager, lui donner une chance. Jésus était le fils d'un charpentier, il est sorti de rien ! Il faut renouveler les élites !

— Zut.

— Je vous en prie ! Je vous en supplie !

Il tombe à genoux, le Johann. Il joint les mains.

— Je veux y passer comme les autres ! Je suis prêt ! Je suis propre ! Je me suis lavé les pieds !

— Oh, Lily, tu entends ? Il s'est lavé les pieds. C'est touchant.

— Je ne veux pas, là.

— Mais je ferai tout ce que vous voudrez ! Je ferai n'importe quoi ! Je tuerai pour vous autant que vous voudrez ! J'obéirai aux ordres ! Je marcherai au pas ! Je ferai vingt ans de service militaire, s'il le faut ! Je suis volontaire pour tout ! J'irai me faire tuer n'importe où, pour n'importe quoi ! Vous pouvez tout me demander, vous le savez bien ! Je me laisserai faire ! Je vous aime !

— Lily, il ne faut pas mépriser les petits. Ce n'est pas gentil.

— Je suis un fils du peuple !

— Allons, Lily, un beau geste pour le peuple !

— Même qu'en ce moment, je suis socialiste !

— Tu entends, Lily ? Il est socialiste ! Il y a vraiment droit.

— Crotte.

Johann se met à sangloter. Il se fourre les poings dans les yeux.

— Mais pourquoi? Qu'est-ce que j'ai de dégoûtant? Je ne veux pas me sentir rejeté. C'est injuste! Moi aussi, j'ai une maman et qui aime bien son fils!

— Tu entends, Lily? Tu ne peux pas faire ça à sa maman.

— Flûte.

— Pitié, j'ai envie, moi aussi!

— Lily, tu ne peux pas traiter ainsi un être humain.

— Mais qu'est-ce qu'il se croit, celui-là? Il me prend pour qui? J'suis pas un métro, à la fin.

— Mais pourquoi? se lamente Johann. Dites-moi au moins pourquoi tout le monde, mais pas moi. Je vais être la risée de tout le village.

— C'est tout de même incroyable, on dirait qu'ils me prennent pour une nymphomane!

— Mais non, mais non. Ils veulent tous faire ton bonheur, ma chérie.

— Oui! Oh oui! Je veux vous donner du bonheur! Je ferai n'importe quoi!

Cette fois, elle a l'air intéressée.

— N'importe quoi?

— Oui! Tout! Je ne reculerai devant rien! N'importe quoi! Vous n'avez qu'à commander! J'ai une envie! Une envie!

— Tu entends, ma chérie? Ce garçon a envie de bien faire.

Lily est touchée. Elle a un petit sourire gentil. Au fond, elle n'aime pas faire de la peine.

— Bon, allez-y.

Johann se lève. Il hésite un peu.

— Eh bien, ne restez pas à me regarder !
Allez-y. Faites-nous voir ça. Mais que ce soit beau,
au moins.

— Tout seul ?

— Oui. Tout seul.

— Bon. J'y vais.

Il saisit le bidon et s'asperge d'essence. Je suis
assez étonné. Lily aussi.

— Tiens, dit-elle avec curiosité. Je ne connaissais pas ce truc-là.

Johann prend dans sa poche une boîte d'allu-
mettes. Il sourit.

— Vous allez être fière de moi !

— Très bien, très bien, dit Florian. Mais allez
faire vos cochonneries un peu plus loin.

Johann s'élance dans les buissons. Aussitôt, je
vois les flammes. Il brûle très bien. Lily bat des
mains, comme une gosse.

— Oh, Florian, regarde ! Quel feu, quelles
flammes !

Florian est favorablement impressionné.

— Oui, il a su s'exprimer, celui-là. Tu vois, ma
chérie, il ne faut jamais mépriser les petits. Ils
ont parfois de grandes ressources intérieures.

Les flammes s'éteignent assez vite. Lily regarde
un instant la fumée noire et pleure. Florian lui
prend la main.

— Il ne faut pas pleurer, ma chérie. Il paraît
qu'on ne souffre pas, qu'on éprouve même une
véritable volupté… Ne pleure pas.

Mais elle est inconsolable :

— C'est déjà fini! Si vite! Oh! Florian, pourquoi ça dure toujours si peu de temps?

— Hélas, ma chérie. Mais ne t'en fais pas. Il y
aura d'autres braves garçons pour entretenir la
flamme sacrée. Viens, mon enfant. Nous allons
observer là-bas une minute de silence, c'est
l'usage. Il faut encourager le sentiment. Viens,
ma petite reine.

Il la pousse gentiment vers les lieux exemplaires.

J'hésite un peu, mais non, le feu ne prendrait
pas, je n'ai plus ce qu'il faut. Je dois me contenter de lui offrir ce qui me reste : mon espoir, l'espoir qu'un jour, elle sera créée. Par Dieu, ou par
les hommes. Je voudrais tellement être là, lorsqu'elle naîtra enfin, lorsque l'humanité sortira
enfin de l'Océan originel où elle rêve confusé-
ment en attendant depuis si longtemps sa naissance. J'aime l'Océan, et j'attends tout de lui. Il
est tourmenté, tumultueux, il se fait mal à tous
les rivages. C'est un frère.

TROISIÈME PARTIE

La tentation
de Gengis Cohn

XXXIX

Le bouquet

Quelque chose de louche est en train de se passer. Depuis un instant, je sens peser sur moi une menace sournoise, dont je ne parviens pas immédiatement à reconnaître la nature. L'impression d'être chez moi, complètement en sécurité, entouré d'amitié, de bonté et de gentillesse. Il y a longtemps que je ne me suis senti tellement à l'aise, confiant, bien vu et bien reçu. Les persécutions sont terminées, je ne rencontre partout que tolérance, compassion et amour.

Bref, on me prépare quelque vrai tour de cochon. J'éprouve un tel sentiment de quiétude que toute mon angoisse et ma méfiance reviennent d'un seul coup. Mon instinct de conservation s'éveille, je me mets immédiatement sur mes gardes. Je regarde autour de moi avec la plus extrême circonspection. La forêt rayonne d'esprit œcuménique, je ne vois partout que tolérance et sympathie, on dirait que chaque branche est une main tendue, je baigne dans la bienveillance et l'acceptation, on m'invite, on me cajole, on m'adresse des petits clins d'œil complices, on me fait « Camarade ! », et je comprends aussitôt ce que c'est : *ils sont en train de passer aux nègres, ces salauds-là*. Et, bien entendu, on me fait une place, la forêt de Geist résonne de l'air le plus enivrant et le plus fraternel de tout le répertoire raciste : « *Viens avec nous, petit !* »

Tfou, tfou, tfou. C'est le bouquet. La fraternité, il ne manquait que ça. Physiquement, on peut m'assimiler tant qu'on veut : il suffit de bien viser ou de tirer dans le tas. Mais l'idée que je puisse me laisser *fraterniser*, ça alors, c'est une des choses les plus drôles que j'aie entendues depuis deux mille ans.

Je connais la musique, j'ai goûté de la chanson. Exécuté, passe encore, mais exécutant ! Ils ne m'auront pas. Je ne vais pas me laisser recruter.

Je me mets immédiatement en position historique d'autodéfense, l'œil noir et traître, l'oreille en feuille de chou, le nez bossu et recourbé, la patte velue, le dos servile, la lippe libidineuse, conforme des pieds à la tête à tous les chefs-d'œuvre d'art sacré, et je place la main droite sur mon étoile jaune. Je leur fais mon meilleur numéro de *Schwarze Schickse*, celui de Judas-traître, ils ne vont quand même pas renoncer à vingt siècles de chefs-d'œuvre et d'amour chrétien uniquement pour m'avoir avec eux ?

Je suis en effet en butte à une tentation d'intoxication particulièrement dangereuse et à laquelle de nombreux Juifs se sont laissé prendre, ce qui fait qu'on n'en a plus jamais entendu parler. Il ne s'agit plus de nous supprimer physiquement, mais moralement, en faisant de nous des hommes à part entière, et en nous faisant ainsi endosser la responsabilité collective, ce qui aurait, parmi d'autres conséquences terribles, celle de nous rendre aussi responsables de notre propre extermination.

Lorsqu'on sait, par exemple, que l'Église catholique vient de décréter que les Juifs ne sont pas coupables de l'exécution de Jésus, paix à Ses cendres, et que l'on affirme en même temps que tous les hommes y compris nous sont des frères, il faudrait être un imbécile pour ne pas comprendre ce que cela veut dire : on cherche à nous rattraper par l'autre bout. Si tous les hommes sont des frères, on veut de toute évidence prouver par là que les Juifs sont responsables de la mort de Jésus, paix à Ses cendres. C'est cousu de fil blanc.

Bref, on ne m'aura pas. Je ne vais pas me laisser fraterniser. Les Juifs ne sont pas des hommes à part entière, vous nous l'avez assez dit et il est un peu trop tard pour tenter de nous reprendre cette dignité que vous nous avez consentie.

On veut me compromettre, me déshonorer. On veut me mettre Auschwitz et Hiroshima sur le dos.

Je vais vous dire ce que c'est, toutes ces mains fraternelles qui se tendent vers moi de tous les côtés. C'est de l'antisémitisme, voilà ce que c'est.

Je ne me suis pas trompé. Car à peine ai-je fini de me dépêtrer de la Culture qui venait de me tomber dessus avec un brin de causette, deux chants d'amour, mille tonnes de pitié, cent grammes de pardon, vingt-deux sorts les plus beaux, les plus dignes d'envie, un milligramme d'honneur, un rien de napalm, six paires d'électrodes pour testicules algériennes, un Oradour-sur-Glane, trois rois mages en train de voler des cadeaux, un Messie en train de fuir à toutes jambes, une Joconde la bouche encore pleine et un bidon d'essence mais il en faudrait bien davantage, lorsque je vois Schatz bondir en plein milieu de la forêt de Geist, revêtu d'un superbe uniforme de la nouvelle Wehrmacht, paix à nos cendres. À propos, saviez-vous que jusqu'au dernier moment il y en avait parmi nous qui ne croyaient pas que les Allemands feraient vraiment ça ? On croyait qu'ils étaient seulement antisémites.

Je me plaque au sol, je fais le mort.

— Cohn, où êtes-vous ? Une nouvelle formidable ! On vous a pardonné ! Le gouvernement Kiesinger va se déclarer en faveur d'une immigration massive de Juifs du monde entier en Allemagne. Il n'y en a que trente mille, actuellement. Ils ne sont pas assez nombreux pour nous fournir un but, une idéologie, une mission historique. Il nous en faut au moins un million pour que l'âme allemande sorte de son sommeil. On sent aujourd'hui en Allemagne une apathie, un manque d'idéal qui font peine à voir, il faut absolument que les Juifs reviennent. Si Israël accepte de les laisser partir, nous sommes prêts à les échanger contre des camions !

Il ne m'a pas vu, mais tous les autres s'y sont

mis. Je savais bien que la forêt de Geist en était pleine, qu'ils étaient tous tapis là-dedans, avec leurs Stradivarius, à me jouer leurs petits airs fraternels, mais jusque-là, ils avaient de la pudeur, ils ne faisaient que me caresser. À présent! C'est bien simple : même le bouc s'y est mis. Je me défends, je gueule, je mets les mains sur mes fesses, je refuse de me laisser fraterniser.

Le plus triste, c'est que les Juifs s'y appliquent autant que les autres. Ils sont tous autour de moi, furieux, indignés, et ils essaient de m'arracher mon étoile jaune, avec un culot inouï, une vraie *yiddishe hutzpé*, je n'ai jamais tellement aimé les Juifs non plus, soit dit en passant, ils ont quelque chose d'humain, ces salauds-là, et puis, quoi, ils m'ont déjà causé assez d'emmerdements.

— Cohn, tu es complètement *michougué*? Ils te proposent la fraternité et tu refuses ça? Lâcheur! Planche pourrie! Judas!

Ils sont terriblement excités, les Juifs, furieux contre moi, et même haineux. Ils seraient devenus antisémites que cela ne m'étonnerait pas. C'est déjà la fraternité qui agit. Ils sont Juifs depuis si longtemps, ils en ont assez bavé, ça finit par les rendre parfois racistes.

— Cohn, on n'a pas le droit de refuser la fraternité! À genoux, que ça s'accepte, et larme à l'œil!

— Mais ça ne vaut rien, leur truc! je gueule. C'est dégueulasse! C'est pourri, c'est plein de sang, c'est plein de cadavres! On va se faire rouler!

— Prends, salaud! On ne discute pas la fraternité! Ça s'accepte les yeux fermés! Prends-la!

Le bouc est tout à fait déchaîné. Je me défends, je tourne sur moi-même, je me croise les mains derrière le dos, je lui donne des coups de pied.

— Prends ce qu'on te donne et dis merci ensuite! Allez, prends!

— Rien à faire! je hurle. Je n'irai ni au Vietnam, ni en Chine, ni en Algérie, je ne suis pas preneur!

— Allez, prends! *In the* baba!

— Nnnon! Ça ne vaut pas un sou, leur fraternité!

— Ça se peut, mais ils te la donnent pour rien.

— Comment, pour rien? La responsabilité collective, ça coûte les yeux de la tête! J'accepte leur truc, et aussitôt j'ai du sang sur les mains!

— Mais non, tu ne comprends pas ce que c'est, la fraternité, tu n'as pas l'habitude. Ça ne fait pas mal du tout, une fois que c'est dedans. On ne sent plus rien, on est du côté du manche!

Je n'arrive pas à comprendre pourquoi ils ont tellement envie de devenir tous des hommes à part entière, qu'est-ce que cette hâte de se retrouver à côté des Allemands? J'essaie d'appeler à mon secours les mânes de mon maître regretté, Rabbi Zur, de Bialystok, je n'ai jamais eu autant besoin de ses conseils qu'en ce moment. Je ne sais si c'est une illusion, mais je sens qu'il se tient là, à mes côtés, en cette heure de péril et je me rappelle aussitôt ce qu'il m'avait dit, un jour, alors que je venais de lire dans le journal que les blancs avaient lynché un noir dans le Mississippi. « Les nègres sont très fiers, Moshelé, m'avait-il expliqué. Seulement, avec leur peau noire, on voit tout de suite qu'ils sont *différents*. Alors, évidemment, les autres, ceux qui savent bien qu'ils sont des hommes à part entière, se sentent insultés, humiliés et envieux, et ils tuent parfois un noir pour forcer les autres à capituler et à accepter la fraternité, les obliger à devenir des hommes à part entière. Cette idée que les noirs sont différents, il y a des blancs que ça rend fous d'envie, ils ne peuvent pas accepter l'idée que certains ont eu la chance d'y couper. Mais ça s'arrangera. Bientôt les noirs vont capituler, parce qu'on les soumet à une telle propagande qu'ils commencent à perdre espoir et se croient déjà des hommes à part entière : bientôt, ils vont même réclamer ça à cor et à cri, et c'est ainsi que les racistes auront le dernier mot. »

J'essaie de leur expliquer tout ça, je fais tout un discours, mais il n'y a rien à faire, le côté du manche, ça ne pardonne pas, ils veulent tous en être, c'est effrayant. Il me vient une idée terrible : n'y aura-t-il bientôt plus de Juifs ? Là-dessus, je me souviens brusquement qu'Israël a conclu un accord culturel avec l'Allemagne, et c'est tout juste si je ne tourne pas de l'œil, *tfou, tfou, tfou*. Je suis pris dans une telle pornographie, une telle obscénité, que la Joconde avec son sourire, c'est une vraie madone, par comparaison. Je me vois entouré de nazis en uniforme, drapeaux déployés, Schatz parade à leur tête en tenue de SS et j'ai un moment d'espoir, ils vont peut-être me défendre, m'aider à sauver mon honneur, ma dignité, ils vont peut-être tirer sur moi, me massacrer. Mais pas du tout. Ils se mettent au garde-à-vous, me saluent le bras levé et scandent d'une seule voix un cri tellement effrayant que la terre entière me paraît avoir la chair de poule, comme si l'humanité allait être enfin créée :

— Les-Juifs-avec-nous! Les-Juifs-avec-nous!

— Nooon! je gueule. Au secours! À moi!

— *Sieg-Heil!* Les-Juifs-avec-nous! Les-Juifs-avec-nous!

Ils me saluent, les drapeaux inclinés jusqu'à mes pieds.

— Non! je hurle. Hitler! Où est Hitler? Je veux, j'exige Hitler! Il ne permettra pas ça! Hitler, à moi! J'aime mieux crever!

— Les-Juifs-à-l'honneur! Les-Juifs-à-l'honneur!

Schatz marche sur moi, la fraternité aux lèvres, la main tendue :

— Cohn! *Nous sommes tous frères!*

Je m'arrache les cheveux.

— *Arakhmonès!* Pitié! Je ne veux pas! Tout, mais pas ça!

— *Nous sommes tous des frères!*

— *Gvalt!* Assez de vos atrocités!

Il m'ouvre les bras :

— Cohn, nous vous offrons la fraternité! Ça ne vous coûtera rien, ce sont toujours les autres qui paient. Vous faites une affaire!

— Des affaires comme ça, je n'en souhaite pas à...

Je n'ai même pas la force de terminer. Ça monte de tous les côtés, ça s'offre, toute leur Histoire est là, Staline me saute au cou, m'embrasse sur la bouche, j'invente l'esclavage, les croisés se poussent pour me faire de la place, Simon de Montfort lui-même me montre comment on prend un nouveau-né hérétique par les pieds pour faire éclater sa tête contre les murs de Toulouse, je guillotine Louis XVI, je suis fait maréchal de l'Empire sur les cadavres...

— Ah non! je hurle, indigné. La France aux Français!

J'essaie de m'arracher à toutes ces mains fraternelles qui se tendent vers moi, je me débats, je donne des coups de pied désespérés... Il n'y a pas moyen de fuir : c'est la fraternité.

— Tous frères!

Plutôt crever. Mais ça aussi, c'est la fraternité. Fait comme un rat.

— Nous sommes tous des hommes, Cohn, tu n'en sortiras jamais!

Je me bouche les oreilles. Je ne veux pas entendre ça. *Gvalt!* Je vais vous dire, moi, ce que c'est.

C'est la Gestapo, voilà ce que c'est.

Une telle indignation me saisit que je retrouve soudain toutes mes forces. Je fais un bond prodigieux, je fonce, je file, les yeux hors de la tête, je m'enfonce dans la forêt, je tombe, je rampe, je me traîne à quatre pattes, je veux en sortir à tout prix, je plonge dans les broussailles, je ne les entends plus.

Je me crois déjà en sécurité lorsque je me

trouve nez à nez avec un individu qui a l'air aussi épouvanté que moi et qui est en train de se déshabiller.

Je ne le reconnais pas tout de suite. Je l'observe avec suspicion, mais non, celui-là, au moins, ne semble me vouloir aucun bien. Je constate alors qu'il n'est pas du tout en train de se déshabiller, qu'il est déjà tout nu, et à demi mort. Il est d'une maigreur effrayante. Son visage m'est vaguement familier, et je découvre avec stupeur que c'est mon portrait tout craché, trait pour trait.

— Vous n'auriez pas de vêtements à me prêter? me demande-t-il en hébreu. Un jour, je vous le rendrai au centuple.

— Qu'est-ce que vous faites là, à poil?

Je remarque que tout son corps est couvert de bleus et de plaies, son front saigne, je me demande s'il ne s'est pas sauvé pour ne pas se laisser fraterniser, lui aussi.

— Ne m'en parlez pas! dit-il. Il y a des siècles qu'ils m'attendaient, et dès qu'ils m'ont enfin vu arriver, ils m'ont organisé un comité d'accueil.

Je le reconnais enfin. Je suis ému. J'ai toujours eu beaucoup de respect pour Lui. C'était un vrai Juif. Il rêvait de créer le monde, Lui aussi. Il regarde mon étoile jaune.

— Vous ne devriez pas la porter comme ça, en évidence. C'est imprudent.

Il sait de quoi Il parle. Il est encore plus menacé que moi, c'est certain.

— La police m'a reconnu à la gare de Licht, dit-Il. Avec mon portrait dans tous les musées et reproduit partout à des millions d'exemplaires, je n'avais évidemment aucune chance de m'en tirer. Je n'aurais pas dû revenir. Mais il était très important pour moi de voir ce que ça a donné, je me disais que deux mille ans, c'était assez pour que je puisse vraiment me rendre compte du changement.

Je suis pris de pitié.

— Vous ne saviez pas ?

— Non, dit-Il. Je ne savais pas. Je leur faisais confiance. C'est effrayant. Si j'avais pu le prévoir, je serais resté juif. Ce n'était pas la peine de me faire crucifier.

— Alors là, tout de même, vous êtes un peu injuste, dis-je. Sans Vous, il n'y aurait eu ni la Renaissance, ni les primitifs, ni le roman, ni le gothique, rien, la barbarie.

Il ne m'écoute pas. Je Le sens vraiment indigné.

— Vous avez vu ce qui se passe ? J'ai été faire un tour en Asie, j'ai parcouru le monde entier. Je n'aurais jamais cru que la Crucifixion allait entrer dans les mœurs. Personne n'y fait même plus attention.

— Comment ça se fait que cette fois Vous avez pu leur glisser entre les doigts ?

— J'ai encore des moyens, vous pensez bien. Mais ce fut de justesse. Ils ne se tenaient plus de joie. Ils ont tout de suite sorti une croix énorme, c'est à croire qu'ils la tenaient prête en attendant mon retour, et ils ne m'ont même pas laissé le temps de leur parler : ils m'ont tout de suite enfoncé une couronne d'épines sur la tête.

Quand j'ai commencé à leur crier ce que je pensais d'eux et quand ils ont vu que je n'allais pas me laisser faire encore une fois, puisque je savais que cela allait être encore pour rien, ils ont commencé à hurler que j'étais un imposteur, mais au lieu de me laisser tranquille ils ont voulu me traîner de force vers la croix, sous prétexte que j'étais un faux messie. Vous vous rendez compte d'une logique ? On ne peut pas gagner, avec ces gens-là.

— Qu'est-ce que Vous comptez faire ?

— Je vais me procurer des vêtements dans une ferme et je vais aller à Hambourg. Je vais essayer de trouver un bateau pour Tahiti. On dit que Tahiti, c'est le paradis terrestre, alors, vous pensez, il ne viendrait à personne l'idée de me chercher là-bas. À propos, à qui ai-je l'honneur ?

— Cohn, dis-je. Cohn, comique juif, de la rue Nalewki. J'étais aussi assez connu à Auschwitz. Je ne sais si vous êtes au courant...

Son visage s'assombrit. C'est un visage assez dur, sévère, très beau dans sa rudesse un peu primitive, celui qu'Il avait sur les icônes byzantines de la haute époque, avant d'être tombé aux mains des Italiens.

— Je suis parfaitement au courant, dit-Il. Vous croyez que je ne sais pas lire ? C'est même pourquoi je refuse catégoriquement d'essayer encore une fois de les sauver. Trop, c'est trop. Ils ne changeront jamais. Tout ce que cela donnerait, c'est encore quelques commandes pour les musées.

Il a raison, comme toujours. Il a à peine fini

de parler que j'entends des pas furtifs dans les broussailles, une respiration précipitée. Il les a entendus aussi. Ça s'approche, des craquements s'élèvent de tous les côtés, la forêt de Geist s'anime, je me demande déjà si ce n'est pas la police, lorsque les branches s'écartent et je vois apparaître les binettes sinistres de Michel-Ange, de Leonardo, de Cimabué, de Raphaël, et *tutti frutti*, tous les pinceaux à la main et les trognes fendues par des sourires ignobles. Il se dresse d'un bond, saisit une pierre et la lance à Cimabué, qui la reçoit dans le nez. Michel-Ange et Leonardo se plongent dans un flot d'italien excité, mais Il ramasse encore quelques pierres et je l'aide de mon mieux. Leonardo gueule, il en a pris une dans l'œil, se répand en blasphèmes, Michel-Ange a lâché ses pinceaux et danse sur place en se tenant le pied, on leur en envoie encore une poignée, ils se cachent dans les buissons, mais ils continuent à geindre, tout ce qu'ils demandent, c'est une heure de pose, le reste, ils s'en foutent, une heure de pose, c'est pour la culture, Il n'a pas le droit de refuser. Mais ils se sont trompés de personnage. Ils L'ont peint tant de fois faiblard, transparent, mignon, efféminé, plein d'acceptation, qu'ils ont fini par s'imaginer qu'Il était réellement comme ça, doux comme un mouton. Le doigt dans l'œil. C'est un homme, un vrai. Il a un visage tellement fort, tellement sévère et viril et des yeux d'une telle dureté qu'il faut Le voir pour comprendre à quel point tout l'art sacré s'était voué à Le domestiquer. Il lance un flot d'anathèmes qui fait trembler toute la forêt de Geist, peu habituée aux formes archaïques. Après quoi, Il leur jette encore quelques pierres en visant avec une adresse miraculeuse et prend Ses jambes à Son cou, cependant que j'essaie en vain de Le suivre, avec mes moyens tellement plus limités, je ralentis, je paie le prix de mes épreuves de la journée, ma vue se brouille, la tête me tourne, Il revient sur Ses pas et me soutient, je Lui dis de me laisser et de filer, il ne faut pas qu'on nous voie ensemble, si les hommes apprennent que j'ai aidé Jésus à leur échapper, mon nom jusqu'à la nuit des temps sera Judas.

XL

En tenue léopard

Combien de temps suis-je resté ainsi évanoui, comme s'ils étaient enfin parvenus à m'exorciser et à me chasser de leur conscience, ce haut lieu où je m'obstinais à danser ma *horà*? Je ne saurais vous le dire. En tout cas, lorsque j'ouvre les yeux, je me sens mieux. Je me souviens encore de mes terreurs passées, mais elles me paraissent à présent étrangères, comme si j'avais changé mystérieusement pendant mon sommeil. Je me sens même si bien que je me demande si des mains pleines de sollicitude ne m'auraient pas soigné en mon absence. Je suis confiant, ragaillardi. Bon pied, bon œil. Mes pensées sont sereines, élevées. Je me sens entouré d'amitiés solides, d'innombrables appuis intellectuels. Une curieuse sensation d'avoir été cultivé, rééquipé, moralement réarmé. Montaigne, Pascal, l'Unesco, la Ligue des Droits de l'Homme, le prix Nobel à deux écrivains juifs, des concerts partout, un million de visiteurs par jour dans nos musées, voilà les choses auxquelles je pense, auxquelles *il faut* penser. Ouf. Qu'est-ce qui m'avait pris, tout à l'heure ? Une petite crise passagère, un affaiblissement de la fibre morale. Respirons un bon coup et il n'y paraîtra plus : l'air de la forêt de Geist vous fait toujours le plus grand bien, il y souffle le vrai vent de l'Esprit.

Je me lève et je remarque immédiatement quelque chose de très curieux : on m'a fauché mes vêtements. Je porte à présent une espèce de combinaison que je n'avais vue jusqu'à présent que sur le dos des autres : je crois qu'on appelle ça une *tenue léopard*. Hum. C'est étrange. Comment ça se fait ? Qu'est-ce que ça veut dire ? Est-ce Schatz qui m'a fait enfiler cette combinaison pendant que je dormais ? Peut-être craignait-il que je prenne froid.

Je cherche aussitôt mon étoile jaune : on me l'a arrachée. Heureusement, elle est là, à mes pieds. Je la ramasse et la remets en place. Tout va bien.

J'écarte un peu les branches et je regarde prudemment. Je constate tout de suite qu'il se prépare quelque chose, bien que je ne sache quoi, au juste. La forêt de Geist s'est transformée en une véritable tapisserie historique qui baigne dans une admirable clarté et rayonne de promesses. Les fleurs sentent si bon qu'on ne sent plus rien d'autre. L'herbe a poussé et cache tout ce qu'on ne saurait voir, mille colombes font des effets de paix merveilleux, des biches prennent partout des poses attendrissantes, les ruines sont disposées avec un effet des plus heureux, le ciel est d'une telle pureté, d'un tel azur qu'on a l'impression d'un acte contre nature. Il y a des

colonnades néo-classiques, des cornes d'abon-
dance, des lyres dans tous les coins, des lauriers
suspendus dans les airs et prêts à tomber sur
votre sexe au moment de l'apothéose, Tout est
d'un art méticuleux. Ça sent l'État mécène, des
commandes prodigieuses, d'admirables Acadé-
mies, et ce Grand Prix de Rome, *l'Amour universel.* Le rayonnement culturel est tel que c'est à
l'abri des taches, des intrusions : des millions
d'enfants pourraient venir crever de faim là-
dedans sans que l'œil soit troublé. Ce n'est même
plus une conscience, ce n'est plus un subconscient, c'est vraiment le Musée imaginaire, et je
crois que je vais pleurer d'émotion et de gratitude à l'idée d'avoir été admis. Jamais mes pensées n'ont été plus nobles, plus élevées. Serai-je
vraiment, moi, pauvre *dibbuk* juif, tombé enfin
dans le subconscient de Dieu ou peut-être dans
Celui de de Gaulle lui-même ?

J'entends les trompettes de la gloire, je vois de
petits anges dodus sur toutes les branches, avec
de petits culs bien propres. Des chœurs célestes
s'élèvent, mais c'est un vrai miracle : ils viennent
de la terre. Les voix sont si pures, si cristallines,
que l'espoir me vient que tous les hommes ont
enfin été châtrés et qu'ils chantent ainsi leur gratitude.

Lily aurait-elle enfin joui ?

Pour l'instant, je ne la vois pas. Mais elle est
sûrement encore dans la forêt de Geist, c'est toujours là que ça se passe. D'ailleurs, j'aperçois des
flics tapis un peu partout dans la tapisserie. C'est
bon signe. La garde d'honneur.

Le ciel m'inquiète un peu. Je ne l'ai jamais vu aussi radieux. On dirait qu'il s'est rapproché.

Lily n'est toujours pas là. Où diable est-elle allée se fourrer ? Elle est peut-être allée en Inde, ou en Afrique, mais qu'est-ce qu'une femme aussi exigeante irait-elle faire dans un pays sous-développé ?

Ce qui se passe avec le ciel est de plus en plus affolant. Il semble s'être encore rapproché. Il est sorti de l'azur. Il tourne au pourpre, au violet, il rougeoie, il pulsoie. L'air autour de moi est d'une clarté intense, chauffé à blanc. Brusquement, des nuages se lèvent de tous côtés et s'envolent comme sous l'effet de quelque galop céleste. Puis le ciel prend une teinte confuse, où l'œil devine plus qu'il ne voit du rose et du cuivré, comme s'il hésitait entre l'aube et le couchant. La nature entière retient alors son souffle, ainsi que sous l'effet de quelque mystérieuse timidité.

— Cohn, qu'est-ce que c'est que cette tenue ?

Je fais un bond de deux mètres. C'est Schatz. J'étais tellement occupé à scruter le ciel — je ne m'en guérirai jamais — que je ne l'ai pas vu venir. Il porte la même combinaison tachetée que moi, et son casque, la jugulaire sous le menton.

— Ça ne vous regarde pas. Je suis américain maintenant, je n'ai pas de comptes à vous rendre.

— *Mazltov.* Alors, pourquoi faites-vous cette tête-là ?

— Pour rien. Nous avons encore bombardé par erreur un village sud-vietnamien. Des morts, des blessés.

316

— Ça vous passera, vous êtes jeune dans le métier.

— Oui, et puis tout le monde peut se tromper, comme disait un hérisson en descendant d'une brosse à habit.

— Je cherche Lily. Vous ne l'avez pas vue, là-bas ?

— Non. C'est dégueulasse, là-bas. Pas trace de la Joconde. Elle doit être ici.

Je regarde ma tenue léopard, encore un peu décontenancé, je ne sais pas du tout comment c'est arrivé, je n'ai pas l'habitude, j'entends même une petite voix intérieure qui gueule *Gvalt !* en moi, et supposez que j'aie attrapé un *dibbuk* vietnamien, ou arabe, ou nègre, est-ce que je sais, moi, avec la fraternité, en tout cas, quelque chose de pas catholique du tout est en train de m'arriver.

J'entends un bruit effrayant au-dessus de ma tête, mais non, ce n'est pas du tout ce que je croyais, c'est seulement une escadrille d'avions à réaction. Qu'est-ce qu'ils font, en pleine forêt de Geist ?

— Il y a des Viets, dans le coin ? Qu'est-ce qu'ils foutent ici, ces enfants de pute ?

Schatz me regarde avec sympathie.

— Vous faites des progrès, dit-il. Vous vous y mettez. Vous voyez que ce n'est pas difficile.

Il a au coin de l'œil une petite lueur ironique et je n'aime pas du tout ce petit ton protecteur qu'il a pour me parler. Les Juifs font d'aussi bons soldats que les Allemands, et je vais le lui prouver. On nous tire dessus, je me jette à plat ventre, je rampe, et qu'est-ce que je vois ? Quatre de ces enculés en train d'arroser à la mitrailleuse les gars de la première compagnie, ma meilleure ! Pute de merde ! Je saisis une grenade, je la décortique, je te la leur balance en pleine jaunisse, il n'y reste rien, pas un œil bridé, rien du caviar rouge pour fourmi idem ! Je me lance, je donne des ordres, il y a encore un village qui dépasse, je prends l'initiative, le village rentre dans l'ordre, je félicite mes gars, la moitié sont des Noirs, au début, être commandés par un Juif, ça les faisait tiquer, mais j'ai su gagner leur respect en trois ou quatre villages, et j'ai même des Mexicains et des Portoricains sous mes ordres, on peut dire ce qu'on veut, c'est tout de même quelque chose, la guerre, ça forge la fraternité.

Je pousse un hurlement affreux, je me réveille en sursaut. Je suis couché là, avec mon fusil, mon casque et ma tenue léopard, parmi vingt-deux cadavres viets, hommes, femmes et enfants. J'ai dû faire un petit somme, après le combat. J'ai encore un pied d'enfant sur le visage, je l'écarte délicatement, je bâille, je suis fourbu. Je remarque que j'ai été fait colonel pendant mon absence et que je suis couvert de décorations. Le bouc est toujours là. Il a la langue dehors et pas un poil de sec, la Joconde l'a crevé. Il a des espèces de convulsions, tout son arrière-train est secoué, il se tourne vers elle, mais quand il voit son sourire, il pousse un bêlement épouvantable, essaie de se traîner dans les buissons, mais elle l'a complètement lessivé, il a encore un

318

tremblement convulsif, se renverse sur le dos et crève, les quatre fers en l'air. Fini, le bouc. La Culture a toujours le dernier mot.

Je suis tout de même content que la Joconde soit là. Rien de tel pour vous sentir du bon côté. Dommage pour le bouc, mais après tout, les populations civiles, ça ne me regarde pas, surtout celles qui se tapent nos femmes pendant qu'on se fait tuer. Je donne un coup de pied au bouc, c'est bien fait pour sa gueule. Je fais le bilan. Un bouc crevé, une Joconde, un pied d'enfant, avec ça, je peux tenir huit jours, facilement. Tout est parfaitement en ordre, sauf une chose : qu'est-ce que je fous là, moi, Cohn de la rue Nalewki, avec un bouc mort au champ d'honneur, un pied d'enfant, et une Joconde avec son sourire porno ? C'est surtout le pied d'enfant qui m'inquiète. Et si c'était un pied d'enfant juif ? Mais non, c'est impossible, toujours cette manie de la persécution, on voit tout de suite qu'il est jaune, ce pied, je peux dormir sur mes deux oreilles. De toute façon, c'est un conflit idéologique, alors s'il y a des Juifs qui se sont mis de l'autre côté, ils n'ont que ce qu'ils méritent, ces enfants de pute.

Je me sens un peu seul, dans ce coin. Où est passé ce salaud de Schatz ? Il me manque. Je serais content de l'avoir à mes côtés. C'est un enfant de pute, un ancien nazi, mais une expérience militaire comme la sienne, ça se respecte, et en ce moment, il me serait bien utile. C'est un vrai professionnel. Ce serait rassurant de l'avoir avec moi.

La Joconde continue à me regarder avec son sourire obscène, mais non, merci, après le bouc, pour qui elle me prend? Elle n'a qu'à s'adresser à un de mes nègres, ils ne vont pas se faire prier.

Mais qu'est-ce qu'il fout, ce Schatz? Il ne va tout de même pas laisser tomber un camarade? Non, ce n'est pas possible, ce serait vraiment trop dégueulasse.

Je n'ai pas le droit de douter de lui. On a beau dire, les soldats allemands ont le métier dans le sang. Schatz a le sens de l'honneur. Il viendra me tirer de là.

Je suis complètement épuisé. Mais je ne vais pas me laisser démoraliser. C'est ce que les Viets veulent : me démoraliser. Ces enfants de pute savent qu'ils ne peuvent pas nous vaincre dans un combat d'égal à égal, alors ils cherchent à saper notre fibre morale.

Mais enfin, qu'est-ce qu'il fout, ce Schatz? La nuit va tomber, et l'idée de passer la nuit tout seul ici ne me plaît pas du tout.

Je n'ai peut-être pas été très juste avec Schatz. Il avait des ordres. C'était un soldat, il ne faisait qu'obéir.

Je donnerais n'importe quoi pour qu'il fût ici.

Quelque chose a bougé, devant moi, dans l'ombre. Mon cœur se met à battre très fort. Schatz? Comment savoir? Il faudrait siffler un petit air, pour qu'il me reconnaisse. Mais quoi? Quelque chose que les Viets ne connaissent pas, pour qu'il soit sûr que ce n'est pas un piège. Je siffle les premières mesures du *Horst Wessel Lied*.

Rien. Ce n'est pas lui. Je commence à avoir

peur. Mon Dieu, faites que Schatz revienne ! Les Viets n'attendent sûrement que la nuit pour me sauter dessus.

Ça a bougé encore, là-bas, en face, dans les ruines d'une maison. C'est peut-être un civil, un blessé, qui essaye de filer ? Mais je ne peux pas prendre de risques. Je dépucelle une grenade et je la lui lance dessus. Je me plaque au sol, j'attends. Rien. Le silence. Ça ne bouge plus. Je l'ai eu.

Schatz a fait la campagne de France et la campagne de Russie. Il a la Croix de Fer. C'est un type formidable.

Je suis sûr qu'il ne va pas me laisser tomber. Je sais bien que je suis juif et qu'il est un ancien nazi, mais c'est déjà une vieille histoire, il est temps de passer l'éponge. Il faut savoir oublier.

D'ailleurs, Schatz n'est pas rancunier. Après la guerre, il s'est engagé dans la Légion étrangère, il a servi la France, les Français l'ont même décoré. Je suis sûr que je peux compter sur lui.

La nuit est maintenant tombée. Il n'y a pas de lune. Le bouc commence à sentir mauvais.

Il y a sûrement des patrouilles de Viets, par ici. S'ils me trouvent, ils vont me couper les testicules et me les mettre dans la bouche. Schatz me disait que c'est ce que les fellagas faisaient aux légionnaires, lorsqu'ils en prenaient un. Je dois avouer que je n'aime pas les Arabes. Schatz en a tué des tas.

Mais enfin, où est-il ? Est-ce qu'il m'a laissé tomber ? Ce n'est pas possible. Je le connais. L'amitié, pour lui, c'est sacré. Je suis un peu démoralisé, voilà tout.

Quand la guerre sera finie, je l'inviterai aux États-Unis. J'ai de la famille, là-bas. Je leur expliquerai qu'il m'a sauvé la vie. Ils lui feront fête.

Je n'en peux plus. Je ferme les yeux et je prie. Mon Dieu, faites que Schatz revienne !

Je me sens un peu mieux. J'ai une envie terrible de fumer. Je ne devrais pas allumer mon briquet, mais en le cachant sous mon casque… J'avais un cigare, dans ma poche. Je le cherche. Je ne le trouve pas. Il a dû tomber de ma poche. Je tâtonne par terre, autour de moi. Je le trouve enfin, je le porte à mes lèvres… Nom de Dieu, ce n'est pas le cigare. C'est une main d'enfant.

Je pousse un hurlement épouvantable et me réveille, couvert de sueur froide.

Je promène autour de moi un regard hébété et je suis encore à ce point terrifié que je n'éprouve aucun soulagement lorsque je découvre que je n'ai pas quitté la forêt de Geist.

Tout est clair, ensoleillé. J'entends des tourterelles. Le ciel est d'une pureté increvable.

J'avais complètement oublié où j'étais. Ce type-là est une vraie ordure et son subconscient, c'est un nid de vipères. C'est bon, j'ai compris. Je n'y resterai pas une seconde de plus.

Mais je ne suis plus sûr de rien. Je ne sais même plus si c'est moi qui pense ou si c'est lui. Il y a une chose, en tout cas, dont je suis sûr : c'est mon étoile jaune. Elle est toujours là. Je ne suis pas encore foutu.

Lily n'est pas là. Ça ne m'étonne même plus. Elle doit se faire sauter au Vietnam, cette salope-là. Je n'ai plus aucune illusion sur elle.

Je ne suis même pas sûr que j'ai bien repris mes esprits. Je vais peut-être encore me réveiller, cette fois, je sais même où : à Auschwitz. Et je ne suis même pas sûr que ce sera un Auschwitz allemand.

Il n'y a qu'une chose qui m'inspire encore une vague sympathie, un regret : le bouc. C'était un frère. Il ne méritait pas ça.

XLI

Colonel Cohn

Il n'y a plus de doute : ce sont mes derniers instants. Il n'y a pas trace de dix Juifs pieux autour de moi, mais je sais qu'ils vont réussir à m'exorciser. Je n'ai même pas l'intention de me défendre. J'entends même en moi une petite voix insidieuse, moqueuse, qui ne cesse de me répéter : « Cohn, ce n'est pas la peine. Ils ne peuvent pas te rater. Les hommes ratent rarement, lorsqu'il s'agit de se ressembler. »

Une voix comme ça, je ne la souhaite pas à mes meilleurs amis.

Je ne sais pas encore comment ils vont s'y prendre : je suppose qu'ils vont faire de moi un livre, comme toujours, lorsqu'ils cherchent à se débarrasser de quelque chose qui leur est resté sur l'estomac.

Quant à leur fraternité, là non plus, je ne suis plus sûr de rien. Je ne dis pas oui, je ne dis pas non, il faut discuter, c'est tout. S'ils croient que je vais me jeter dessus et acheter n'importe quoi comme un fou, ils se trompent. Je viens d'en tâter, j'ai l'impression que ça ne vaut rien, ce qu'ils essaient de me refiler, le prix est exorbitant, et je ne serais preneur que si j'étais sûr de pouvoir laisser ça sans rougir à mes enfants et à mes petits-enfants.

Je suis assis sur une pierre, et je baisse la tête. On me fait poser pour le monument au Juif comique inconnu, à l'emplacement où s'élevait jadis le ghetto de Varsovie. À mes pieds, il y a un ruisseau qui coule, une cascade au fond et les arbres au-dessus de moi doivent se disputer chaque rayon de lumière, chaque oiseau. Ils veulent que ça fasse penser à Bayard, à Roland de Roncevaux. Ils auraient mis quelques aigles aux ailes déployées dans le ciel que cela ne m'étonnerait pas. J'ai probablement un air inspiré et noble, et le type sémite, mais pas trop, il ne faut pas vexer les Juifs. Je sens un tel poids sur mon dos qu'ils m'auraient revêtu d'une armure pour la postérité, cela ne me surprendrait pas. D'ailleurs, ils m'ont posé sur les genoux une épée brisée. Quelle épée? Celle qu'ils ne nous avaient pas donnée quand on nous exterminait? Mieux vaut tard que jamais. Je garde la pose, tout m'est égal, je suis trop fatigué. J'espère qu'ils ne m'ont pas foutu une auréole autour de la tête, dans le meilleur esprit œcuménique. Tous des antisémites.

Bon, vous voulez de profil, très bien. Mais n'essayez pas de m'arranger le nez, bande de vaches. J'y tiens.

Mon étoile, où est mon étoile? Ah bon, ça va.

Quoi? Ce n'est pas encore fini? Qu'est-ce que vous voulez encore? La tête haute? Pourquoi, la

325

tête haute ? Vous n'avez qu'à arranger ça vous-mêmes, vous êtes payés pour ça.

Dites-moi, j'avais un ami, vous ne pourriez pas le représenter à côté de moi ? Un bouc noir. Comment, pourquoi ? Il est mort en essayant de la rendre heureuse. Un idéaliste. Bon, bon, comme vous voudrez.

Ça y est ? Vous êtes sûr qu'il ne manque rien ? Laissez-moi voir. Et la salière, et la pompe à bicyclette et les six paires de chaussettes bien propres ? Les reliques, quoi. Il faut bien que la postérité ait des objets de culte.

Bon, ça va. Je trouve que ça manque d'âme, mais à l'impossible nul n'est tenu.

Montrez-moi maintenant où vous comptez me mettre. Je n'accepterai pas n'importe quoi, j'ai eu mon heure de célébrité et ma minute de silence, j'ai payé assez cher, six millions, je veux ce qu'il y a de mieux. Je vous préviens que si vous essayez de me refiler la place du soldat inconnu, je vais faire un malheur. Non, je ne veux pas être à côté de Staline, *tfou, tfou, tfou*. Oui, là, c'est pas mal, à côté des chevau-légers de Joseph Bonaparte en train d'œuvrer pour *Les Horreurs de la guerre* de Goya, en fusillant des civils espagnols. Tiens, je ne savais pas que c'était là, je croyais que cela faisait partie du patrimoine culturel de la France. Dites-moi, pourquoi tous ces héros sont-ils déculottés ? Parce qu'ils ont été frappés en plein feu de l'action ? Chère, chère Lily. Pourquoi pas moi ? Vous ne voulez pas que je me déculotte, moi aussi ? Bien sûr que ça se verrait, et alors ? Oh, ça va, j'ai compris. Tous des antisémites.

XLII

Et si je refusais ?

Et si je refusais ? Si je disais non, à leur fraternité et à tout leur Musée imaginaire ? Après tout,
ils m'ont fait certaines promesses, ils m'ont
donné leur parole d'honneur, ils n'ont cessé de
jurer depuis deux mille ans que j'étais un chien,
un singe, un bouc : une parole, ça se respecte, ils
n'ont pas le droit de me dire brusquement que
je ne suis ni chien, ni singe, ni bouc, qu'ils
m'avaient menti, que c'était pour me rassurer en
me démontrant que je n'étais pas un homme. Ils
m'ont fait des conditions, j'ai accepté, nous
avons fait un pacte de sang et pendant des
siècles je me suis saigné aux quatre veines pour
le respecter, je suis demeuré à ma place, dans
mon ghetto. Personne n'a payé plus cher et pendant aussi longtemps le droit de ne pas être un
homme. Je me suis laissé cracher dessus, massacrer, ridiculiser mais je tenais à mon honneur et,
pendant des siècles, j'ai réussi à le sauver. J'étais
le bouc, je sentais mauvais, je n'avais pas de
cœur, pas d'âme, j'étais une espèce inférieure, et
brusquement, je renoncerais à mes privilèges, et

j'accepterais d'être des leurs, uniquement parce qu'ils ont trouvé un autre bouc, noir ou jaune, et qu'ils décident de me compromettre, moi aussi, de m'admettre dans leur tapisserie historique, dans leur chevalerie ?

Je regarde : il n'y a pas de doute, ils se serrent tous pour me faire de la place. Les maréchaux de Napoléon ont reculé, les croisés se sont poussés et me font signe de monter, là, entre Saint Louis et Roland de Roncevaux, celui qui a combattu les Maures, comme on appelait les Arabes, en ce temps-là.

Il y a encore une lueur, et c'est de France qu'elle vient, comme d'habitude : un pour cent des fils de Jeanne d'Arc interrogés vient d'approuver l'extermination de six millions de youtres par Hitler, quatorze pour cent se déclarent antisémites, trente-quatre pour cent ne voteraient jamais pour un youpin.

Je m'accroche encore un moment à ce faible espoir, allons, je ne suis pas encore foutu.

Mais c'est alors que la tapisserie entière s'illumine d'une douce clarté. Cette fois, ce n'est même pas une clarté qui vient de la princesse de légende : c'est une lumière de *pardon*, et elle vient de la madone des fresques. Car du plus haut lieu de la tapisserie, là où se dresse le dôme de Saint-Pierre, une voix émue s'élève et dit : « *Les Juifs ne sont pas coupables, ils n'ont pas tué le Christ.* »

Il n'est plus question d'hésiter.

XLIII

Schwarze Schickse (suite sans fin)

Schatz est à son P.C., penché sur les cartes. Le compas à la main, il cherche la meilleure position. Il a raison : on ne peut plus continuer à lui rentrer dedans n'importe comment, il faut trouver quelque chose de nouveau. J'entre sous la tente, je le salue militairement.

— Vous êtes sûr qu'elle me pardonne tout ?

— Tout.

— La révolte du ghetto ?

— Elle n'y pense plus jamais, je vous assure.

— *Les Protocoles des Sages de Sion ?*

— C'était encore une légende dorée. Une œuvre purement littéraire. La culture, vous savez.

— Le nez ? Les oreilles ?

— Avec la chirurgie esthétique, il n'y paraîtra plus.

— Notre-Seigneur Jésus, paix à Ses cendres ?

— Ce n'est pas Sa faute, s'Il était juif.

— Hitler ?

— Ça, vous n'auriez pas dû faire ça à l'Allemagne, nous en souffrons encore, mais vous étiez si nombreux, vous ne pouviez pas vous en empêcher.

— On a pratiqué l'usure, vous savez.

— N'en parlons plus.

— Nous avons couché parfois avec des femmes aryennes.

— Les putains sont les putains.

— Vous savez qu'on nous a accusés d'avoir mêlé le sang des enfants chrétiens à notre pain azyme?

— Les Allemands aussi ont été calomniés. Regardez toutes les calomnies qu'on a racontées sur Oradour, sur Lidice, sur Treblinka.

— Vous savez, Marx était juif.

— On passe l'éponge.

— Vraiment? Vous me pardonnez tout?

— Tout.

— Parole d'honneur? *Kheirem ?*

— *Kheirem.*

— Même Eichmann?

— Nous vous pardonnons Eichmann aussi. Il n'avait qu'à mieux se cacher. Cohn, vous voyez que sans aucune arrière-pensée, je vous propose d'être entièrement des nôtres. Je forme pour l'État d'Israël les vœux les plus chaleureux. Je veux qu'il prenne sa place dans le concert des nations...

— Quel concert? Des concerts comme ça...

— L'Allemagne offre à Israël la place d'honneur, à sa droite.

— À sa droite? Non. On veut à gauche.

— À gauche, à droite, qu'est-ce que ça fout? Vous voulez être de la famille, oui ou merde? Allez, *colonel* Cohn... Faites-nous voir ça !

Ah non! Cette fois je me fous en rogne.

— Je ne vous ferai rien voir du tout. D'ailleurs, ça ne prouve rien, la plupart des protestants sont circoncis, aujourd'hui!

— *Colonel* Cohn!

Je baisse le nez. Je sens que je déshonore l'uniforme. Je n'ai pas l'habitude. On ne s'improvise pas homme à part entière du jour au lendemain. Je me déculotte.

— Allez, au champ d'honneur, *colonel*, et que ça saute. Vous ne voyez pas qu'elle se languit?

Je me tâte encore. Mon Dieu, que c'est donc peu de chose, le génie, lorsqu'on a affaire à un tel rêve de bonheur et de perfection!

— On ne peut pas lui coller quelqu'un d'autre? dis-je, faiblement. Les Français, tenez. Ils ont toujours été très portés là-dessus, c'est historique, chez eux. Qu'ils essaient donc encore une fois, maintenant qu'ils ont retrouvé leur grandeur.

Je vois le Baron et le Comte, en tenue léopard, qui se frayent un chemin en pleine floralie, parmi les Muses qui gambadent et les Grâces, les bras chargés de Stradivarius, sauvant ainsi les meubles face au péril jaune qui grandit à vue d'œil, c'est fier, c'est réaliste, c'est figuratif, ça crève l'abstrait, c'est tout rouge, c'est monumental, c'est pour mille ans, c'est la vraie masse, le peuple chaud, mon légionnaire, ça vibre, ça mugit, ça siffle, ça bouillonne, ça en déborde, ça se met Mao Tsé-toung au bout et le petit livre rouge en tête, ça bouche l'horizon, avec son œil bridé, unique, les Chinois ont mis ça en commun, ils sont sept cents millions tapis derrière, sans compter les centaines de milliards de Chinois en puissance, qui sont encore chez eux, au chaud, en réserve, mais prêts à se répandre sur la tapisserie.

— Nom de nom! hurle Schatz. Les Chinois s'y mettent! Ils vont y arriver avant nous!

Je regarde ça attentivement. Je suis sceptique.

— Pas avec les armes conventionnelles, dis-je.

Une colonne blindée traverse la tapisserie, bourrée de G. I. résolus et déjà déculottés, mais tout effarés de se trouver là, en pleine légende dorée.

— Les Américains! gueule Schatz. Ils ont l'ogive nucléaire! Elle va s'épanouir! Ils vont faire son bonheur!

Bonheur-shmoneur. Ils ne vont pas y arriver, les Américains. Ils sont trop fougueux, trop pressés, trop impatients, ce sont des maniaques de la vitesse, ça va faire *pschitt!*, le génie est une longue patience, n'importe quel vrai amant vous le dira.

Schatz, le casque sur la tête, surveille la forêt de Geist à travers ses jumelles.

— Tiens, dit-il. Je ne connaissais pas cette position.

— C'est peut-être marxiste, dis-je timidement.

Schatz pâlit. Il baisse ses jumelles, s'essuie le front.

— Ce n'est pas marxiste, dit-il, faiblement. Je ne sais pas du tout ce que c'est. Vous voulez regarder?

— Non, merci, dis-je. J'ai assez d'emmerdements comme ça.

— Ces Chinois, dit Schatz, ils ne reculent devant rien. Quand même, pour lui faire des trucs comme ça, il faut avoir le feu sacré...

Il va se trouver mal. Je le soutiens.

— Avec des moyens comme ça, ils sont sûrs de réussir !

— Pardon, proteste le Baron, pardon ! C'est une nature d'élite ! Justement, j'apporte mon Stradivarius !

Je pouffe.

— Taisez-vous, lui lance Schatz, ou je vous nationalise votre usine !

— Comment, mon usine ! C'est ignoble ! Vous êtes un obsédé sexuel !

— Mais non, mais non, cher grand ami, intervient le Comte, rassurant. Il parle seulement de votre usine !

— Je ne laisserai personne toucher à mon usine ! braille le Baron. Elle marche très bien, mon usine ! Un rendement formidable ! Puisque je vous dis que c'est une femme froide !

— Tenez bon, cher grand ami, ne flanchez pas...

— Je tiens bon, je vous remercie. Je suis même en pleine possession de mes moyens ! Et pour vous le prouver, je vais y aller moi-même, avec mon Stradivarius !

Je me tiens le ventre. J'ai le fou rire.

— Mais qu'est-ce que vous avez à rire ? s'indigne le Baron. Puisque je vous dis que c'est un Stradivarius !

Je n'en peux plus. Schatz lui-même est plié en deux.

— Vous avez déjà eu votre chance, la noblesse, lance-t-il. Il n'y aura pas de restauration !

— Nom de Dieu, je vais me foutre en rogne ! fulmine le Baron. Je n'ai pas besoin d'être restauré !

— Cher grand ami, vous êtes un peu ébranlé par...

— Ta gueule ! fait le Baron, comme un vulgaire fils du peuple.

Je me tords. Je n'essaie même pas de me défendre. Si ce type veut me balayer, avec tout le reste, du moment que c'est dans un éclat de rire, je suis d'accord. Finalement, plus j'y pense, et plus je suis convaincu d'une chose. Foutus pour foutus, éclater de rire, c'est encore la meilleure façon d'éclater.

Qu'est-ce qu'ils lui mettent, les Chinois ! La forêt de Geist y laisse des plumes, la tapisserie vole en morceaux, j'en reçois un bout dans l'œil, c'est du Michel-Ange, une madone de Raphaël me vole dans la poire, j'entends le clairon qui sonne la charge, c'est du Beethoven, l'Occident se défend, les Jeunesses musicales courent partout, de Gaulle ne plie pas et ne rompt pas, encore un Vermeer qui me vole dans la tarte après avoir fait trois morts et dix blessés sur son passage, une salière complètement déchaînée se rue en avant, le patrimoine apparaît, se dresse, certes, ça n'a pas les proportions historiques de la Chine, mais regardez, ce n'est tout de même pas mal, pour deux mille ans.

Je saisis les jumelles, je regarde les Chinois à l'œuvre. Hum. Assez étonnant, pour un si vieux peuple. Ils forcent un peu, ils jouent le poids, la masse. Ils devraient essayer les caresses, elle s'ouvrirait davantage. Et puis, c'est un peu curieux, d'avoir choisi cette position, à quatre pattes, pour bâtir le socialisme. Je songe à mon ami le bouc, feu à ses cendres, c'est tout à fait lui. C'est comme ça qu'il aimait, lui aussi. Je suis assez ému. C'est bouleversant de voir la Chine nouvelle à l'ouvrage. C'est rapide, c'est vif, c'est saccadé. Tout de même, ce n'est pas très original. On a déjà vu Staline dans la même position, je me souviens même qu'il s'était engueulé avec le bouc sur une question de préséance. Non, décidément, ce n'est pas très nouveau. Ils devraient essayer avec les oreilles.

— Alors? Alors? fait Schatz, très inquiet. Ils ont inventé quelque chose, les Chinois?

— Non, dis-je. *In the* baba, comme tout le monde.

— Et... elle?

— Rien. Au suivant.

Je me sens un peu triste, mais c'est le moment de vérité, et ce n'est jamais drôle.

— Il est temps de lui donner ce qu'elle veut.

— Mais qu'est-ce qu'elle veut?

— Mourir. Elle ne rêve que de ça.

Schatz paraît tout ragaillardi.

— Tiens, fait-il. Nous avons toujours su, nous autres Allemands, que nous avions une mission historique à remplir.

— Quoi? fait le Baron. Lily? Ma pauvre Lily? Elle qui avait soigné les lépreux à Lambaréné et qui se préparait à alunir! Elle... Mourir!

— Il y a un commencement à tout, dis-je, avec un sincère espoir.

— Lily, ma Lily, qui avait la tête pleine de si belles choses ! Mourir !

— Elle ne prendra pas moins.

Schatz me regarde avec étonnement.

— Sans blague, vous pleurez ? Vous, Gengis Cohn !

Je me frappe la poitrine. Je me lamente.

— Ne faites pas attention, dis-je à Schatz, entre deux sanglots. C'est une vieille tradition juive. Nous pleurons chaque fois que l'humanité disparaît à tout jamais et une fois pour toutes !

— Pas possible ! Vous, Cohn, le cynique... Un optimiste ?

— Pardon, pardon, dis-je, en pleurant comme un veau. Je suis terriblement pessimiste, je crois qu'elle va toujours s'en tirer ! Ça me fend le cœur. *Aïe-aïe-aïe !*

Je m'arrache les cheveux, je me lamente, elle va encore s'en tirer, je ne veux pas voir ça.

Schatz nous mesure tous d'un regard lumineux. Pour la dernière fois la forêt de Geist s'illumine de toutes les couleuvres de l'espoir. Certes, ce n'est pas encore Hitler, mais c'est déjà l'Allemagne.

— Haut les cœurs ! Sus ! Sus ! Sur elle ! Sur elle, collectivement ! Sur elle, fraternellement ! Sur elle, scientifiquement ! Les Chinois par devant, l'Occident par-derrière et que chaque peuple se fasse tuer sur place plutôt que de se retirer !

J'essaie de filer.

— Cohn, on vous offre la fraternité, la vraie, vous ne comprenez pas?

— Combien vous me demandez?

— Je n'en sais rien, il faut voir, trois cent millions les quinze premières minutes, ce sont les meilleures! Vous n'allez pas marchander, tout de même! Une offre pareille! La fraternité, ça n'a pas de prix.

— Pas de prix? C'est trop cher!

— Tous pareils, ces Juifs! Radins comme pas un! *Colonel* Cohn, pour une fois qu'on vous permet de tuer et de vous faire tuer, au lieu de vous laisser tuer, vous n'allez pas tourner le dos à l'honneur!

Je me redresse. Une immense fierté me saisit. La virilité me monte à la gorge, m'étouffe. Je lève la tête très haut, avec un joli mouvement du menton, une clarté sublime touche mon front et spontanément me monte aux lèvres le vieux cri de nos saintes croisades:

— *Montjoie Saint-Denis!*

— Bravo, Cohn! Les Juifs avec nous! Allez mourir chrétiennement avec les autres, on vous permet!

Je me métamorphose, je me transfigure, mon nez se retrousse, ma lippe de Judas disparaît, mes oreilles se rangent, je murmure vite un *kaddish* pour moi-même, je cherche à tâtons mon étoile jaune pour me rassurer: plus d'étoile jaune. Ça y est. Cette fois, c'est vraiment la fraternité.

— *Gvalt! Gvalt!* Je ne veux pas! Le ghetto, où est le ghetto?

Rien, plus de ghetto, plus une bouche d'égout.

— *Gvalt!* Je ne veux pas!

— Cohn! Vous êtes un homme!

— *Mazltov!* Félicitations! tonne une voix, là-haut, très haut.

— Vous êtes un homme!

— Non! Tout mais pas ça! Hitler, où est Hitler? À moi! À moi, Hitler, Gœbbels, Streicher!

— Un homme!

— Non! J'ai mon honneur, moi!

Un dernier espoir, une ruse suprême, un dernier argument, les mânes de mon bon maître Rabbi Zur de Bialystok veillent encore sur moi:

— Non, vous essayez de me rouler, ce n'est pas encore la vraie fraternité, il manque encore quelqu'un...

Mais non, et je reste bouche bée: cette fois, il n'y a plus rien à espérer. Cette fois, on est au complet: je vois en effet un Noir immense, en tenue léopard, la jugulaire au menton, qui fonce vers nous, toutes voiles dehors, l'arme au poing. Il n'est pas content du tout, il est même furieux, il en veut:

— Et moi? Attendez-moi! J'ai les mêmes droits que tout le monde!

Ils lui font de la place. Schatz lui serre la main, lui passe sa croix gammée: il est ému. Il n'y a plus de doute: c'est vraiment la fin du racisme. Les Noirs pourront enfin être antisémites, les Juifs pourront être nazis. Il n'y a plus rien à espérer, je suis fraternisé. *Gvalt!*

Je me signe: foutu pour foutu, autant montrer de la bonne volonté.

XLIV

In the baba

La clarté est bouleversante, le feu sacré est partout, je vois passer à vau-l'eau vingt cadavres vietnamiens absolument furieux, les mères tiennent encore leurs enfants dans leurs bras, ils en ont marre de garder la pose, qu'est-ce qu'elle fout, la Culture, on ne va tout de même pas rester à pourrir sur place en attendant un Goya? Des blessés viets soutenus par des G.I. morts errent à la recherche d'un coin encore libre du Musée imaginaire où ils pourraient se fourrer. La tapisserie s'illumine d'un nouvel éclat : le groupe sanguin est indifférent, c'est la couleur qui compte, il manquait justement un peu de rouge au front de la madone des fresques et de la princesse de légende. Le génie coule à grands flots, la donnée première inonde tout de sa blancheur, ça sent l'absolu, l'amidon. Ah, encore un bulletin de victoire : le comité fédéral des savants créé par le président Johnson lui-même annonce que les essais nucléaires effectués jusqu'à ce jour et totalisant six cents mégatonnes affecteront seize millions d'enfants si gravement qu'ils souffriront d'infirmité mentale. *Mazltov!* Seize millions d'enfants tarés, ça veut dire encore seize millions de génies, il y aura sûrement encore un Oppenheimer et un Teller dans le tas, peut-être même un Messie. Il y a des scènes touchantes : une petite fille déchiquetée affirme n'avoir qu'un désir : aller à l'école comme les autres. Le patrimoine se gonfle, s'élève à des hauteurs nouvelles, sept cents millions de spermatozoïdes aux yeux bridés et armés jusqu'aux dents se ruent à la poursuite d'un arrosoir au bec tordu, et de six paires de chaussettes de bonne qualité. La donnée première coule à flots, recouvre tout de son évidence. Je ne savais pas que le péril était blanc, même chez les jaunes. Les places sont si chères dans le Musée imaginaire qu'on commence même à refuser des cadavres. Le sourire de la Joconde est immuable : il a tout avalé. Je cherche un mouchoir, allons, un peu de pudeur, madame, tenez, au moins essuyez-vous les lèvres. Je suis tout surpris de voir l'Homme là-dedans, mais non, c'est normal, c'est une œuvre mythologique. Je lève les yeux au ciel : rien, ça ne vient pas, Il devrait essayer la corne de rhinocéros en poudre. Enfin, un peu de patience, la gérontologie fait de tels progrès... Je garde la tête haute, je ne peux pas faire autrement : l'art khmer m'arrive jusqu'au menton. Couché sur un rocher au milieu des flots, Prométhée a le fou rire : ce n'est pas vrai qu'il voulait voler le feu sacré, il voulait seulement lui mettre la main au cul. Les égouts du ghetto ont débordé : ça sent l'État mécène, des commandes inouïes : le génie fait la queue, ramasse le matériau à la pelle, il faut être à temps pour la Biennale. L'art abstrait triomphe partout : le napalm fait si bien les choses, qu'on ne distingue plus un œil, plus un nez, plus un sein, c'est vraiment la fin du figuratif.

Bref, on fait tout ce qu'il faut, mais non, rien, elle n'arrive pas à jouir. Un espoir demeure : l'Allemagne va peut-être avoir l'ogive nucléaire. Mais tout ce que ça va donner, c'est encore quelques *Pietà*.

J'espère seulement que Jésus s'est bien caché, qu'ils ne vont pas le traquer et le retrouver à Tahiti. Pourvu qu'Il ne se mette pas à faire de la peinture, Lui aussi, comme Gauguin, c'est tout ce qui nous manque.

Au fond, je ne compte pas tellement sur la virilité allemande non plus. Bien sûr, elle relève la tête, mais le *National Partei Deutschland*, malgré quelques frétillements prometteurs dans la Hesse et en Bavière, n'a pas encore grand-chose à lui offrir. La plupart de ses membres ont plus de quarante-cinq ans et ont été sérieusement amollis par vingt ans de démocratie.

Il me vient soudain une idée terrible. Et si l'Allemagne échappait au nazisme ? Il n'y a pas de justice.

J'essaie de nager à contre-courant, mais des coulées irrésistibles m'entraînent, l'Océan originel me porte en avant, du reste, je ne tiens pas tellement à remonter à la Source, une Source pareille, je ne souhaite pas ça à mes meilleurs amis.

Je fais la planche, pour protéger au moins ma figure, le Baron flotte à côté de moi accroché à son Stradivarius, le Comte, rallié, y met du sien d'une main qui ne tremble pas, les chiens restent fidèles, donnent la patte, je suis ému jusqu'aux larmes, un geste comme ça, c'est d'une portée incalculable, un jour, on va peut-être fonder une civilisation là-dessus. Justement, il y a là un bâtard aux yeux très doux, ça sera peut-être lui.

On me tire dessus, mais je ne crois pas que ce soit de l'antisémitisme, cette fois : au contraire, cela veut dire qu'on ne discrimine plus, que je suis tout à fait accepté.

J'entends très haut, très loin, un petit rire et une voix lointaine mais adorable, si innocente, qui ne trompe pas.

— C'est pour moi qu'ils font ça ?

— Mais oui, ma chérie. Ils te donnent tout ce qu'ils ont.

— Comme c'est beau, comme c'est grand ! Comme ils sont inspirés !

— Tu les inspires énormément, ma chérie. Ils te donnent vraiment le meilleur d'eux-mêmes.

— Oh, le joli petit chien !

— Allons, ma chérie, allons. On ne peut pas *tout* avoir…

— Qu'est-ce que c'est, Florian, ce monsieur ?

— Quel monsieur ? Il n'y a pas de monsieur. C'est un écrivain. Il essaie de t'oublier, ma chérie. Il t'aime.

— Tiens ! Mais alors, s'il m'aime…

— Non, ma chérie. Je te dis que c'est un écri-

342

vain. Tout ce que ça donnera, c'est encore de la littérature.

— Qu'est-ce qu'il fait, dans une bouche d'égout?

— Il cherche l'inspiration, ma chérie.

— Qu'est-ce qu'il est venu faire dans le ghetto de Varsovie?

— Oublier, ma chérie. Il en fera sûrement un livre, c'est leur façon de se débarrasser de ce qui les gêne.

— Il est mignon.

— Mais puisque je te dis que c'est un écrivain, ma chérie. Ils s'en tirent toujours avec un livre.

— Et l'autre, là-bas?

— C'est Cohn, Gengis Cohn. Tu l'as déjà fait, il y a deux mille ans.

— Pourquoi nage-t-il contre le courant?

— C'est un Juif, ma chérie. Un idéaliste. Ce sont de vrais cyniques.

— Oui, mais pourquoi nage-t-il à contre-courant? Ce n'est pas gentil.

— Ils ont tous l'esprit de contradiction, ces gens-là, c'est connu. Et puis, tu sais, un Juif, ça ignore la résignation chrétienne.

— Qu'est-ce qu'il est en train de crier?

— C'est du yiddish, ma chérie. *In the* baba!

— Qu'est-ce que ça veut dire?

— En yiddish, ça veut dire «fraternité», ma chérie.

— Il n'a vraiment pas l'air content.

— Il n'a pas l'habitude, ma chérie. C'est la première fois qu'il porte l'épée. C'est sa première croisade.

— Comme c'est beau, comme c'est fougueux, comme c'est impérieux !

— Ça coule de source, ma chérie. Tout leur génie est là-dedans. Attends, tu as une toute petite poussière, là, sur la paupière... Laisse-moi te l'enlever. Voilà. Il faut que tu restes sans tache, sans souillure, mon amour. Ils recherchent par-dessus tout la pureté, en raison de leurs origines.

— Florian, j'ai très bon espoir. Je crois vraiment que cette fois...

— Mais oui, ma chérie. Rappelle-toi celle qui ne réussissait que par grand vent de l'Est soufflant à cent à l'heure, et la petite Française qui ne s'ouvrait à l'affection qu'au grand soleil d'Austerlitz, et celle qu'il fallait bourrer d'abord de cinq kilos de rahat-loukoum, et celle qui ne s'épanouissait qu'en présence d'un agent en train de verbaliser ? Insondables sont les profondeurs de l'âme humaine. Elles sont devenues toutes des femmes faciles et comblées, il suffit de sonner. Il te faut des conditions un peu spéciales, et ils sont en train d'y travailler. De toute façon, ça donnera bien une œuvre artistique. Ça finit toujours comme ça. Tu seras encore plus belle qu'avant. La culture, ça te va très bien, ça te protège de tous les côtés, sauf là où tu ne veux pas être gênée.

— Florian, je crois que je vais m'émouvoir.

— C'est excellent, l'émotion, ma chérie, ça met en train. On ne peut pas, sans ça.

— Tu vas les aider, n'est-ce pas ?

— Bien sûr, ma chérie. Je les aide toujours, à

la fin, tu le sais. Mais ils font ça très bien eux-mêmes, entre eux.

Je n'entends plus rien, ah si, encore un peu de Mozart, il y a des barbelés, ne poussez pas! il y en a assez pour tout le monde, je saigne, attention, ça les attire, ça doit grouiller de Fra Angelico, de Mantegna, et de Titien, autour de moi, c'est pire que les requins, ces gars-là, quelqu'un hurle «Mort aux traîtres!» sans préciser de qui il s'agit, pour se ménager des alliances futures, la fraternité règne, les Noirs tirent sur les Noirs, un Arabe me saute au cou, je l'embrasse aussi, il me mord le nez, je lui bouffe une oreille, mais déjà des flots nouveaux arrivent de partout, je vois Schatz passer à côté de moi et nager vigoureusement en soutenant quelques Juifs pour assurer l'avenir, je vois mon étoile jaune qui flotte, j'essaie de l'attraper, de m'accrocher à cette bouée, mais elle m'échappe, je la supplie de revenir, rien à faire, elle est devenue antisémite, c'est la fraternité. Tiens, qu'est-ce que c'est? Un arc-en-ciel? Non, c'est le sourire du Juif *khassid* que les soldats allemands souriants tirent par la barbe, tournés vers la postérité, il est immortel, ce sourire, on doit enfin s'approcher de l'éternité. Schatz l'a vu aussi, il lance le célèbre cri de ralliement nazi : «*Rien de ce qui est humain ne m'est étranger!*» et coule à pic dans la semence de l'espèce, rentrant ainsi chez lui définitivement. J'entends la voix capricieuse qui dit :

— Florian, il manque encore quelque chose.

— Tiens, ma chérie, comment ça se fait?

— Il manque un grand poète, Florian. Je ne peux pas, sans ça, tu le sais bien.

— Il y en aura bien un, dans le tas, il y en a toujours un. Sois tranquille. *Heureux ceux qui sont morts dans une juste guerre, heureux les épis mûrs et les blés moissonnés...* Tu te souviens?

— Oui, il était chou...

Une nouvelle bordée d'amour me soulève, me porte très haut, vers les places d'honneur, bon, je veux bien, puisqu'on ne peut pas autrement, je veux bien me mettre avec les autres, puisque c'est la fraternité, mais je ne prendrai pas n'importe quoi, avec n'importe qui, je veux être à ma place, à côté de Moïse, à côté d'Abraham, à côté de David, à côté de Weitzmann, je refuse de me mettre avec les *goïm*. Ils voudraient bien m'avoir avec eux, je sais, ils sont encore plus antisémites qu'on ne le croit.

Mais qu'est-ce que c'est?...

Un affreux réalisme, un abominable naturalisme s'empare soudain de nos lieux sacrés. *Arakhmonès!* Ce n'est pas possible, je croyais qu'on les avait fermés. Bon, bon, admettons que ça existe, il y en a tout de même qui sont de luxe, très propres, très élégants, mais ça! Comment voulez-vous que l'homme le mieux disposé et le mieux pourvu puisse donner le meilleur de lui-même dans de telles conditions? Elle pourrait au moins se rhabiller, entre les passes, se refaire une beauté, vous me direz, les clients se succèdent trop vite, toujours cette accélération de l'Histoire, mais tout de même, tous ces corps nus qui se succèdent sur elle, Florian qui se dépense sans compter, ça commence à faire Buchenwald, à faire charnier.

— Lily, ma Lily! hurle le Baron, accroché à son Stradivarius. Dans un lieu pareil!

— Tenez bon, cher grand ami! piaille le Comte. Ne regardez pas! Réfugiez-vous dans l'art abstrait! D'ailleurs, qui vous prouve que c'est elle? On ne la voit même pas!

Et c'est vrai qu'on ne la voit pas sous tous ces corps qui la recouvrent, on ne voit qu'un pauvre bras qui sort du tas et qui agite faiblement la Joconde, pour nous rassurer, pour nous dire que le moral est bon.

Le Baron s'accroche au Comte, le Comte s'accroche au Baron, le Stradivarius s'est fendu en deux, le petit facteur rend son courrier, la salière ne trouve plus de plaie, le coureur cycliste est arrivé.

C'est alors que le conseil de mon bon maître Rabbi Zur, de Bialystok, me revient à l'esprit, et je décide de la sauver.

— Fermez les yeux! je leur ordonne. Regardez avec le cœur! C'est avec le cœur qu'il faut la regarder! Fermez les yeux, comme ça, vous pourrez enfin la voir telle qu'elle est vraiment! Fermez les yeux, ouvrez les cœurs... Ah, comme elle est belle!

— Ah, comme elle est belle! hurle le Baron, en extase, les yeux fermés.

— Ah, comme elle est pure! piaille le Comte, fermant les yeux avec le plus grand art.

— Tous ensemble! Les yeux fermés! Ah, comme elle est belle! Ah, que c'est beau!

— Ah, comme elle est belle !

— Ah, comme c'est beau !

— Ah, que c'est chaud !

— Mon Légionnaire…

— *Tfou, tfou, tfou*, quelqu'un n'a pas fermé les yeux ! Encore une fois ! Retenez la respiration, c'est plus sûr ! Ah, que c'est beau ! Ah, que c'est bon !

— Ah, que c'est beau !

— Ah, que c'est bon !

— *In the baba !*

— *Tfou, tfou, tfou !* Il y a ici un saboteur !

Je souris, les yeux fermés. Je suis sûr qu'il se doute de ma présence, ce salaud de Cohn. Il y a longtemps qu'il a compris où il est tombé, qu'il a exploré chaque coin de ma conscience, et même ces lieux, *tfou, tfou, tfou !*, ces lieux encore plus obscurs d'où je vais parvenir enfin à le chasser.

Il n'avait pas à s'installer à demeure, là-dedans. Le Juif errant n'a aucun droit de se sentir chez lui nulle part.

Il lutte encore, quelques efforts rageurs, mais j'y mets tout mon art, tout mon métier, et il fait la planche, les yeux fermés, à côté du petit facteur sans un message d'espoir, du coureur cycliste qui a gagné, des six paires de chaussettes sans personne dedans, de la salière qui n'a plus rien à donner, d'un bouc ressuscité et d'ailleurs immortel, d'une étoile jaune devenue antisémite et d'une Culture crevée.

— Il y a là une ordure qui essaie de nous vider ! hurle Cohn. Il essaie de nous démoraliser! Avec les cœurs, les yeux fermés! Ah, comme elle est belle!

— Ah, comme elle est belle!

— Encore une fois, pour lui faire voir, à cet enfant de pute! Ah, qu'elle est belle! Ah, que c'est bon!

— Ah, qu'elle est belle! Ah, que c'est bon!

— *In the* baba, Cohn! je lui hurle. *Mazltov!*

Il me menace du poing.

— Sale Juif! me lance-t-il. Antisémite!

— Adieu, Gégène!

— Ne m'appelez pas Gégène ou je fais un malheur!

— Et n'oubliez pas votre croix, vous risque-riez de vous enrhumer!

Il me menace du poing.

— Je reviendrai! On se retrouvera!

Sa voix me parvient à peine. Maintenant que je ne le vois presque plus, il commence déjà à me manquer.

— Où allez-vous?

— À Tahiti! hurle-t-il. Il paraît que Tahiti, c'est le paradis terrestre, alors, d'abord, il faut les aider à en sortir, et ensuite, il ne viendrait à l'idée de personne de me chercher là-bas! Le paradis terrestre, c'était *avant* mon temps!

— Surtout, cette fois, ne touchez plus à rien, Cohn! N'essayez plus de les sauver!

Il devient tellement furieux que je l'entends très distinctement.

— Ah non, une fois, ça suffit! J'ai compris! Le premier type qui me parle de l'huma…

Je ne l'entends plus. Je ne le vois plus. Il m'a

quitté. Il ne me reste plus que Lily et il est beaucoup plus difficile de se débarrasser d'une très grande dame que d'un vagabond. Même ici, à la sortie de l'égout, sur ces lieux où se dressait jadis le ghetto de Varsovie et où je suis venu chercher sa trace et où j'ai découvert son vrai visage, la princesse de légende ressemble à une reine qui a rendu visite à ses pauvres et à ses morts et qui s'apprête déjà à remonter dans son carrosse et à retourner tranquillement chez elle, dans son Musée imaginaire. Je garde encore les yeux fermés et je la vois dans toute sa clarté de madone des fresques et dans toute sa vertu exemplaire. Comme elle est belle ! Je l'aime tellement que c'est en vain que j'essaie de m'exorciser. L'évidence ne sert à rien, les preuves s'effacent, toutes les accusations deviennent de la calomnie. Elle incline gracieusement la tête, répond d'un geste aimable aux cris de misère et d'agonie, caresse la tête des petits pages juifs exterminés qui sortent des trous d'égout pour porter sa traîne et l'aident à traverser le ghetto et à rentrer dans sa légende, sans une souillure, sans une trace de ces lieux qu'elle a honorés.

— Qui est ce monsieur, Florian ? Celui qui est couché là-bas, dans la rue, au milieu de la foule, et qui sourit, les yeux fermés ?

— Hum. Ce n'est pas un monsieur, ma chérie. C'est un écrivain.

— Pourquoi ferme-t-il les yeux ?

— C'est seulement pour mieux te voir, ma chérie. C'est avec le cœur qu'ils te voient le mieux. Ils ne te voient dans toute ta beauté, telle que tu es vraiment, que lorsqu'ils ne peuvent pas te voir. Alors, là, ils peuvent t'admirer comme il se doit. Les humanistes et les idéalistes, ma chérie, ne voient bien que ce qu'ils ne peuvent pas voir. Ce sont des cyniques. Tu es heureuse, ma chérie ? Regarde tout ce qu'ils t'ont donné !

— Comment veux-tu, Florian ? C'était beaucoup trop rapide. C'est toujours trop rapide, avec eux. Je n'ai même pas eu le temps de m'émouvoir.

— Eh bien, il faut continuer, ma chérie. Il y aura d'autres printemps.

— Oh, tu sais, je n'y crois plus. Florian…

— Oui, ma chérie.

— J'ai vraiment très envie de mourir.

— Il ne faut pas être trop gourmande, ma chérie. On verra ça plus tard. Nous n'avons pas encore épuisé toutes leurs possibilités. Il faut persévérer. Rappelle-toi ce qu'une autre très grande impératrice, Messaline, avait dit : « *Il n'est pas nécessaire d'espérer pour entreprendre, ni de réussir pour persévérer.* » Et Dieu sait si la sainte femme s'y connaissait ! Viens, ma chérie. Il se fait tard. Nous avons du chemin à faire.

— Oh, regarde, Florian. Il y a un monsieur qui nous suit.

Je le vois, moi aussi. Incurable ! Je suis heureux de savoir qu'il s'en est tiré encore une fois. Je voudrais me lever, aller à sa rencontre, l'aider, mais les forces me manquent encore, je ne sais depuis combien de temps je suis ici, tombé au pied de son monument, au milieu de la place, là où se dressait jadis le ghetto qui l'avait vu naître.

J'entends des voix, une main tient la mienne, ma femme, sûrement, elle a une main d'enfant.

— Écartez-vous, laissez-le respirer…

— C'est sûrement le cœur…

— Voilà, voilà, il revient à lui, il sourit… Il va ouvrir les yeux…

— Il a peut-être perdu quelqu'un, dans le ghetto de Varsovie…

— Madame, est-ce que votre mari est… Est-ce qu'il est…

— Je l'avais supplié de ne pas revenir ici…

— Il a perdu quelqu'un, dans le ghetto ?

— Oui.

— Qui ca ?

— Tout le monde.

— Comment, tout le monde ?

— Maman, qui est ce monsieur qui s'est trouvé mal ?

— Ce n'est pas un monsieur, ma chérie, c'est un écrivain…

— Écartez-vous, je vous prie…

— Madame, croyez-vous qu'à la suite de cette expérience, il va nous donner un livre sur…

— *Please, Romain, for Christ's sake, don't say things like that…*

— Il a murmuré quelque chose…

— *Kurwa mac !*

— *Romain, please !*

— Nous ne savions pas que votre mari parlait la langue de Mickiewicz…

— Il a fait ses humanités ici, dans le ghetto…

— Ah ! Nous ne savions pas qu'il était juif…

— Lui non plus.

352

Je les entends, je reconnais leurs voix. Dans un instant, je vais ouvrir les yeux, et je ne le retrouverai plus jamais. Et pourtant, je le vois si bien, encore, là, devant moi, à l'endroit où il n'y avait tout à l'heure que sang, brouillard et fumée. Il n'est pas en très bon état, ce pauvre Cohn. Il a eu encore des *tsourès*, il est d'une maigreur effrayante, il est couvert de plaies, il a un œil poché, il vacille, ils ont déjà eu le temps de le couronner et il a l'air complètement ahuri, sous ses épines, qu'il n'essaie même plus d'enlever, mais enfin, il est toujours là, *mazltov*! Cohn l'increvable, l'immortel, il est plié en deux, mais il tient debout, et il suit obstinément Lily, en traînant sur l'épaule Son énorme Croix.

— Oh, regarde, Florian, il y a un monsieur qui nous suit.

Florian se retourne et lui lance un regard distrait.

— C'est seulement ton Juif, ma chérie. Toujours le même. Il s'est encore tiré d'affaire, ce salaud-là. Enfin, je n'y peux rien. Increvable. Viens, ma chérie. Il ne dérange personne.

Varsovie, 1966.

PREMIÈRE PARTIE :
LE *DIBBUK*

DU MÊME AUTEUR

LES OISEAUX VONT MOURIR AU PÉROU. Cet ouvrage a paru pour la première fois sous le titre *Gloire à nos illustres pionniers* en 1962 (Folio n° 668).

UNE PAGE D'HISTOIRE et autres nouvelles, extrait de LES OISEAUX VONT MOURIR AU PÉROU (Folio 2 € n° 3759).

CLAIR DE FEMME, *roman* (Folio n° 1367).

CHARGE D'ÂME, *roman* (Folio n° 3015).

LA BONNE MOITIÉ. Comédie dramatique en deux actes.

LES CLOWNS LYRIQUES, *roman*. Nouvelle version de l'ouvrage paru en 1952 sous le titre *Les Couleurs du jour* (Folio n° 2084).

LES CERFS-VOLANTS, *roman* (Folio n° 1467).

VIE ET MORT D'ÉMILE AJAR.

L'HOMME À LA COLOMBE, *roman*. Version définitive de l'ouvrage paru en 1958 sous le pseudonyme de Fosco Sinibaldi (L'Imaginaire n° 500).

ÉDUCATION EUROPÉENNE *suivi de* LES RACINES DU CIEL *et de* LA PROMESSE DE L'AUBE. *Avant-propos de Bertrand Poirot-Delpech*, coll. « Biblos ».

ODE À L'HOMME QUI FUT LA FRANCE ET AUTRES TEXTES AUTOUR DU GÉNÉRAL DE GAULLE. *Édition de Paul Audi* (Folio n° 3371).

LE GRAND VESTIAIRE. Illustrations d'André Verret, coll. « Futuropolis/Gallimard ».

L'AFFAIRE HOMME. *Édition de Jean-François Hangouët et Paul Audi* (Folio n° 4296).

TULIPE OU LA PROTESTATION, coll. « Le Manteau d'Arlequin ».

LÉGENDES DU JE, coll. « Quarto ».

LE SENS DE MA VIE, *entretien* (Folio n° 6011).

LE VIN DES MORTS, *roman*, Cahiers de la NRF (Folio n° 6310).

COLLECTION FOLIO

Dernières parutions

7178. George Eliot *Silas Marner. Le tisserand de Raveloe*
7179. Gerbrand Bakker *Parce que les fleurs sont blanches*
7180. Christophe Boltanski *Les vies de Jacob*
7181. Benoît Duteurtre *Ma vie extraordinaire*
7182. Akwaeke Emezi *Eau douce*
7183. Kazuo Ishiguro *Klara et le Soleil*
7184. Nadeije Laneyrie-Dagen *L'étoile brisée*
7185. Karine Tuil *La décision*
7186. Bernhard Schlink *Couleurs de l'adieu*
7187. Gabrielle Filteau-Chiba *Sauvagines*
7188. Antoine Wauters *Mahmoud ou la montée des eaux*
7189. Guillaume Aubin *L'arbre de colère*
7190. Isabelle Aupy *L'homme qui n'aimait plus les chats*
7191. Jean-Baptiste Del Amo *Le fils de l'homme*
7192. Astrid Eliard *Les bourgeoises*
7193. Camille Goudeau *Les chats éraflés*
7194. Alexis Jenni *La beauté dure toujours*
7195. Edgar Morin *Réveillons-nous !*
7196. Marie Richeux *Sages femmes*
7197. Kawai Strong Washburn *Au temps des requins et des sauveurs*
7198. Christèle Wurmser *Même les anges*
7199. Alix de Saint-André *57 rue de Babylone, Paris 7ᵉ*
7200. Nathacha Appanah *Rien ne t'appartient*
7201. Anne Guglielmetti *Deux femmes et un jardin*
7202. Lawrence Hill *Aminata*
7203. Tristan Garcia *Âmes. Histoire de la souffrance I*
7204. Elsa Morante *Mensonge et sortilège*
7205. Claire de Duras *Œuvres romanesques*
7206. Alexandre Dumas *Les Trois Mousquetaires. D'Artagnan*
7207. François-Henri Désérable *Mon maître et mon vainqueur*
7208. Léo Henry *Hildegarde*

Tous les papiers utilisés pour les ouvrages
des collections Folio sont certifiés
et proviennent de forêts gérées durablement.

Composition Interligne
Impression Maury Imprimeur
45330 Malesherbes
le 23 février 2024
Dépôt légal : février 2024
1ᵉʳ dépôt légal dans la collection : mai 1995
Numéro d'imprimeur : 276446

ISBN 978-2-07-039302-2 / Imprimé en France.

634638